解语何妨话片时

周汝昌刘心武通信集

周汝昌 刘心武 著

周伦玲 焦金木 整理

1991—2011
两位红学家绵延二十载的书信往来

北京联合出版公司
Beijing United Publishing Co.,Ltd.

序

2003年8月,上海《文汇报·笔会》公布了为时一年的"长江杯"征文活动的评奖结果,周汝昌先生与我发表在2002年8月10日《笔会》副刊的《关于"楠木"的通信》获奖,公布的获奖理由为:"两通关于《红楼梦》的信札。闪电般的灵感和严密的考证中,浮续着中华文化的一脉心香。雅人深致,引人入胜。"后来还分别给周老和我寄来雅致庄重的奖牌。对于这次获奖,周老非常高兴,非常重视,他8月23日复我信时感叹:"日昨蒙你相告,方知我们得奖了,好比暑炎中一阵清风,醒人耳目、头脑。不知评委是何高人?寥寥数笔,不多费话而点睛全活了。那评词无一丝八股气,我所罕见,岂能不感慨系之!"8月25日再来一信说:"奖之本身是个标志性纪念品,真正意义在于这是文化新闻界的第一次公开评奖形式,给了我们(基本论点和治学路向)以肯定和高层次评价——大大超越了目下庸俗鄙陋的所谓'红学'的'界'域,这才是百年以来的红学研究史上的值得大书特书的重要事项。那位评委不知是谁,我深感佩,('界'内的那些人有此水平识见吗!)《文汇》影响不小,是很大的鼓励。"

那次《笔会》征文,历时一年,在征文活动期间发表的三百多篇文章中,涉及《红楼梦》的尚有数篇,包括"红学界"某权威的文章,但最后甄选出的六篇获奖作品中,涉"红"只周老与我《关于"楠木"的通信》。我也觉得那评语非泛泛褒语。短短几句,一是肯定了"闪电般的灵感",周老曾夸我"善察能悟","顿悟"时便有"闪电般的灵感",红学非一般社会科学门类,悟性很重要,我少年时代读周老的《红楼梦新证》初版,就被书页里不时闪耀的悟性,激活了对《红楼梦》本身的兴趣。二是肯定了"严密的考证",周老作为红学考证派鼻祖胡适的后继者,其《红楼梦新证》就体现出了严密求证的特色,当然不无可商榷处,但从《史事稽年》入手,力图在宏大全面的历史背景下,去探究《红楼梦》真谛,这是引导包括我在内的一些后辈踏上红学之旅的路标,也引得无数红迷朋友阅之兴味盎然。毛泽东不消说,本身就是红学大家,有其独到的观点,他就明确指示:要把周汝昌和胡适区别开来。毛泽东喜欢读《新证》的《史事稽年》部分,晚年目力很差,让把某些他喜读的书印成大字本,多是古籍,《新证》中的《史事稽年》,也特别开列其中,印成大字本后,成为其枕边书之一。《笔会》的评语不仅肯定了我们那"闪电般的灵感"与"严密的考证",更褒奖了我们的通信"浮续着中华文化的一脉心香",而周老的红学观念,正强调的是我们中华传统文化的文脉。他认为,分析《红楼梦》的思想内涵、艺术手法,当然是需要做的工作,但那只是对全世界小说的一种通行的研究,没有落实到《红楼梦》的特殊性上。《红楼梦》不是一般的小说,而是一部超级经典,他将其视为一部可与中国古典文化中的前代经典并列的"经书",研究《红楼梦》的特殊性才是红学的本分。而《笔会》评语寥寥几笔,竟点穴中位,认为是"浮续着中华文化的一脉心香",且这样的通信文字,"雅人深致,引人入胜",谆谆鼓励。周老认为那次获奖对我们爷儿俩意义非凡,我也一样兴奋。

后来在拜访周老时，他又提到《笔会》的颁奖词，问我打听出来没有，究竟何人手笔，四十几个字，行云流水，四两拨千斤。周老对之一唱三叹，还一再跟我说，我们的奖牌上，若镌刻上评语，该有多好！我就告诉他，打听出来了，那评语出自《笔会》主编，名周毅，是位女士，还很年轻。

现在回忆起往事，不禁有些伤感。一是2012年周老仙去前，我曾表示会在某个春天，陪他去东土城公园的海棠林赏海棠。他眼睛近盲，且张爱玲说过"恨海棠无香"，但徜徉在海棠树下，闻一闻那海棠花发散出的缕缕温润的特殊水汽，也可慰他挚爱那"丝垂翠缕，葩吐丹砂"为象征的史湘云之情啊。但我七忙八乱的，竟未能抓紧时机兑现此愿！怅怅！再，2019年10月，竟传来《笔会》主编周毅病逝的噩耗。她才享年五十岁，上苍为什么不假这位才女多些寿数，多支持些作者，共同持续浮续中华文化的一脉心香呢？叹叹！

我和周老的通信，始自1991年，现在能找到的最后几封信，是2011年的，这通信绵延了二十年之久。我给周老的信，最初都是手写，迨1993年使用电脑后，则除手写外，也有电脑打字后打印的，但我都没有留底稿，早期信件的电子文档，也在多次换电脑重新格式化后丢失。好在周老去世后，其家属在整理遗物时，大体都找出妥存。周老给我的信，早期字迹还大体清爽，后来他目力衰退到一目全盲、一目仅0.01视力，仍坚持亲笔给我写信，每个字都有核桃大小，且难以顺沿成行，更常常下一字叠到上一字下半部，甚至左右跳荡。接到这样的信，我总是既感激莫名，又兴奋不已，而费时费力辨认那些字迹，成了我的重要功课，一旦居然全部认出，那种难喻的快乐，便充满整个身心。周老给我的信，保存得相当齐全。现在经周老女儿也是他晚年的业务助手周伦苓女士提议,把周老与我的通信凑齐,出成这样一本书。读者们可以从中看出,周老确实是我的恩师,我的红学研究,确实是在他指引下,一步步朝前推进的。当然我们在某些认知上,也还有所区别,但我们成了忘年交,我在信中多称周老为前辈,周老多称我为贤友。《诗经·小雅·伐木》开首两句"嘤其鸣矣,求其友声",我们通信中的嘤鸣,既有"闪电般的灵感",也有"严密的考证",既有对中华文化的敬畏与咀嚼,也有被排挤攻讦中的相濡以沫,乃至生活上的关切抚慰。我们的观点当然只是一家之言,但对于广大的红迷朋友,应该还是有相当参考价值的吧。

  周老给我的信,多有即兴咏出的诗句,而我则多次将自己绘制的小画,或作为春节贺卡,或仅供赏玩一哂,随信寄去。我有一幅画的是曹雪芹好友张宜泉诗句"寂寞西郊人到罕,有谁曳杖过烟林"的意境,说明文字为"癸酉岁末甲戌将至时,忽念及曹雪芹之伟大尚未为世人尽知,叹叹!画赠前辈汝昌先生",周老收到后非常喜欢,当时就有拿到报刊发表的冲动。后来我又画了一幅较大的水彩画《沁芳亭》,周老见到立即赋诗:"不见刘郎久,高居笔砚丰。丹青窗烛彩,边角梦楼红。观影知心律,闻音感境通。新春快新雪,芳草遍城东。"原本想把这本书信集的书名,就定为《有谁曳杖过烟林》,但我助理焦金木从网上查到,前两年刚有一家出版社出了本散文集,已作为书名;于是觉得周老诗句中"闻音感境通",颇可概括我们通信的心音,但《闻音感境通》若作书名,似难吸引读者,于是又考虑干脆命名为《红楼嘤鸣录》。现在读者们拿到的书,书名是出版方反复斟酌后才确定的,但其实这本书最重要的,还是周老与我的通信汇集,相信能够不负当年《笔会》周毅主编那"雅人深致,引人入胜"的评语。

与周老见面交谈，以及见字如面，周老人格中的闪光点，常燃于我心臆中，那就是，他有一种孩童般的纯真，也就是具有赤子之心。他对人对事，都是如此，不会经营人际，不在乎背景来历，具有贾宝玉般的超俗眼光心地。他以赤子之心研红，口无遮拦，不计褒贬，他把红学研究的空间，视为公众共享的园地。他扶持的后进，岂止我一个？有的民间研红者，被所谓"界内""权威"蔑视，甚至斥为"红学妖孽"，他虽并不认同其说，但对其勇气，总是加以鼓励，对其中吹沙见金的价值，总是予以肯定，他的大度包容，足令人感佩。中央电视台《百家讲坛》请他开讲四大名著，他一身朴素的中山装，也没有特别理发，更没有染发，年老了嘴瘪了，满脸褶子，却有不止一个听众跟我说：周先生真有魅力！魅力何在？说他在台案上，双手十指交扣，未曾开言，笑容如孩童般纯真，一开口，平易近人，深入浅出，没有破碎句子，没有废话，一句接一句，逻辑链清清爽爽，说到尽兴处，自己先笑，眼如弯月，纹若绽花，其讲述的内容不消说对听众大有裨益，其赤子心态令人观之难忘！周老对《文汇报》给予我们通信评奖的反应，他在通信中给我即兴吟出的那些诗，不也都具有孩童般的纯真吗？有一回去他家拜望，交谈中他笑道：你在《百家讲坛》的讲法，做到了左右逢源，四角周全，正如脂砚斋评雪芹，下笔多有"狡猾之处"……我也就笑道：就如此小心翼翼，也还有人完全不容，看来真是既要自我保护，也不能失去自己的真意呀！笑谈间，也就比对出，周老长我二十四岁，属于父辈，但他却体现出带棱带角的学术风骨。我呢，拿我《百家讲坛》头两集讲红学来说，我就不像周老那样，强调红学的特殊性，而是把关于《红楼梦》的思想性、艺术性的一般性表述，也涵括到大红学的概念里，我表述得相当圆滑；但其实，我骨子里是坚定地跟着周老搞考据，我的原型研究，先从清代康、雍、乾三朝的政治动荡，特别是康熙两立两废太子，延续到乾隆朝废太子虽然已死，而其子弘晳，也就是康熙帝的嫡长孙，他还是一股强劲的政治势力，与乾隆暗中较量，一度出现了"双悬日月照乾坤"的诡异局面讲起，以及与之相匹配的曹雪芹那跌宕起伏的家史，再通过文本细读，从《红楼梦》文本中找出相对应的投影，这样一种特殊角度，来层层剥笋，构筑我的"秦学"大厦。我的"狡猾之处"，正是力图通过我包容别人，来换取别人能相应包容于我，也就是，我认为，彼此既然都在大红学的格局之中，"相煎何太急"！我的这种讲述方略，在一般听众中还是有效力的，但所谓"界内"及"权威"，到头来还是容不得我，必欲扼杀而后快。现在想来，还是周老那种"童言无忌"，如林黛玉般，"我是为我的心"，更凸显出学术骨气。周老那孩童般清澈的人格魅力，是我应该永远忆念，也是我应该努力去修炼的。

这本通信集，借《红楼梦》中菊花诗为喻，"休言举世无谈者，解语何妨话片时"，相信会有人感兴趣，或共鸣，或争鸣；当然，估计也会有人鄙夷不屑，那么，就"高情不入时人眼，拍手凭他笑路旁"吧！

刘心武

2021 年 7 月 3 日　绿叶居

目录

序 …………………………………………………………… 1
〔一〕**刘心武致周汝昌**（1991年11月20日）…………………… 1
〔二〕**周汝昌致刘心武**（1991年11月29日）…………………… 4
　　　附　周汝昌《赞〈红楼边角〉》……………………………… 6
〔三〕**周汝昌致刘心武**（1991年12月25日）…………………… 8
　　　附　周汝昌《雪芹笔下领苕青》…………………………… 9
〔四〕**刘心武致周汝昌贺卡**（1992年1月1日）……………… 12
〔五〕**刘心武致周汝昌**（1992年3月11日）…………………… 13
〔六〕**周汝昌致刘心武**（1992年3月25日）…………………… 33
　　　附　周汝昌《善察而能悟》………………………………… 34
〔七〕**刘心武致周汝昌**（1992年3月27日）…………………… 37
〔八〕**周汝昌致刘心武**（1992年4月15日）…………………… 40
　　　附　周汝昌《过场人物乎？结局人物乎？》………………… 42

〔九〕	周汝昌致刘心武（1992年8月27日）……………	46
	附 周汝昌《红楼服饰谈屑》……………………	47
〔一〇〕	刘心武致周汝昌（1992年8月29日）……………	50
〔一一〕	周汝昌致刘心武（1992年12月24日）…………	51
〔一二〕	刘心武致周汝昌（1993年6月21日）……………	53
〔一三〕	周汝昌致刘心武（1993年6月29日）……………	54
〔一四〕	刘心武致周汝昌（1993年7月2日）………………	56
〔一五〕	周汝昌致刘心武（1993年7月3日）………………	60
〔一六〕	刘心武致周汝昌（1993年7月17日）……………	62
〔一七〕	周汝昌致刘心武（1993年7月18日）……………	63
〔一八〕	刘心武致周汝昌（1993年7月19日）……………	66
〔一九〕	刘心武致周汝昌（1993年7月21日）……………	68
〔二〇〕	周汝昌致刘心武（1993年7月22日）……………	69
	附 周汝昌《让我们共思——读〈秦可卿之死〉再致作家刘心武》………………………………	71
〔二一〕	周汝昌致刘心武（1993年7月26日）……………	74
〔二二〕	刘心武致周汝昌（1993年7月28日）……………	78
〔二三〕	周汝昌致刘心武（1993年7月31日）……………	79
〔二四〕	刘心武致周汝昌（1993年8月26日）……………	80
〔二五〕	周汝昌致刘心武（1993年8月28日）……………	81
〔二六〕	刘心武致周汝昌（1993年9月13日）……………	82
〔二七〕	刘心武致周汝昌（1993年10月4日）……………	84
〔二八〕	周汝昌致刘心武（1993年10月6日）……………	87
	附 周汝昌《〈红楼三钗之谜〉序言》…………	89
〔二九〕	刘心武致周汝昌（1993年10月7日）……………	94

〔三〇〕	**刘心武致周汝昌**（1993年11月4日）……………	95
〔三一〕	**周汝昌致刘心武**（1993年11月5日）……………	97
〔三二〕	**刘心武致周汝昌**（1993年11月9日）……………	99
〔三三〕	**刘心武致周汝昌**（1993年11月15日）…………	100
〔三四〕	**周汝昌致刘心武**（1993年11月20日　上午）……	108
〔三五〕	**周汝昌致刘心武**（1993年11月20日　下午）……	110
〔三六〕	**刘心武致周汝昌**（1993年11月22日）…………	111
〔三七〕	**刘心武致周汝昌画《西郊曳杖图》** （1993年12月10日）……………………………	112
〔三八〕	**刘心武致周汝昌**（1993年12月11日）…………	113
	附　刘心武《〈曹雪芹新传〉有新意》…………	114
〔三九〕	**周汝昌致刘心武**（1993年12月15日）…………	117
〔四〇〕	**周汝昌致刘心武**（1993年12月20日）…………	119
〔四一〕	**刘心武致周汝昌**（1993年12月25日）…………	121
〔四二〕	**周汝昌致刘心武**（1993年12月28日）…………	122
〔四三〕	**刘心武致周汝昌**（1994年1月31日）…………	124
〔四四〕	**刘心武致周汝昌**（1994年3月15日）…………	125
〔四五〕	**周汝昌致刘心武**（1994年3月16日）…………	127
〔四六〕	**周汝昌致刘心武**（1994年3月21日）…………	129
〔四七〕	**周汝昌致刘心武**（1994年4月28日）…………	135
〔四八〕	**刘心武致周汝昌**（1994年5月2日）……………	137
〔四九〕	**周汝昌致刘心武**（1994年5月11日）…………	139
〔五〇〕	**周汝昌致刘心武**（1994年5月15日）…………	141
〔五一〕	**刘心武致周汝昌**（1994年6月1日）……………	143
〔五二〕	**周汝昌致刘心武**（1994年8月2日）……………	145

3

〔五三〕 **刘心武致周汝昌**（1994年8月7日）……………… 146

〔五四〕 **周汝昌致刘心武**（1994年8月8日）……………… 152

〔五五〕 **刘心武致周汝昌**（1994年8月11日）……………… 154

〔五六〕 **周汝昌致刘心武**（1994年9月13日）……………… 155

〔五七〕 **刘心武致周汝昌**（1994年11月3日）……………… 156

〔五八〕 **周汝昌致刘心武**（1994年11月7日）……………… 159

〔五九〕 **周汝昌致刘心武**（1994年11月14日）……………… 161

〔六〇〕 **周汝昌致刘心武**（1994年12月7日）……………… 163

〔六一〕 **周汝昌致刘心武**（1994年12月13日）……………… 167

〔六二〕 **周汝昌致刘心武**（1995年1月4日）……………… 168

〔六三〕 **周汝昌致刘心武**（1995年2月2日）……………… 170

〔六四〕 **周汝昌致刘心武**（1995年3月28日）……………… 171

〔六五〕 **周汝昌致刘心武**（1995年4月9日）……………… 172

〔六六〕 **周汝昌致刘心武**（1995年10月28日）……………… 173

〔六七〕 **周汝昌致刘心武**（1995年11月1日）……………… 175

　　　附 刘心武评《红楼梦真故事》二篇 ……………… 176

〔六八〕 **刘心武致周汝昌**（1995年12月15日）……………… 185

〔六九〕 **周汝昌致刘心武**（1996年5月14日）……………… 186

〔七〇〕 **刘心武致周汝昌**（1996年8月16日）……………… 188

〔七一〕 **刘心武致周汝昌**（1997年3月6日）……………… 189

〔七二〕 **周汝昌致刘心武**（1997年3月9日）……………… 190

〔七三〕 **周汝昌致刘心武**（1997年4月12日）……………… 192

〔七四〕 **刘心武致周汝昌**（1997年4月25日）……………… 194

〔七五〕 **刘心武致周汝昌**（1997年4月27日）……………… 195

〔七六〕 **刘心武致周汝昌**（1998年11月30日）……………… 197

附 刘心武《半个世纪一座楼》……………………198
〔七七〕**周汝昌致刘心武**（1998年12月2日）……………202
〔七八〕**周汝昌致刘心武**（1999年4月28日）……………206
〔七九〕**周汝昌致刘心武**（1999年11月23日）……………207
　　　附 周汝昌《刘心武与〈红楼梦〉》………………209
〔八〇〕**周汝昌致刘心武**（1999年12月12日）……………213
　　　附 刘心武《太虚幻境四仙姑》…………………214
〔八一〕**周汝昌致刘心武**（1999年12月16日）……………217
〔八二〕**周汝昌致刘心武**（1999年12月18日）……………219
〔八三〕**周汝昌致刘心武**（1999年12月29日）……………221
〔八四〕**周汝昌致刘心武**（2000年9月23日）……………223
　　　附 刘心武《伦敦弘红记》………………………225
〔八五〕**周汝昌致刘心武**（2000年10月4日）……………229
〔八六〕**周汝昌致刘心武**（2001年2月5日）……………231
　　　附 周汝昌《跋〈"三春"何解〉》………………232
〔八七〕**周汝昌致刘心武**（2001年5月14日）……………233
〔八八〕**周汝昌致刘心武**（2001年12月22日）……………235
〔八九〕**周汝昌致刘心武**（2002年6月10日）……………236
〔九〇〕**刘心武致周汝昌**（2002年7月3日）……………238
〔九一〕**周汝昌致刘心武**（2002年7月6日）……………241
〔九二〕**刘心武致周汝昌**（2002年7月12日）……………243
〔九三〕**周汝昌致刘心武**（2002年8月17日）……………248
〔九四〕**刘心武致周汝昌**（2002年9月16日）……………249
〔九五〕**周汝昌致刘心武**（2002年9月23日）……………251
　　　附 关于"葳蕤"和"葳葳蕤蕤"的公开讨论………253

〔九六〕 **周汝昌致刘心武**（2002年10月8日）……………………… 257

〔九七〕 **周汝昌致刘心武**（2002年10月24日）……………………… 259

〔九八〕 **刘心武致周汝昌**（2003年1月6日）……………………… 260

〔九九〕 **刘心武致周汝昌**（2003年2月25日）……………………… 261

〔一〇〇〕 **周汝昌致刘心武**（2003年3月4日）……………………… 266

〔一〇一〕 **周汝昌致刘心武**（2003年4月10日）……………………… 267

〔一〇二〕 **周汝昌致刘心武**（2003年7月12日）……………………… 268

〔一〇三〕 **周汝昌致刘心武**（2003年7月18日）……………………… 269

〔一〇四〕 **周汝昌致刘心武**（2003年8月13日）……………………… 271

　　　　附 刘心武：龟大何首乌？……………………… 273

〔一〇五〕 **刘心武致周丽苓**（2003年8月22日）……………………… 276

〔一〇六〕 **周汝昌致刘心武**（2003年8月23日）……………………… 277

　　　　附 文汇报《"长江杯"笔会征文评选揭晓》……………………… 279

〔一〇七〕 **周汝昌致刘心武**（2003年8月25日）……………………… 280

〔一〇八〕 **刘心武致周汝昌**（2003年8月27日）……………………… 282

〔一〇九〕 **刘心武致周汝昌**（2003年8月30日）……………………… 286

〔一一〇〕 **周汝昌致刘心武**（2003年9月24日）……………………… 288

〔一一一〕 **周汝昌致刘心武**（2003年10月9日）……………………… 291

〔一一二〕 **刘心武致周汝昌**（2003年12月31日）……………………… 293

〔一一三〕 **周汝昌致刘心武**（2004年2月3日）……………………… 294

〔一一四〕 **周汝昌致刘心武**（2004年5月21日）……………………… 295

〔一一五〕 **周汝昌致刘心武**（2004年10月22日）……………………… 296

〔一一六〕 **周汝昌致刘心武**（2005年1月3日）……………………… 298

〔一一七〕 **刘心武致周伦苓**（2005年1月17日）……………………… 300

〔一一八〕 **周汝昌致刘心武**（2005年1月23日）……………………… 301

〔一一九〕**周汝昌致刘心武**（2005年2月11日）……………… 302
　　　　附 刘心武：薛宝钗的绣春囊？……………………………… 304
〔一二〇〕**周汝昌致刘心武**（2005年4月22日）……………… 307
〔一二一〕**周汝昌致刘心武**（2005年5月11日）……………… 308
〔一二二〕**周汝昌致刘心武**（2005年5月29日）……………… 309
　　　　附 周汝昌《诗赠心武兄赴美
　　　　　　宣演红学》（2006年3月13日）…………………… 310
〔一二三〕**周汝昌致刘心武**（2006年3月23日）……………… 312
〔一二四〕**周汝昌致刘心武**（2006年4月3日）………………… 313
〔一二五〕**周汝昌致刘心武**（2006年6月30日）……………… 314
〔一二六〕**周汝昌致刘心武**（2006年7月10日）……………… 315
〔一二七〕**周汝昌致刘心武**（2006年11月27日）…………… 317
〔一二八〕**周汝昌致刘心武**（2006年12月18日）…………… 318
〔一二九〕**周汝昌致刘心武**（2007年1月21日）……………… 319
〔一三〇〕**周汝昌致刘心武**（2007年2月10日）……………… 321
〔一三一〕**周汝昌致刘心武**（2007年2月18日）……………… 322
　　　　附 刘心武、梁旧智《推荐〈红楼梦〉周汝昌汇校本》…… 324
〔一三二〕**周汝昌致刘心武**（2007年5月20日）……………… 327
〔一三三〕**周汝昌致刘心武**（2007年6月17日）……………… 328
〔一三四〕**周汝昌致刘心武**（2007年7月9日）………………… 329
〔一三五〕**刘心武致周伦苓**（2007年10月8日）……………… 330
　　　　附 周汝昌《〈刘心武揭秘红楼梦〉（第四部）
　　　　　　代序——善察能悟刘心武》……………………………… 332
〔一三六〕**周汝昌致刘心武**（2007年10月27日）…………… 336
〔一三七〕**周汝昌致刘心武**（2007年12月10日）…………… 337

〔一三八〕 **刘心武致周汝昌**（2007年12月12日）················ 338

〔一三九〕 **周汝昌致刘心武**（2008年1月7日）················· 340

〔一四〇〕 **刘心武致周汝昌**（2008年1月14日）················ 342

〔一四一〕 **周汝昌致刘心武**（2009年1月2日）················· 344

〔一四二〕 **周汝昌致刘心武**（2009年3月5日）················· 345

〔一四三〕 **刘心武致周汝昌**（2009年3月8日）················· 346

〔一四四〕 **刘心武致周伦苓**（2009年3月12日）················ 347

〔一四五〕 **周汝昌致刘心武**（2009年3月13日）················ 348

〔一四六〕 **周汝昌致刘心武**（2009年5月20日）················ 349

附 刘心武《腋鞋》·································· 350

〔一四七〕 **刘心武致周汝昌**（2009年9月7日）················· 353

〔一四八〕 **周汝昌致刘心武**（2009年9月7日）················· 355

〔一四九〕 **刘心武致周汝昌**（2009年12月7日）················ 356

〔一五〇〕 **刘心武致周汝昌**（2010年2月8日）················· 357

〔一五一〕 **周汝昌致刘心武**（2010年3月10日）················ 358

〔一五二〕 **刘心武致周汝昌**（2010年9月22日）················ 360

附 周汝昌《辛卯立春大节纪事二首》

（2011年2月4日）···························· 361

〔一五三〕 **刘心武致周汝昌**（2011年2月8日）················· 363

附 刘心武《悔未陪师赏海棠——痛悼汝昌师》············ 364

编后记 ··· 368

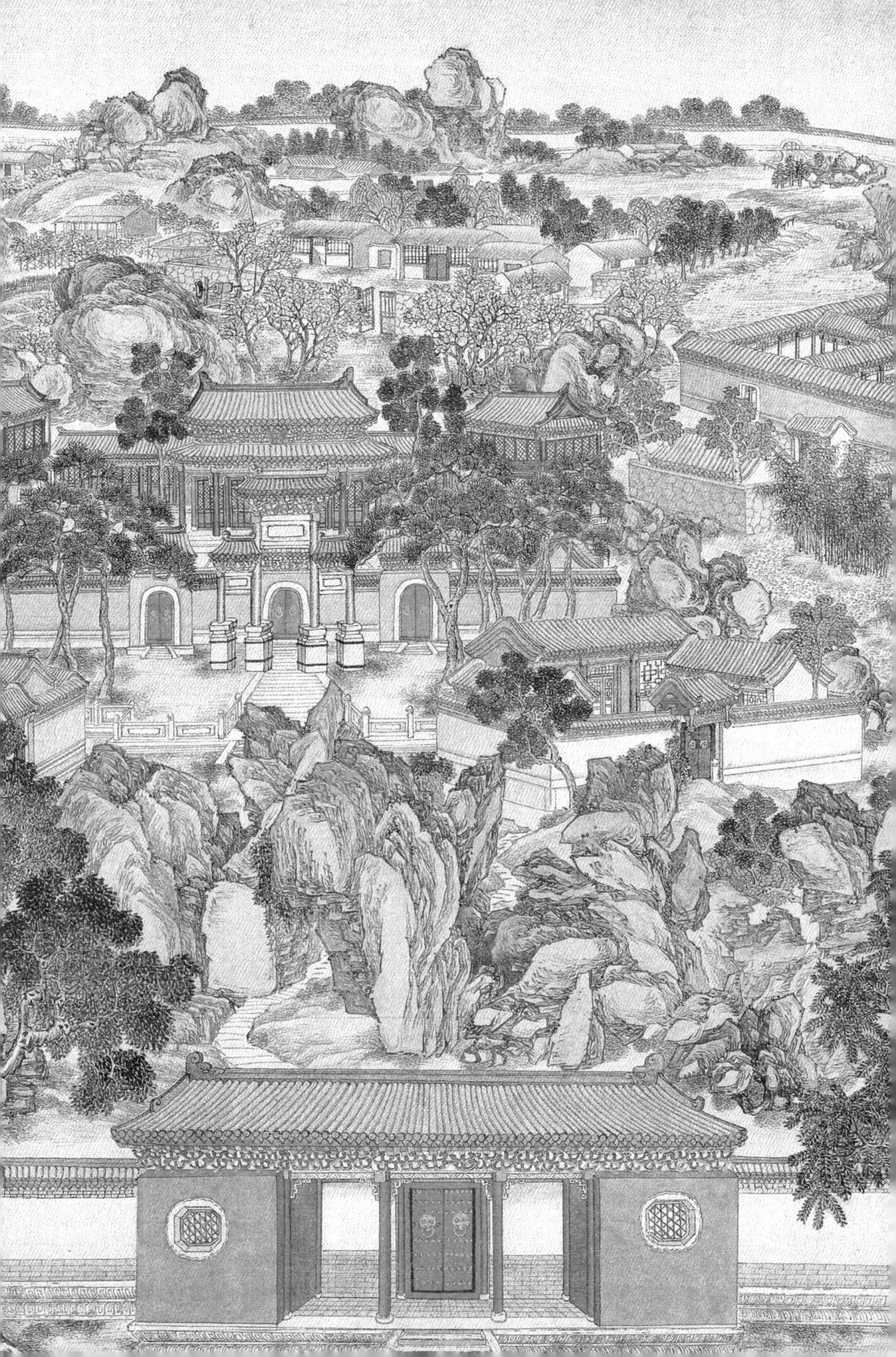

〔一〕
刘心武致周汝昌
（1991年11月20日）

周汝昌先生：

拙文《红楼边角》之一《大观园的帐幔帘子》在《团结报》刊出后，先生特撰《赞〈红楼边角〉》一文加以夸奖，实不敢当！

我不过是一个极普通的《红楼梦》读者，只不过因为自己也自不量力地写些小说，总想从《红楼梦》这部伟大著作中多汲取些营养，所以一读再读，除欲总体把握其精神外，也还考虑到一些边边角角的问题，偶生兴致，便写下一点小随笔，真没想到能获先生青睐，并为我解除了"钻牛角尖"的顾虑。先生指出芹书是"中华文化内涵至极丰厚"的"奇书伟构"，是"文化小说"，极是。拙文虽简陋不堪，确也是力图展示一个读者那"文化感受的极大喜悦"。先生对"簾"字简化为"帘"字后，对中华固有文中"帘""簾"二字所表达的不同意境的混合所生的遗憾，我甚共鸣。而"帘"或"簾"或"幔"或"帐"所产生的"隔"与"不隔"的微妙效应，其实可说的话也还很多，如《红楼梦》四十二回中王太医来给贾母看病，"老妈妈请贾母进幔子去坐。贾母道：'我也老了，那里养不出那阿物儿来，还怕他不成！不要放幔子，就这样瞧罢。'"及至王太医来了，不敢走甬路，直走旁阶……见了那阵仗，排场，气势，氛围，更"不敢抬头"，写得多么深刻，"此时无幔胜有幔"，芹书所写的确实不只是故事而是文化！

《团结报》还在连载我的《红楼边角》，这是一个总题，头三段已在香港《明报月刊》1991年第四期上刊出过（不过错讹处不少），后面还有数段；在先生及编辑鼓励下，我将再陆续写一些，还恳请先生多多拨冗指教！

最近写成一段谈《红楼梦》中手帕的，最令人难忘的四块：小红的一块，宝玉赠黛玉后黛玉题诗的两块，以及"憨湘云醉眠芍药裀"时那块包着芍药花瓣当枕头的鲛帕。但三十五回中，"凤姐儿用手巾裹着一把牙箸，站在地下"，及第四十回中"凤姐手里拿着西洋布手巾，裹着一把乌木三镶银箸"的描写里所写到的手巾和西洋布手巾，究竟是特殊用途的手帕（如今之餐巾一类）呢，还是贾母素日吃饭，也有"丫环在旁边，拿着漱盂麈尾巾帕之物"中的"巾帕"（我想当系毛巾，净脸用的）？我想自己动这个脑筋，也确乎不是"钻牛角尖"，因为我写小说时也必须向芹翁学习，细节上乃至一个物品的称谓上都不能马虎。我注意到"浪荡子情遗九龙珮"一回中，芹翁用了"（贾琏）暗自将自己带的一个汉玉九龙珮解了下来，拴在手绢上，趁丫环回头时，仍撂了过去……"这样的写法，此处他不称"手帕"而称"手绢"，我以为绝非信笔偶然，而是周密炼字的产物（在钗、黛、袭、晴一干人手中出现时都用"帕"字）。

耽误了您许多宝贵时间，真对不起！

再次感谢您对我写作和阅读的鼓励！谨致

冬安！

刘心武

1991年11月20日

注：1991年起，刘心武在《团结报》副刊上开设《红楼边角》专栏，发表了一系列与《红楼梦》相关的文章，包括《大观园的帐幔帘子》《好雨知情节》《〈红楼梦〉中的服饰并非"戏装"》等，后均收入《红楼望月》（译林出版社2016年3月出版）一书中。

〔二〕
周汝昌致刘心武
（1991年11月29日）

刘心武同志：

28日接到由《团结报》韩同志转来的惠函，您如此谦抑客气，使我感动。拙意以为芹书乃是一部千古未有的文化小说，您同意此说，并举例说明：此非故事，而是文化。我们在这一点上能够看法一致，也感到高兴。读《红》而看见"情节故事"的大约是无法体认雪芹的真旨意、真价值的。这是中华文化上的一件大事，只是短简中难以尽申鄙见，请您不罪其简率为幸。

中国的簾、帘、帐、幕、帏、幔、屏……各有其用，各有其味，但在西洋，如英文中只用一个screen"包总"，这是何等的差距？！这确乎是个文化问题。最早期的西方"评红"，有一德国人说读了《红楼》，惊叹中国文化的高度，远非欧洲人所能想象！我评此人，真够得上是一位"有见识的老外"，因为很多中国人，却看不到这一要点。

您问的"手帕""手巾""手绢"的问题，我想手帕确如来札所言，是属于钗、黛、晴、袭一辈人所用的，是随身必备之物。芹书中小红之帕、平儿之帕、黛玉之帕……皆关系重大之标记品。手巾则非此类，盥沐、餐饭等特定时际所用之物也，记得好像有满族专家著书说过，毛巾是当时旗人用语，也许男子用者为毛巾，

女流带者为手帕？如宋词所谓"钿车罗帕"，专属女性的词汇。总之，巾有随身与不随身的两种，俱不称帕。

至于您举第六十四回"九龙珮"那回书，文中有"手绢"一名了。此处则涉及版本优劣之事。不知您用的是什么本子？古钞本贾琏将珮玉结于"手巾"上掷去，不作"手绢"。绢字系后人妄改。您得留心别上了坏本子的当——请您放心：我这绝不是"引诱"您走上"红学研究"（被人视为惹厌的麻烦东西）之路，只是提醒您注意真文与伪笔之分。

完全同意您的提法：写小说对细节细物都必须弄清楚准确。这绝不是"末节细故"。只凭笼统的概念化的知识和语言是写不成东西的。小说作者应向雪芹学习的，必须包括他对万事万物的无不精通，他对人、事、物、境的观、感、思、断都极为细密精深、"无微不至"。他是一位惊人的"万能万知者"，我们难以望其项背，但起码要学人家那种精气神，小说方能有精彩可观之处。

目坏之人，书写困难，又不能核书，信笔乱道，必多疏误之辞，望您不哂。

匆匆拜复，不尽，并颂
文祺！

周汝昌
1991 年 11 月 29 日

附 周汝昌《赞〈红楼边角〉》

《团结报》端，得读刘心武同志新撰《红楼边角》一文，深觉有味。作者自己怕有人说是"钻牛角尖"，这更使我有感于衷。作者的预虑，反映了一种心态——这心态并非无故自生，别有一种"舆论"压力使之然也。一位作者一提笔，特别是一涉"红"字，便不自禁地发生一种"自虑感"：这样妥当吗？会招来批判吧？如此一来，说"红"之文，遂往往与"红"甚远，索然寡味。究竟谁使之然？此非本文想解答的问题，但是我想表示，像刘心武同志这样的佳文，所以极难遇到，幸遇而眼明心喜，这自然就不是我这庸人的自扰，或寡陋的少见多怪了。

其实，作者担心被批为"牛角尖"的读"红"法，比那些只会说些"形象鲜明""性格突出""语言生动"等等"四字真言"的，实在是高明得多。这原因不复杂难讲：雪芹的书，原是一部"文化小说"和"章回体的抒情长诗"。拿对待一般小说——特别是现代人观念中的、西方小说——理论概念的标准条条的眼光和视野（实为"脑野"）来看《红楼》，那是凿枘难入，榫卯欠合的时候要比"一套就合式"的时候多得多。那样看《红楼》，文心收获不丰，美学享受无几。质言之，就是读不懂中华文化内涵至极丰厚的这部奇书伟构。刘心武同志偶以"帘子"为例，以小篇随笔之相以展示其内心的文化感受的极大喜悦，这个事情的实质，在我看来，正就是替我们说明了芹书是"文化小说"的这一客观事实。

帘子在雪芹笔下的作用很大，还有有待研索的课题。比如，"晶帘隔破月中痕""一声杜宇春归尽，寂寞帘栊空月痕"这类句子，内中都隐含着一段极为重要的情景（这当然在高鹗伪续中是不会再存在的了）。又如贾政向自己的女儿元春说话，要"隔帘启奏"。帘子的妙用，确在"隔"

而"不隔"之间，或者掉转来说，它总是处在"不隔"而"隔"的微妙地位。

我读刘文，并草此拙文，一写"帘"字，就不免感到矛盾重重，欲言而不易畅言。何则？雪芹原文，除了"杏帘在望"，都是"簾"字。二者分别极大，古时是绝不可以通用互代的。我们的汉字，本来一望可知。因为，帘是一种"巾"——一块大些的布帛，而簾却是细竹篾编缀的"半透明体"，二者作用不同，所引起的境界意味也完全各异。比如杏帘者，红杏梢头挂的一幅酒幌子"酒旗"而已。湘簾者，意谓名贵的湘妃细竹所制之高级簾子也。湘簾，夏用，闺中人可向外看院中景色，而外边人却看不清闺内一切。又透气透明，又掩映生情。若是"撒花软帘"，便绝不相同相似，那是一块丝织品，挂上之后，里外看不见了。由此可推，簾、帘断不可混。然而自从实行以"帘"代"簾"之后，年轻人已不太懂那分别了，就是让他读雪芹的书，心武的文，怕也莫名其妙了。

早年我在燕京大学时，教一位美国女士翻译宋词。她有一次问我：什么叫"一簾春雨"呀？雨如何能以"簾"为单位计算？难道还有两簾雨、三簾雨不成？

我费了好大的力气，为之讲解说："中国房门都挂竹簾子，院中景物，映入眼帘的，总以这块簾子的尺寸框为限；所以从屋里看雨，就看到感到是'一簾'春雨，这是诗的语言呀……"她听了摇摇头，叹口气，像明白——又像"不服气"，说："这真不好懂！我们的生活中、文化上，都没有这种观念——我似乎懂了些了，可还是觉得这太怪！"我只好报以苦笑。确实，英文里没真正相当于"簾"字的词汇。

由此可悟，这并不只是什么"语言"的问题，这是文化的问题。

我愿今后还能遇到"边角"样的佳作。

〔三〕
周汝昌致刘心武
（1991年12月25日）

  心武同志惠赠手绘贺笺，诗意盎然，报以小句。

  一帘春雨入丹青，红烛依依守岁情。
  领得雪芹文笔厚，知他俗赏只虚名。

并祝
新釐！

周汝昌
1991年12月25日

附 周汝昌《雪芹笔下领苔青》

《红楼边角》最近一篇题目曰《好雨知情节》,用杜句也。读后又觉自家与心武同志有很多"共同语言",不禁乘兴弄笔,再来谈《红》,兼以抒感。

作者提出的那个"戏不够,雨来凑"和"拼命煽情"的问题,真是"于我心有戚戚焉"。我与友人说:影视里有个见过多次的"手法",即"表现"心绪激荡时,只见出来一片海岸,必有块石头,海水一次复一次地向岸涌来,只听哗啦哗啦,水激石鸣……又到"表现"心情舒畅怡悦时,则只见一片蓝天碧落,一群鸟在鼓翅高翔……这原是不坏的艺术。但不幸是见的次数太多了,就败了兴——我这人有个"不合时宜"的怪脾气:万事最怕它成了"套头""模式"。第一次会用海潮和鸟翔来"写"心绪的作家或导演,是个天才;但第二次、第三次也来用海潮、鸟翔的,便成了低能的笨蛋了。"雨来凑",毋乃类此乎?

至于"拼命煽情",我不但被"煽"不动,而且还会浑身起栗,坐不住了,离不开时也只会把眼合上。奇怪的似乎还不是编导的水平一至于此的问题,而是那种"洒狗血"(梨园行的话)的做法还大有"市场"或曰"票房价值"。心武同志拿雪芹的手笔来相比照,令人感慨,令人佩服。我自幸并非"个人"之见矣。

涉及"红楼之雨",我还可以来代补一则。那就是有一回,写到宝钗清晨起来,见院中"土润苔青",便知原来夜间落了几点细雨。

多么好啊!这真是"润物细无声"的绝妙写照!然而雪芹只肯用他四个"不激不厉,风规自远"的字,便写出了一派春闺清晓、卷帘察物的诗心画境。老杜云:"下笔如有神。"雪芹笔笔有神,学文习艺者务宜领取。其实,就是"考证派"争论何者是芹文之真书,何者是伧夫之伪笔,离开这个高层次的文艺审美能力,也是什么都会搅乱的。

心武同志举了"秋窗风雨夕"为雪芹写雨之例。我也可以为之补充一义。看他写雨境,也不可只盯着林黛玉这个"热门人物""舞台主角",须看他如何写她正在孤凄之际,丫环忽报:"宝二爷来了!"最难风雨故人来,不差不差,如是如是。这一笔力挽千钧,神摇百脉——但是宝二爷怎么来的?又须看他身着蓑、头戴笠、足登屐,好一派雨中来客的风韵。宝二爷又怎么去的?须看他丫环婆子,碧伞红灯,一群人影穿桥渡水而越走越远——了不得!雪芹的这支神笔!你再看他写的:就在此刻,另一边也有人提灯打伞地渡桥而来了!蘅芜苑的人来送燕窝来了。一来一往,两相辉映。

啊,这一片文心匠意,这一幅秋窗风雨图,是"小说"吗?是诗呀——无一字一句不是诗的笔触和境界呀!

这也许是全部书中诗的意味最为浓郁的一章,自古未有的笔墨才情。(我曾把它写成一段梅花调鼓词,津门名演员史文秀演唱多次,在电台播放;但北京几乎无人知道,北京台似乎不大理会民族曲艺。)

我想,我如果是个画家,我早画它了,可惜不是——也未见能画的画画这个诗境。

越剧红楼电影的"秋窗风雨"造境不错,只可惜也不知运用那碧伞红灯、穿桥渡水的诗心之美、艺境之奇。

雪芹明文写过:史太君老祖宗是"最喜下雨下雪的"。为什么?这说明了一个什么问题?不知可有专家论过?雪芹单名一个"霑"字,那是他诞生时节喜降甘霖的标记。《诗·小雅·信南山》有名句云:"既霑既足,生我百谷。"他对雨是有缘分也有感情的。"枕上清寒窗外雨,眼前春色梦中人。"这是从"簾外雨潺潺,春意阑珊。罗衾不耐五更寒。梦里不知身是客,一晌贪欢。独自莫凭栏,无限江山,别时容易见时难。流水落花春去也,天上人间"脱化而来之新句。流水落花春去,加上"落红成阵""花落水流红",曾使林黛玉心痛神驰,不能自主。千红一哭,万艳同悲,这正是雨场引起的心事。"沁芳"二字,则概括了全部意旨。

〔四〕
刘心武致周汝昌贺卡
(1992年1月1日)

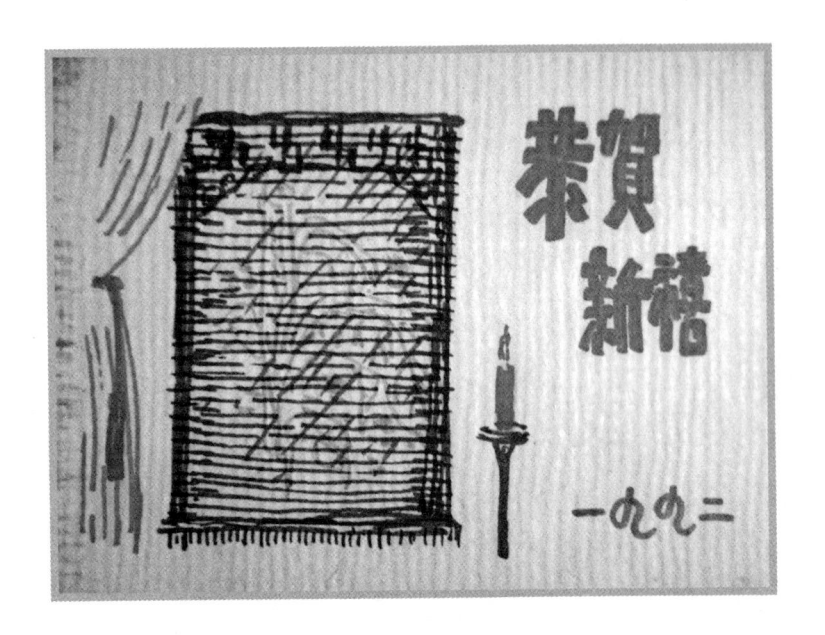

〔五〕
刘心武致周汝昌
（1992年3月11日）

周汝昌先生：

    此文请您指教！

晚辈刘心武

1992年3月11日

红楼探秘——秦可卿出身未必寒微

1.《红楼梦》中充满谜阵而秦可卿之谜最大

《红楼梦》是一部谜书。小而言之,"薛小妹新编怀古诗"十首,各首的谜底究竟如何坐实,历来的读者包括"红学"专家们亦总未能做出令人一致信服的解释。大而言之,则曹雪芹身世究竟怎么样、"脂砚斋"究系何人、全书究竟是否曾经完稿……及书中的时、空描写与许多人物的命运等,至今仍是令读者探索不尽的无底谜。比如近读王蒙的《红楼启示录》(1991年三联书店版),宗璞在前面的"序"中就总结归纳出了许多的谜:"红楼中的时间,是个老问题……各人年纪只有个大概。姐妹兄弟四个字不过乱叫罢了。事件的顺序也只有个大概,是'一个散开的平面',不是一条线或多条线……贾府的排行很怪,姑娘们是两府一起排,哥儿们则不仅各府归各府,还各房排各房的。宝二爷上面有贾珠,琏二爷呢?那大爷何在呢?……贾赦袭了爵,正房却由贾政住着……宁国府在婚姻上好像很不动脑筋。秦可卿是一个小官从育婴堂抱来的。尤氏娘家也很不像样。作为警幻仙子之妹的秦可卿,其来历可能不好安排,所以就给她一个无来历,也未可知……"

《红楼梦》中最大的一个谜,是秦可卿。其他的谜,如按照曹雪芹的构思,黛玉究竟是如何死的,贾宝玉究竟是如何锒铛入狱,成为更夫,沦为乞丐,又终于出家的等等,因为是八十回后找不到曹公原著了，所以成了谜。我们在心理上，还比较容易承受——苦猜"断线谜"无益无趣，也就干脆不硬猜罢。但作为"金陵十二钗正册"中压轴的一钗秦可卿，却是在第五回方出场，到十三回便一命呜呼，是在曹雪芹笔下"有始有终"的一个重要人物，唯其作者已把她写全了，而仍放射着灼目的神秘异彩，这个谜才重压着我们好奇的心，使我们不得不探微发隐地兴味盎然地甘愿一路猜下去！

早有"红学"家为我们考证出，秦可卿并非病死而是"淫丧天香楼"，她与贾珍的乱伦，未必全是屈于胁迫，佚稿中有"更衣""遗簪"等重要篇目，这一方面的谜，现在且不续猜。现在我们要郑重提出的，是宁国府在婚姻上是否真如宗璞大姐所说"很不动脑筋"，秦可卿的出身是否真的寒微到竟是一个养生堂（弃婴收容所）中不知血缘的弃儿？

2.《红楼梦》中第八回的交代可疑

秦可卿的出身，曹雪芹并没有在有关她本人的情节中交代出来，而是在第八回末尾，交代秦钟出身时，顺便提及了她。据人民文学出版社1982年2月第1版中国艺术研究院红楼梦研究所校注本（该校注本以"庚辰本"为底本），文字是这样的：

> 他（指秦钟——刘注）父亲秦业现任营缮郎，年近七十，夫人早亡。因当年无儿女，便向养生堂抱了一个儿子并一个女儿，谁知儿子又死了，只剩女儿，小名唤可儿，长

大时，生的形容袅娜，性格风流。因与贾家有些瓜葛，故结了亲，许与贾蓉为妻。那秦业至五旬之上方得了秦钟……

这段交代看似明确，实颇含混。秦业"年近七十"，估计是六十八九岁吧，抱养秦可卿，大约是在二十年前，那时他才四十八九岁；不到五十岁的壮年男子——或者我们把秦可卿的年龄算小些，那他当年也不过五十出头——怎么就一定要到养生堂去领养儿女呢？说他"夫人早亡"，丧妻后可以续娶嘛，正房不育，还可纳妾，难道是他本人无生育能力？又不然！因为他"至五旬之上"又有了亲生儿秦钟，这样看来，"夫人早亡"，似乎又说的是原配在生下秦钟不久后死去（死了十几年，从"现在"往回追溯可称"早亡"），也就是说他们夫妻二人都并无生殖力丧失的大毛病，只不过是婚后一段时间里总不奏效罢了——在当时那样的社会环境中，自然会着急，会想辙，但按最普遍最可行最讲得通也最保险的办法，应是从秦业的兄弟（无亲兄弟尚可找叔伯兄弟）那里过继一个侄儿，难道秦业竟是一位"三世单传"的人物？书中有铁证：不是！第十六回"秦鲸卿夭逝黄泉路"，宝玉闻讯急匆匆跑到秦家去奔丧，"来至秦钟门首，悄无一人，遂蜂拥至内室，唬的秦钟的两个远房婶母并几个弟兄都藏之不迭"。婶母虽为远房但多至两个，弟兄也颇有"几个"，而且看来亲戚间关系不错，那么，秦业在五十岁上下时为什么不从那远房兄弟处过继子女，而偏要到养生堂中去抱养孩子呢？抱养孩子一般是为了接续香烟、传宗接代，按说抱

16

养一个男孩也罢了，怎么又偏抱养了一个女孩？既抱养来，怎么又对那儿子马马虎虎，竟由他轻易地死掉，而独活下了秦可卿？既然从养生堂抱养儿子并不困难，那儿子死掉后何不紧跟着再抱养一个？这些，都令人疑窦丛生。

说秦业"与贾家有些瓜葛"，怎样的瓜葛？一个小小营缮郎，任凭与贾家有什么"瓜葛"，怎么就敢用一个从养生堂里抱来的女儿去跟人家攀亲？而威势赫赫的贾家竟然接受了！怪哉！

3. 没有可比性的"重孙媳中第一个得意之人"

按说秦可卿既是如第八回末尾所交代的那种出身，她进入贾府后，难免要受到起码是潜在的歧视；就在交代秦钟和她出身的那段文字中，便有"那贾家上上下下都是一双富贵眼睛"的点睛之句；可是按曹雪芹对秦可卿的描写，除了焦大一人对于她同贾珍的乱伦有石破天惊的揭发批判外，竟是上上下下对她都极宠爱极悦服。第五回她出场，便交代说："贾母素知秦氏是个极妥当的人，生的袅娜纤巧，行事又温柔和平，乃重孙媳中第一个得意之人。"

这很有点古怪。王蒙在《红楼启示录》中这样解释秦可卿和秦钟的受宠："他们身上放射着一种独特的与原生的美丽与邪恶相混合的异彩。""两人如此受宠，很大程度上是由于他们的容貌美丽。"但因貌美受宠也罢，怎么贾母偏要认为秦可卿"乃重孙媳中第一个得意之人"呢？

按书中所写，那时宁、荣二府的重孙辈中，也就贾蓉一人娶了媳妇，贾兰尚幼，宝玉、贾环均未婚无子，贾琏没有儿子只有巧姐儿，因此并不存在第二个重孙媳妇，根本没有可比性，秦可卿"乃重孙媳中第一个得意之人"，这句话不是古怪透顶吗？也许是把近支全族都计算在内了？那么第十三回"秦可卿死封龙禁尉"之后，来吊丧的草字头重孙辈计有贾蔷、贾菖、贾菱、贾芸、贾芹、贾蓁、贾萍、贾藻、贾蘅、贾芬、贾芳、贾兰、贾菌、贾芝十四位，有的书中明文写到他们仅在恋爱中（如贾蔷、贾芸），有的还很幼小（如贾兰、贾菌），而且即使他们当中有哪位娶了媳妇，也几乎没有进入贾母眼中心中的可能，是不必用之一比、不堪与之一比的，秦可卿"乃重孙媳中第一个得意之人"这句话还是不能破译。

要破译，那就必得选择这样的逻辑：不仅就美丽与聪颖而言，秦可卿是拔尖的，而就她实质上的尊贵而言，也是无与伦比的——因此，即使贾兰或贾琏和宝玉将来可能会有了儿子娶了媳妇，就是再好，也仍可以预见出秦可卿那"第一个得意之人"的稳固地位。

一个养生堂中的弃婴，何以在贾母心中有一种潜在的不可明言的尊贵感，视为"第一个得意之人"，使后来者均不得居上，这是一个多么神奇的谜啊！

4. 对秦可卿卧室的古怪描写

不用"红学"家指出，只要通读过《红楼梦》全书的读者都会发现，曹雪芹对秦可卿卧室的描写笔法实在古怪——怪在其风格与全书很不协调；《红楼梦》中写到过贾宝玉的卧室，写到过林黛玉、薛宝钗、贾探春的卧室，都描写得相当细致，但用的基本上都是写实的手法，虽糅合了一些浪漫的情调，略有夸张渲染，但风格与全书的文笔是统一的，读去不会感到"咯噔"一下仿佛吃虾仁时咬到了一只胡桃。但第五回写到宝玉进入秦氏卧室时，却出现了全书中仅此一次的奇特描绘：

……入房向壁上看时，有唐伯虎画的《海棠春睡图》，两边有宋学士秦太虚写的一副对联，其联云：嫩寒锁梦因春冷，芳气袭人是酒香。案上设着武则天当日镜室中设的宝镜，一边摆着飞燕立着舞过的金盘，盘内盛着安禄山掷过伤了太真乳的木瓜。上面设着寿昌公主于含章殿下卧的榻，悬的是同昌公主制的联珠帐……

抽出来单独看，这段文字一点也不高明，设若"史太君破陈腐旧套"，怕是要斥为"陈词滥调"，引为败笔的。但曹雪芹偏偏这样写，却是为何？以往的论者，都指出这是暗示秦可卿的淫荡，有讥讽之意，或在其更深层竟有她与贾宝玉暧昧关系的隐喻。这些分析诚然有理，但似乎都忽略了一个很重要的方面——我以为乃是更重要的一个方面——那就是这一组符号其实在暗示着秦可卿真实出身的无比尊贵！武则天、赵飞燕、安禄山、杨太真、寿昌公主、同昌公主，这些历史上的人物固然都同属"风流种子",但同时也都是血统最为高贵的一流。我以为曹雪芹这样落笔含有强烈的提示作用,让我们千万别真的相信他在第八回末尾施放的那个"从养生堂中抱来"的烟幕弹!

5. 秦可卿在贾府中为何如同鱼游春水

秦可卿即使不是从养生堂抱来的弃婴,而同秦钟一样是秦业所亲生,那么,以秦业的营缮郎那么个小官,而且书中明言其"宦囊羞涩",这就又派生出两个问题:一、她在秦家怎么获得那样圆满的教养,一进贾府便不仅能处处适应,而且浑身焕发出一种天然的贵妇人气派?美丽可以天生,在贾府那样一个侯门中能行止"妥当",那本事难道也是与生俱来的?二、就算秦可卿是个聪明绝顶的人,从清寒之家一迈进贾家的门便迅速"进入角色",适应得飞快,那她心底里,总该有着因自己出身不称而滋生出来的隐忧隐愁吧?也就是说,她多少该背着点"出身包袱",才符合她这一特色人物的特定状况,然而,我们在书里一点也看不出来!后面书里写到妙玉,写到邢岫烟,都有对她们因家庭背景逊于贾府而产生的某种戒备感、某些距离感,如妙玉的执意要贾府下帖子请才愿进府,邢岫烟雪天身无皮毛衣服,冷得拱肩缩背而一声不吭。但秦可卿在贾府中却鱼游春水,心理上没有丝毫的自卑,没有任何因养生堂或薄宦之家出身所带来的精神压力和戒备感、距离感、冷漠感,那气派,那心态,给人一种"宾至如归"的感觉,在若干场合里,她比尤氏更显得有大家风度。

即使在身染痼疾的情况下，对王熙凤吐露衷肠，也只是说："这都是我没福。这样人家，公公婆婆当自己的女孩儿似的待，婶娘的侄儿虽说年轻，却也是他敬我，我敬他，从来没有红过脸儿。就是一家子的长辈同辈之中，除了婶子倒不用说了，别人也从无不疼我的，也无不和我好的。如今得了这个病，把我那要强的心一分也没了……"并没任何"门不当户不对"的反思和羞愧，有的只是因病不能挑起一大家子重担、当稳阔管家奶奶的遗憾。这是怎么回事呢？

谜底只有一个，即秦可卿自己知道自己的真实出身，她的血统其实是高贵的，甚或比贾府还要高贵，也许根本就是皇族的血统，这一秘密贾母、王夫人、贾珍、尤氏、王熙凤等都知道，贾蓉也不会不知道，倒是贾宝玉不清楚，至于璜大奶奶那样的外三路亲戚，就更蒙在鼓中，所以才敢听了寡嫂金荣之母的一篇闹学堂的话，晃晃悠悠地跑到宁国府去"论理"（后来自己在宁国府那无声的威严面前主动撤退）……而且秦可卿除了托名秦业抱养之女，或许根本就没有在秦家成长，她受到了秦家根本不可能给予的高级教养，她的进入宁国府，骨子里不仅是门当户对，甚或还是"天女下凡"般地让贾家暗中沾了光哩！

6. 警幻仙姑泄露的"天机"

秦可卿确实是"天女下凡"，因为她是太虚幻境中警幻仙姑的妹妹，这在第五回中是有明文的。警幻仙姑与贾府祖宗有种相当特殊的关系，她"原欲往荣府去接绛珠，恰从宁府所过，偶遇宁荣二公之灵"，她对宝玉说："今既遇令祖宁荣二公剖腹深嘱，吾不忍君独为我闺阁增光，见弃于世道，是以特引前来，醉以灵酒，沁以仙茗，警以妙曲，再将吾妹一人，乳名兼美字可卿者，许配于汝……"

警幻仙姑泄露了"天机"，这"天机"分解开来就是：她与她妹妹可卿这一支血统，要比贾家宁荣二公传下的血统更为高贵，好比君之于臣，所以宁荣二公之灵见到她只有谦恭拜托的份儿，而并不能"平起平坐"。秦可卿本是要许配给贾宝玉的，后来成了蓉哥儿的媳妇，是一次"错位"，错位的原因，则似可从"金陵十二钗正册"最末一幅画儿和判词，以及"红楼梦十二支曲"中《好事终》一曲里，找到线索。

7. 为什么说"箕裘颓堕皆从敬"？

"金陵十二钗正册"最末一幅"画着高楼大厦,有一美人悬梁自缢"，这画的不消说是"秦可卿淫丧天香楼"，判词似乎也不难懂："情天情海幻情身，情既相逢必主淫。谩言不肖皆荣出，造衅开端实在宁。"贾珍"爬灰"，出此丑事，"造衅开端实在宁"这帽子扣得上。但"红楼梦十二支曲"中的《好事终》里有的话就费解了，比如"箕裘颓堕皆从敬，家事消亡首罪宁"，贾家的"箕裘颓堕"即家业不振，贾敬固然难卸其责，但对比于贾赦，他造的孽似乎倒要少些，他不过是"一心想作神仙"，把官倒让贾珍袭了，"只在都中城外和道士们胡羼"而已，相对而言，他的这种生活态度和生活方式，对社会对家族的危害性似乎都较小。贾珍既替父亲袭了官（三品爵威烈将军），在其位而不司其职,一味胡闹,本应说"箕裘颓堕皆从珍"才是,如两府合并算,贾赦袭官,辈分比贾珍大,也可说"箕裘颓堕皆从赦"。可为什么偏偏要说"箕裘颓堕皆从敬"呢?难道仅仅是为了合辙押韵么?

这也是一个谜。

8. 秦可卿凭什么能托那样的梦

秦可卿临死前向凤姐托梦,面授机宜,指示要永保家业,唯一的办法是"趁今日富贵,将祖茔附近多置田庄房舍地亩,以备祭祀供给之费皆出自此处,将家塾亦设于此"。其最重要的根据是,"便是有了罪,凡物可入官,这祭祀产业连官也不入的……"

一个养生堂里的弃婴,一个长在小小营缮郎家中的女孩,耳濡目染的恐怕净是"东拼西凑"借钱过日子的生活情状,又哪来的这种"趁今日富贵,将祖茔附近多置田庄房舍"的经验教训之谈?

历代的读者,都对秦可卿的这一托梦,感到有些莫名其妙。这些话,似不该出于她口中,她若说些比如悔淫惭浪、劝人改邪归正的话,倒差不多。可偏她有这样宽的心胸,这样大的口气,可见她并非真是那样的一个清寒出身,她托梦的口吻,俨然"天人"的声气,与她的姐姐警幻仙姑的口气相仿,这只能让我们的思路转向这样一条胡同——秦可卿的真实出身,是一个甚至比荣宁二府还要富贵的门第,但因没能趁富贵之时在祖茔附近多置田庄房舍,结果"有了罪",一切财产都入了官,连她的真实身份,也不得不隐匿起来,而伴称是养生堂的弃婴,佯装是什么营缮郎的女儿!

9. 北静王为何来祭秦可卿而未见出祭贾敬?

  秦可卿死后,丧事办得如此隆重铺张,固然可以从贾珍与之的特殊情感关系上加以解释;但你自家办得如此隆重铺张,别人家却并不一定也随之相应看重;就贾府而言,老祖宗一辈尚在,秦可卿不过是个重孙媳妇,贾蓉临时抱佛脚地捐了个身份,也不过是"防护内廷紫禁道御前侍卫龙禁尉"而已,然而来送殡路祭的,却一个比一个有身份,一个比一个规格高,连"现今北静王水溶",也"不以王位自居,上日也曾探丧上祭,如今又设路奠,命麾下各官在此伺候。自己五更入朝,公事一毕,便换了素服,坐大轿鸣锣张伞而来……"

  或者可以这样解释:北静王与贾府关系非同一般,世交之谊,礼当如此。

  但奇怪的是宁国府的最高家长贾敬服食金丹宾天时,连天子都亲自过问了此事,那丧事却远比不了其孙媳秦可卿排场。当时贾府并未势败,因元春的荫庇,正更兴隆,不知为何却大有草草了结之态,尽管出殡那天也还"丧仪宾客如云,自铁槛寺至宁府,夹路看的何止数万人",却不见有北静王水溶的一隙身影。世交之谊,为何施之于一个重孙媳妇如此之浓,施之于一个长房家长却如此之淡?

  这也是一个谜。

10. 秦可卿的棺材又泄露了一丝消息

秦可卿死后，贾珍"恣意奢华"，"看板时，几副杉木板皆不中用"，结果是薛蟠送来了一副板，"叫作什么樯木，出在潢海铁网山上，作了棺材，万年不坏……原系义忠亲王老千岁要的，因他坏了事，就不曾拿去"。那樯木板"帮底皆厚八寸，纹若槟榔，味若檀麝，以手扣之，玎如金玉"，薛蟠称"拿一千两银子来，只怕也没处买去"。当时贾政劝了一下："此物恐非常人可享者，殓以上等杉木也就是了。"贾珍不听。

过去读这一细节，只觉得作者在揭示贾珍对秦可卿的特殊情感，同时暴露豪门贵族的奢靡，却忽略了也许还有另一层深意：贾政说"此物恐非常人可享者"，而偏偏表面上出身于养生堂、小官员的血统不明、门第寒微的秦可卿，却公然享用了——这暗示着，秦可卿的出身，她浑身中流动过的血液，恰与未坏事的"义忠亲王老千岁"一般尊贵，她躺进那樯木棺材之中，是适得其所！

11. 曹雪芹写成又删去的四五叶中究竟有何秘密？

众所周知，曹雪芹原来所写的第十三回，回目中标出"秦可卿淫丧天香楼"字样，大概详写了她与贾珍在天香楼上乱伦的情形，而这一偷情偏偏被丫环瑞珠和宝珠撞见（后来瑞珠触柱而亡，宝珠甘以秦可卿"义女"身份自行未嫁女之礼，"引丧驾灵，十分哀苦"，并到铁槛寺守灵后"执意不肯回家"，决心永缄其口，只求免死，这些现在书中都仍加保留），所以导致了"画梁春尽落香尘"的悲剧结局。但与曹雪芹关系极为密切的脂砚斋干预了曹雪芹的创作,他后来在批语中说:"秦可卿淫丧天香楼,作者用史笔也。老朽因有魂托凤姐贾家后事二件,嫡(岂?)是安富尊荣坐享人能想得到处,其事虽未漏,其言其意则令人悲切感服,姑赦之,因命芹溪删去。"删了多少呢?他又在一处眉批中说:"此回只十叶,因删去天香楼一节。少却四五叶也。"按最保守的估计,怎么也删去了两千多字。以曹雪芹的叙述文体,两千字中往往密聚着极大的信息量。以往一般读者总估计所删去的文字中大概主要是些较为色情的描写,更有"红学"家考据出其间有"更衣""遗簪"等细节,但我以为还有至关紧要的东西,即秦可卿真实出身的揭秘。

贾珍看来对秦可卿并不是一般意义上的玩弄,他对她确有深厚的感情,甚至秦可卿死后他有"恨不能代死"的想法,这就派生出了一个问题:贾珍是什么时候爱上秦可卿的?是在秦可卿正式嫁给贾蓉之前,还是之后?

这是一个很重要的谜。我猜想谜底在那被删去的两千多字中本是已亮出来了的。

12. 删去重要情节后只好"打补丁"

由于对"淫丧天香楼"的情节做了伤筋动骨的删除,已写成的书稿必须再加整理,以求补上由于重大删除形成的"窟窿",这对于曹雪芹这样的天才,也洵非易事。俞平伯先生早就考证出,为了把秦可卿之死说成不是上吊死而是病死,不得不在那之前好几回书中含混了时间的过渡，又不得不既写到她死讯传出后"彼时合家皆知，无不纳罕，都有些疑心"，却又似乎一切正常，既删去了关于秦可卿真实身份的揭秘，又不能丝毫不交代她的来历，于是便到第八回末尾加了一段从养生堂抱来之类的看似明确却更含糊的文字，实际是打了一个"补丁"，故作狡狯，成云断山岭之势，弄得后来的读者越加好奇，也越加迷惑。

13. 脂砚斋"命芹溪删去"的更重要的原因是什么？

说是因为秦可卿有托梦之事，"其言其意则令人悲切感服"，所以不再让她"当众出丑"，放她一马，把她与公公乱搞的情节删去，其实，恐怕还有更重要的原因。什么原因？曹雪芹在脂砚斋协助下写作《红楼梦》（当时叫《石头记》），早定下一条宗旨，并借"空空道人"之口在书中明文标出"毫不干涉时世"。实际上并不是丝毫不涉，比如为秦可卿买棺木时写到"义忠亲王老千岁""坏了事"，便已有影射朝政之嫌，但片言只语，尚好蒙混，倘是一段明显的文字，那就很难躲过致密的文网了，所以为不惹麻烦计，还是删去为妙。

《红楼梦》原名《石头记》，早期雏形还叫过《风月宝鉴》，脂砚斋对性描写，应该说有着较开放的态度，关于贾瑞的种种描写，关于贾琏与鲍二家的、与灯姑娘的描写，他都并未建议曹雪芹删去。而秦可卿的"淫丧天香楼"，已画进"册子"写好判词并写定了《好事终》曲子，他还是要曹雪芹四五个双面的文字地往下删，那劝告，恐怕就不仅仅是出于对性描写的过多过露吧？

14. 曹雪芹父亲曹頫为何替塞思黑偷藏金狮子？

《红楼梦》当然并不是曹雪芹的自传，贾家的故事也绝不是曹家历史的敷演，但《红楼梦》里当然熔铸着曹雪芹的身世感受。1728年，雍正六年，曹家终于败落，直接的原因之一，是查出曹雪芹父亲曹頫替雍正的政敌塞思黑（雍正之九弟允禟，塞思黑据说是"猪"的意思，是雍正给他改的"名字"；另一政敌八弟允禩被改叫阿其那，据说是"狗"的意思）藏匿了寄顿他家的一对"本身连座共高五尺六寸"的金狮子。允禟明明已经失势，逾制私铸的金狮子明明是一种标志着夺权野心的东西，曹頫为什么肯敢于替其藏匿？除了种种复杂因素之外，很重要的一个因素，恐怕就是在那权力斗争波诡云谲、前景时常变得模糊难测的情况下，曹頫这样的人物总想在表面忠诚于当今最高统治者的前提下，再向一个或几个方面投注政治储蓄金，这样一旦政局发生突变，便可以不至于跟着倾覆，甚至还可以收取高额政治利息。当然，风险是很大的。但那时类似他那样的官吏几乎人人都在搞那么一套，都是两面派或三面派、四面派乃至八面派。

金银财物可以帮着寄顿、藏匿，人呢？特别是刚落生不久尚未引起人们格外注意甚至不及登入户籍的婴儿呢？难道不可以表面上送往养生堂，表面上托付给有瓜葛的不引人注意的、处于权力斗争旋涡之外的如营缮郎之类的小官吏抱去收养，而实际上却在大家庭的隐蔽角落中加以收留、教养，待到时来运转时，再予曝光吗？

事实上，雍、乾两朝交替后，政局就发生许多微妙的甚至是相当明显的变化，曹家也一度从灾难中缓过气来，达到过短暂的中兴。倘若政局的变化不是雍正的儿子乾隆当上了皇帝，而是塞思黑活了下来并登上宝座，那曹家仅凭为其藏匿金狮子一事，不就能大受宠信吗？如果所藏不仅是金狮子更是活人，比如说塞思黑的女儿，那就恐怕不只是家道中兴，而是要进入到一个"新的历史时期"了！

但对这一类的事情，即使在小说中极为艺术化地极尽含蓄之能事地加以影射，也是非常危险的。"天机"，还是不要泄露的好。

15. 秦可卿出身的谜底可以大胆地猜一猜了

※ 她出身不仅不寒微，而且竟是相当地高贵，甚至有着类似北静王那样的血缘。

※ 但在皇族内部的权力斗争中，她的父母家族一度遭到惨败。她和她的一个兄弟不得不以送往养生堂的弃婴方式隐匿他们的真实血统和身份。

※ 贾府同她的父母家族有着非同一般的深层关系，故而在她和她的兄弟遭此巨变时决计帮助他们的家族将他们保存并藏匿起来。

※ 贾府没有道理直接出面到养生堂抱养别人"弃婴"，必须寻找一个合适的人物扮演此种角色。

※ 贾府找到了秦业。可能秦业曾得到过贾府的某些好处（营缮郎不难从贾府那样的大府第的扩建修葺工程中得到油水，而贾府与营缮郎之类的用得着的小官有瓜葛，也很正常），他当时恰好壮年无儿女，

又不引人注意，到养生堂抱养一对儿女在世人眼中不至引出太多的訾议。

※ 那一对儿女，儿子可能确实因病死去，就只留下了秦可卿，而秦可卿也并没有在他家待多久，就被贾府接走了，安排在一处有大家气象的环境中加以调教，说不定就一直在宁国府中当童养媳，似亲生女儿一般地养着。

※ 贾敬的出家修道，同被上层权力斗争吓破了胆、寒透了心有关，因而采取了逃避的态度。收养秦可卿的决策也许是贾代善作出的。贾代善死后，贾母始终秉承贯彻这一意志，所以后来视秦可卿为"重孙媳中第一个得意之人"。

※ 也许贾母曾有过将秦可卿许配给嫡孙的考虑，但贾琏、贾珠成年后都另有更相当的女子可娶，年龄也比秦可卿大得较多，而宝玉又出生得太晚，最后形成的局面是贾蓉最合适（据书上交代，贾蓉当年大约十六七岁，而秦可卿似比他还稍长，有近二十岁的样子）。

※ 但在收养秦可卿的过程中，贾珍爱上了这个渐显绝顶秀色的美人。贾珍不是在秦可卿嫁给贾蓉之后才爱上她的。贾珍早就对"有女初长成"的秦可卿垂涎三尺了。

※ 秦可卿懂事后也就知道了自己的真实血统，因此她心理上丝毫没有自卑自抑的因素。她甚至知道贾母等人一度对她与贾宝玉关系的考虑，因此她对贾宝玉有引诱之举并处之坦然，也就无足怪了。

※ "擅风情，秉月貌，便是败家的根本。"秦可卿确实是一个"性

解放"的先驱,她引诱过尚处混沌状态的贾宝玉,她似乎也并不讨厌她的丈夫贾蓉,但她也确实还爱着她的公公贾珍。如果我们对今人曹禺《雷雨》中周萍与繁漪的乱伦恋可以理解甚至谅解的话,那么,似乎也不一定完全站到同焦大一样的立场上,对贾珍和秦可卿的恋情那么样地不愿做出一定程度的理性分析。

※ 秦可卿成人后同自己家族中的一些残余分子可能取得了一些联系,因而能总结出一些大家族彻底覆灭的惨痛教训和一些得以喘息延续乃至起复中兴的经验,这便是她临死前向凤姐托梦的依据。

※《红楼梦》开始后的故事背景,可能是秦可卿真实出身的那个家族已摆脱了原有的政治阴影,甚而已逐渐给贾府此前进行的政治投资带来了政治利润,虽尚不到公开曝光的程度,对外仍称是秦业之女,实际上已是贾府中兴的一大关键人物。所以贾母等人才那么宠爱她,而下人们见此情状,纵使不明真相,也就都必然随之对她恭顺有加,她又偏善于娱上欢下,故而成为贾府内最富魅力的一大红人。

※ 谁知偏在这时发生了"天香楼事件",她的猝死,给贾府带来了强烈的震动,"造衅开端实在宁","家事消亡首罪宁",都是指她的死,堵死了通过宁国府向她真实的家族背景那边讨取更多更大的政治利润的可能。这对于整个贾氏家族来说,损失是太惨重了,"养兵千日",竟不到"用兵一时",便兵死而阵散。所以秦可卿丧事之隆重铺张,并不全是因为贾珍个人对她的露骨的感情因素使然。

※ 秦可卿,据前人分析,谐音为"情可轻",倘若秦可卿不是那么"性

31

解放",或贾珍不是那样的一匹超级色狼,也许还不至于因"情既相逢必主淫",而导致"箕裘颓堕"的糟糕后果。但这是"宿孽",似乎也无可奈何。至于"兼美",未必是因为她"鲜艳妩媚,有似乎宝钗,风流袅娜,则又如黛玉",其喻意倒恐怕是指贾府这样秘密地收养了她,于她的真实家族背景和贾府双方,都是美事吧。

※ 秦可卿卧房中所挂的唐伯虎手笔《海棠春睡图》和宋学士秦太虚的对联,大概都是她自己家族的遗物,而非贾家固有的珍藏。"海棠春睡"以往都只从淫意上解,其实《红楼梦》中一再用海棠的枯荣来作为家族衰败复兴的象征,则"海棠春睡"正象征着"否"快达于极点,"泰"虽仍在沉睡中但可望开始苏醒。对联的上联"嫩寒锁梦因春冷"意味着政治气候尚还未臻温暖,但下联的"芳气袭人是酒香"则暗喻着好时将返,可举杯相庆。

※ 天香楼上的一场戏,当不仅是"皮肤滥淫",也许贾珍在情而忘形之中,坦白陈述了打小将她调理大还有着明确的政治投机用意,而引起了秦可卿的极度悲怆,再加上瑞珠、宝珠的添乱,这才导致了她的愤而自杀。倘真有这样的情节,那脂砚斋下命令让曹雪芹删去,实在是太有必要了:你这不是自己往网里撞么?

也许,这样一些猜测,全经不起"红学"家的厉声呵斥,但建议普通的读者以我这样的"谜底"为前提,再把书中有关秦可卿的情节通读一遍,我想,恐怕还真可以把原来读不通的地方都读通哩!

〔六〕
周汝昌致刘心武
(1992 年 3 月 25 日)

心武同志：

札到多时，因小恙，又开政协会，故迟复为歉。您的论文我很佩服，认为这很重要！原想写一读后感，刻因忙乱还写不了，故先草草数行致意。您的见解极有价值，引起我许多思绪。您的文章也很好，但建议选用词语宜再多加锤炼，且力求避俗（时下流行"气味"）。您既有新解以为贾珍之惜可卿非仅"色"饥之事，中含深义，那么又何必加之以"超级色狼"这样的词句？此种易伤文格文品。又如，两次特书"红学家考证出更衣遗簪……"，似含讥讽。不知缘何而致此？窃以为更衣遗簪等情之背后仍可暗示大有内幕别情，未必即与您的新见构成"对立""抵触"！与您研红推诚竭悃，不敢以世态相对也。务乞朗照。

周汝昌拜上

1992 年 3 月 25 日

附 周汝昌《善察而能悟》

近日得读刘心武同志一篇佳文《秦可卿出身未必寒微》(以下简称《出身》),觉其见解甚有价值,为之欣喜,也引起我自己久蓄于怀的一些思绪。此文也许有人只以"假设"视之,甚且评为"大胆";但其作者并非信口开河之流可比,他有论据,有创见,有体会——一句话,他表现出对曹雪芹的独树一帜的超妙笔法深有所悟。这种笔法,如拿一般的传统小说、西方小说的有关理论观念来看它,是不能理解,也不会"承认"的。但事实是"客观存在",无视、不理、反对……都不能说成是科学态度。

《出身》作者认为:秦可卿的出身,不但并不寒微,而且实甚高贵;其所以托词为养生堂抱养之女,盖有"真事隐去"(按:雪芹在京家住崇文门外蒜市口,若往东南行,正有一处养生堂,亦名育婴堂),其论证要点有四——

1. 秦氏托梦的内容,皆涉重要政治干系。此绝非一名"抱婴"之女所能知能言。
2. 写其居室陈设,笔法独特,一般只解为暗示其淫乱,实则隐写其身份高贵(所喻者皆贵妃、公主一类女流)。
3. 选棺木,用的是"常人不可"的"败了事"的"老千岁"——康熙大帝的某位失势的皇子,败于雍正之手,干连曹家的政治大事主角人物——所遗。
4. 秦氏不过是贾府一个重孙媳,何以位居郡袭的北静王会亲来吊祭?其中大有缘故了。

论证很细、很周,但要点由此四端可窥大略。

我觉得，心武同志的看法是大有道理，也是十分重要的。他提出，秦氏为阖府上下所有人所喜爱，除了她本人的人才出众，还有另外的缘由。我看也是对的。

清代制度非常严厉：太监不经许可，寸步不准出离宫外，否则处死无赦。那么，秦氏之丧，为何"大明宫"太监头儿戴权也"鸣锣开道"地前来吊唁？那个时代，如无特殊缘由，这是"礼法"上万万不能有的事，"荒唐言"在乾隆年间能骗信了几个阅书人乎？

事实上，贾府后来事败，罪状中就包含着"窝藏罪家之女"。妙玉就是其中的一个。她为仇家（权势）所逼，才出的家（当时的出家，并非"色空""消极""迷信"，多是政治避难，"绝君臣之义"——雍正"批评"他的对手的"名言"！），她随师父逃到了北京，躲入了贾府这个庇护伞。后来的史湘云，也属于此类——她们本来都是要"入官"给仇敌贵家做奴婢的人。

北静王单单在吊秦氏丧时，回顾他与贾府是"同难同荣"，故不以"国礼"为限——即可以不拘宗室贵胄与内务府包衣（奴仆）人家的区别。什么叫"同难"？就是在同一种政治大案中同属罪犯的历史经过！

《出身》指出，脂砚斋"命芹溪删去"[注]了秦可卿故事的原稿达四五叶（双页）之多，不仅是"为亲者讳"，实也"为尊者讳"——这桩"本事"如果公开了，会给曹家带来灭门之祸！

三春去后诸芳尽，各自须寻各自门。

雪芹原著的巨大无比的"家亡人散各奔腾"的涉及几百口男女命运的特大悲剧，单单由秦可卿口中道出。何也？何也？难道不应当思索一下吗？这部书，难道是一部"爱情"甚至"淫书"的眼光"心光"所能认识的吗?

　　删去的"天香楼"一段情节,讳莫如深。"天香"者何?"天香云外飘",又道是"国色天香"。这也绝不是一般比喻桂花的事了——此香来自天上,非人间之凡种也。雪芹善于用常见词语作字面,而内藏深一层的含意。大约这也是一个佳例。

　　刘心武同志是从一位小说作家的立足点与视角来思考这个问题的,他未必看得上"红学"这门学科。但他却由于寻觅雪芹的笔法特色与奥秘而写出了这样的论文。这个事例极饶意味。

　　"红学"并不是一种"怪物",更不是人为地硬造的,它来自雪芹的笔下与"纸背"。

　　〔注〕"命芹溪删去",并不是"长辈令晚辈"。《红楼》中凤姐可以"命"贾琏。此乃当时八旗人字法习惯。

〔七〕
刘心武致周汝昌
（1992年3月27日）

汝昌前辈：

您好！

三月二十五日大札获悉。您正开政协会，身体又不适，还给我写信，又不吝赐教，使我深受鼓舞，甚为感动。

我写《秦可卿出身未必寒微》一文（已刊于现仅省内发行的山西太原《都市》双月刊1992年第1期，将正式刊于《红楼梦学刊》1992年第2辑），确实并非心血来潮，而是思考已久，终于觉得骨鲠在喉，不吐不快，才试着写出的。

我因自己平时是写小说的，所以常从《红楼梦》这小说是如何写出和如何修改这一角度来揣摩其成书过程。小说家修改原稿，一般无非两个原因：一是出于艺术上的考虑，一是出于非艺术的考虑。倘是出于艺术上的考虑，所作出的修改一般是不会留下"疤痕"的。倘是出于非艺术的考虑，则会有两种情况出现：（一）即使天才大手笔，亦难免留下一些令后人困惑乃至遗憾的痕迹；（二）著者为提醒读者注意,他的某些删除补缀是出于迫不得已,则故意使他所打出的"补丁"显得"不伦不类",留下一个"谜",期待有后来的读者去猜破。

要而言之,我以为《红楼梦》第八回末尾那段关于秦可卿由一位小小营缮郎抱养于养生堂的出身交代,便属于第(二)种情况,那是曹公在忍痛被迫删去"淫丧天香楼"的四五叶大段文字后,故意打出的一个"破绽百出"的补丁,其实他是根本不要我们相信那段"鬼话",才把文字弄得那样地既不合于外部逻辑也不合于内部逻辑的啊!他真是生怕我们信了哩!他有难言之隐啊!

破了这个"补丁"所掩之谜,我们便完全可以看懂第十三回秦可卿向凤姐托梦的文字了:秦可卿本是出身比贾府更加赫赫扬扬的百年大族,因"月满则亏,水满则溢","登高必跌重",如义忠老亲王那般"坏了事",又没有"于荣时筹画下将来衰时的世业",未趁富贵"将祖茔附近多置田庄房舍地亩",早为后虑,结果"树倒猢狲散",因而她才以前车之鉴,通过凤姐警戒贾氏二府。

我觉得,这一个"谜"如能顺此破译,则有关《红楼梦》的许多问题都需要重新想过。秦可卿之死实在是全书中的一个大关节,并且已是贾府从大有望到渐无望的一个转折点。贾母那认为秦可卿乃"重孙媳中第一个得意之人"的"怪想法";关于秦可卿卧室的奇特描写;焦大除骂"爬灰"外还喊出"我什么不知道"加以威胁,他究竟还知道什么?更深层含意何在?贾珍对秦可卿的"乱伦恋"除"色既相逢必主淫"外,究竟有无情色以外的更隐秘的缘由?瑞珠与宝珠的一死一隐究系何因？仅仅是由于撞见了淫情么？在天香楼那一天究竟发生了些什么事？乃至贾敬究竟在逃避什么？……都值得从头往深隐里探讨！

您来信称我的见解"极有价值"，认为我此文"很重要"，并说已引出了您"许多思绪"，这是对我极大的鼓励，但我所抛不过是一砖，我想，恐怕绝不止我一人，亟欲了解您的那些珠玉思绪，真盼您能拨冗写出，对我的论文严加批评，并就秦可卿出身之谜及相关的问题发表您的高见。如您能将大文交给上海《文汇报》的《笔会》副刊发表，我想读者面或许会比《都市》《学刊》等园地更大，这样或许也就会引出更多的珠玉之见。

再次感谢您对我的鼓励，尤其感谢您对我"用词宜再多加锤炼，且力求避俗"，以免"伤文格文品"的严肃指评。此信又耽搁了您许多宝贵时间，内心很是不安。

谨致
敬礼！

晚辈刘心武
1992 年 3 月 27 日

〔八〕
周汝昌致刘心武
(1992年4月15日)

心武同志：

谢谢先把复印寄来，也是"先睹为快"。"入官"弄成了"入宫"，幸有下半句在，略晓文史者当能辨悟。你提起标题诗，我的一向理解是送宫花是为了"介绍"十二钗（花即钗之象征也），又兼"介绍"荣府院落路线，故未专在可卿一人上多想事情。今你提起，也许还待再思索。那首诗一结是用古句："未嫁先名玉，来时本姓秦。"大可推究。但此刻我已记不清古诗的全部文了，所以不敢乱道。等我弄清楚些，再与你联系或撰文（"江南"云云，若非用古，亦属"荒唐言"之烟幕，无须拘看也）。

你正写《四牌楼》，仅闻此名，即大感兴趣。何日得一拜读为幸。

尊址似距元大都"土城"遗迹较近，听说那儿已是"海棠海"（万株也！），渴慕而无由一观，只有望棠兴叹！你曾往一游否？海棠是雪芹最爱的名花。

清代一大奇案：履亲王（乾隆之皇子）妾生一男婴，出痘，被其另一妒妾阴谋乘病婴垂危而弃于野（以另一死婴替换之，伪称已病死）；而弃婴实未死，一僧过而怜之，抱养成童。后奏报皇帝，却僧童俱被惨戮！此皇室婴幼流于外间之例，因牵连忆及。

祝好！

周汝昌

1992 年 4 月 15 日

附 周汝昌《过场人物乎？结局人物乎？》

读《红楼边角》新篇，不禁自"惊"自诧：怎么我与他（作者心武）的感受——对雪芹写二丫头、卍儿的感受，是如此一模一样呢？这中间想必有一层道理，而不是"偶合""略同"的事情。

时至今日，谈论"红楼大人物"的比比皆是，林黛玉更是"大人物中的最大人物"了，画她、讲她、演她、唱她、哭她……谁会想起二丫头、卍儿之辈？她们是"小人物中之最小人物"吧？有甚值得提起的？

然而，刘心武同志却又发出了一番"怪论"，说对她们的印象极深。难道是为"边角"而边角乎？堪称"怪事"。

然而——又一次然而，他提出了一个"过场人物"的问题。他认为长篇小说最忌此种人物。长篇皆忌，遑论短幅？过场人物是可有可无的"东西"，如不是作者的败笔，也是浮文涨墨，思力笔力都"不行"的明证也。的然不假，确是实话。

但是，雪芹也会如彼其"不行"吗？如彼其不智、低能、短见、"想不开"吗？好像不会。这也许是我这个"拜芹主义"者的成见与偏见？验之于心武同志之文，他也没那么判事断文。

当然雪芹写她们也是为了勾勒宝玉的性情，他的痴心挚意，他的重人轻己。他对一个村姑一个丫头也从没想到自身是个尊贵无比的哥儿公子，可以"申斥"（以至打骂）她们，而是卑躬歉意，慈脾仁肠：一心为别人着想，不懂人间还有"自私自利"的"名目"和念头。"为她们死了，也是情愿的！"这是"爱情"甚至"邪心"吗？！呜呼，可悲可痛之人也。

这是讲"思想内容"了。与心武讲的过场人物的问题，并不合卯对榫。

过场人物,似乎《儒林外史》里就不算少,写了一下子,露了一面子,一"过后",再也休想看到他(她)了,所以为"过场"者在此。可是,难道雪芹也这么样子吗?由于我"拜芹",还是不相信他会如彼地"不行"。

从结构上看,"伏脉千里"不仅仅是个"伏"的问题,莫忘了这"伏"不是三里五里,"下回"即见"分解",而是千里之遥哪!忘了这,就不解芹笔之超妙了。

"以后再也不提了"的例子,试举小红(红玉)为例:写她于怡红院中见妒,难以展才,因遗帕而转注于贾芸,然后见赏于凤姐,索去了——然后,然后……你可见雪芹再写她半笔?难道不也是个过场人物?

然而非也。

小红后与贾芸成为眷属,及贾府事败,凤姐与宝玉身陷囹圄,前往狱神庙探慰搭救的,就是芸、红二人!对怡红院的"特写",是由贾芸眼中而出之的。何也?因为要与后文贾芸亲见宝玉的惨境,正与怡红往事对映也(刘姥姥也是如此性质的伏线人物)。

这样就可悟到:原著八十回以前的"过场人物"和"小人物",实际上都是重要的"伏线人物"和"结局人物"!只看前边的文字,只看了表面一层意义(也自成文,也有"本体性""完整感"),但是必须看到后文,这才雷轰电掣,惊讶地明白了前文对应的真正含义——此时此刻,方知对芹文下泪下拜,并非无缘无故。

依此而推,我相信二丫头与卍儿都有后文呼应的精彩文字,正因"千里",却都在原著的最末部分了。

卍儿的事,还捉摸它不定。《石头记》的前半"扇"(五十四回以前),

是"鲜花着锦"的盛境。在"戚本"中,"花柳繁华地"这句俗常公认的文字,却独作"花锦繁华地"。我以为这比"花柳"好多了,应是雪芹原笔。"未若锦囊收艳骨",我疑心原著收葬大观园女儿的,就是卍儿——那时她已与茗烟成为夫妻,也是报答宝玉之人。凤姐梦中与另一娘娘争锦,与元春屈死有关。元春为另妃所诬,死于非命。这大事与卍儿怎么"联系"?当然我们还没有能解一切谜底的本领。可以继续探索,未必即无豁然之日。

二丫头的事,更耐人寻味。乾隆后期新封的睿亲王,是位诗人,他因读《石头记》而作诗,以此书乃"英雄血泪"。其结句云:

美人黄土梦凄切,麦饭啼鹃认故丘。

这乃是用的清明节扫墓的典故,那么可知,雪芹原著中有宝玉上坟的故事。据多人记载,在另种《石头记》真本中,宝玉贫为乞丐。因此我想象一种情景——

暮春三月,清明佳节,贫后落魄无家的宝玉,想起要为他所怀念悲悼的大观园女儿们祭扫,纡痛而追思。但他连一碗古人上坰的麦饭也无,于是在啼鹃声中,踽踽独行,到一村居,篱门不掩,宝玉乃持碗乞讨。室内闻声,出来一位村姑,端来麦粥,怜悯的面部表情使宝玉深深感愧——及一闻声,觉得耳熟;再一细看,原来就是那年为他纺线的那位天真纯朴的二丫头!宝玉告诉她昔日纺线之事,她惊呼一声,愕然怳然,涔涔泪下。

是这样的吗?

谁也难说是说非。这只是我自己的一种"创作",而并非什么"考证"。这不是"论文",因此不妨与心武作家谈我衷曲,以供他的文思与赏会之资。要之，我以为雪芹是没有闲暇去写过场人物的，他写重大的人与事还写不迭呢，他的小说岂同于深情逸致之流哉。

〔附记〕

脂批"处处点情"不误，不是"点睛"。盖点睛应指较后的特出的单一的，方为画龙既成，然后点睛——龙乃破壁飞去。若"处处"而点，即不复成睛矣，心武同志以为然否？

壬申四月十四日
写于京东之庙红轩

（刊于《团结报》1992年6月6日）

〔九〕
周汝昌致刘心武
（1992年8月27日）

心武同志：

  近见你在京报发表《红楼服饰》一文，甚以为佳，也想"助阵"，可否请你问问该报，对此有无兴趣？如无，我就给别处了。又，很久以前寄《文汇报》（即你来访捎口信索稿之后），未见音讯。拜烦代问一下，如不合用，盼他退稿。琐渎，望不罪。

  专此，并颂

文荣！

               周汝昌
               壬申七月末
              1992年8月27日

附 周汝昌《红楼服饰谈屑》

八月二十四日《北京日报·流杯亭》专刊登出刘心武同志一篇论《红楼梦》服饰问题的文章，实为佳作。此文也能触发我久蓄于怀的一些感想，今日不妨乘兴一叙，以助研求玩味。

束发紫金冠，并非与"凤仪亭吕布"有任何必要的联系，此乃清代的实物，并非"戏装"，也更非"虚构"。故宫博物院老专家朱家溍先生对我说过：他幼年时就戴过紫金冠。就我所见，如八旗名家麟庆的《鸿雪因缘记》里，就能看到旗人家小孩头戴紫金冠的真实景象。朱老说得极确：这种冠饰是小男孩戴的，一长大了，就不会再戴它了。《红楼梦》写初出场的宝玉，实际正是一个幼童，而不是像戏台上电视上那样是个"青少年"。

刘心武同志说，雪芹笔下特避清代男装的特点，却在宝玉辫子上"逗漏了消息"。我可以代他补充一点：比如你看宝玉大观园题对时，展才受奖，及出园之后，腰间所佩荷包、扇囊等等之物，在"冷不防"中给看官们一个不显山、不露水，然而又非常准确的巧妙的"特写"。还有宝玉穿的"箭袖"，也透漏了清装的一个特点。

女装情况比男人要复杂得多了。凤姐到宁府赴宴，登天香楼时，特写她"提衣"上楼梯的步态，学者们早已指出，这旗装妇女的景象，确切不移。有一次她还脚蹬槛儿（饭后乘凉剔牙），这也正是旗家天足妇女的"站式"，汉俗缠足的小脚，绝不会这么样子。至于排穗等名色，也是清代实有之衣式。

雪芹写袭人、香菱等人，明言穿裙子，于是有人又反驳，说旗俗哪有裙子？岂不自相矛盾！殊不知，稍明白实况的，旗家的婆子使女等人，却是满汉皆有，杂在一处，各着本族的服装。我在外国书上看清代的相片，一满族官员的周围，丫环婆子正是满汉两装的。再如果你看过早先老版本《儿女英雄传》插图，那"安老爷"家的妇女，也正是这样子！懂了历史，再谈雪芹的书，就恍然大悟了。何况，曹家内务府身份的世家，其风俗已是"满七汉三"的比例，有的甚至是完全地"满俗化"了。

真正的"红楼服饰"，决非模拟戏装，那基本上是以写实为原则，不过是夹带一点点"障眼法"（荒唐言）就是了。但现时代人们目中的印象，却大都是舞台戏装了，加上去也不过是传统"红楼画"的"古装仕女"而已。其实这全不相涉。

我时常与画家朋友谈论此事，并"说服"他们应当大胆创新：画清装的红楼画，开辟一条新路径，应能使人耳目一新。可是都胆气不够，怕画出来人家"接受不了"，落个吃力不讨好，怕失败。因此迄今的红楼画，仍然是"古装仕女"加"舞台戏衣"，不伦不类，莫名其妙——甚至把宝钗扑蝶弄得成了"天女散花"差不太多。

不久前，忽见黄均先生的弟子赵成伟，年方二十，能用极细的工笔画来创造清装红楼人物画，不觉喜甚。

至于第四十九回以异样出色的笔墨来写史湘云的冬装，说她打扮成一个"小骚达（鞑）子"和"小子（男子）"的样子，这又是清史上满族少女慕武事、爱劳动、效男子的特点，那与江南娇弱"黛玉型"美人全然不同。例如乾隆皇帝幼女、下嫁丰绅殷德的十公主，这是一位喜慕男装武事的姑娘，那"驸马爷"很怕她！

清皇室习称汉人为"蛮子"（不限南方人），呼蒙古族人为"达（鞑）子"，老北京有好几处"达（鞑）子营"，现都改为"达智"了。这些历史实况，现代人知者寥寥，自然又要往"戏装"上去拉扯了。所以，读雪芹之书，并非简单的事。

1991 年 12 月 25 日

（原刊于 1992 年 9 月 21 日《北京日报》）

〔一〇〕
刘心武致周汝昌
（1992年8月29日）

汝昌先生：

27日信悉。承蒙鼓励！

京报同我联系的编辑叫刘晓川，我已给他一信，请他直接与您联系。

《文汇报》肖关鸿处我亦已去一信，请他及时与您联系。

我近日又在《人民政协报》副刊部发出了《再论秦可卿出身未必寒微》一文（分上、下，8月18日、8月21日两日刊出），想来您有此报，还盼指教！该文系《红楼梦学刊》退稿（终审时否决）。

有什么事需我办，尽管吩咐。

即颂

文安！

晚辈刘心武

1992年8月29日

〔一一〕

周汝昌致刘心武

（1992年12月24日）

心武同志：

多谢惠我贺片！方知你新从海外归来，一定收获可观，又为写作增添了材料和思绪。你的新小说和散文集都出来了吧？92年我也算出了两本书，一是《恭王府与红楼梦》（燕山社），一是《曹雪芹新传》（外文社中文版）。只因现在"改革"得赠书奇少，头绪又多，"矛盾尖锐"，刻下无书可奉与你为歉。也许你的"办法"比我多一点儿，如有兴趣，请你先觅购而不多见责。尤其《新传》，希望你看看，给以评议教正为幸。也许会引起你的兴趣，亦未可知。这传极难下手，我运用了一些"手法"，但我不是文家，所以想听你的意见。今年极忙！书、刊、报、稿、信、事、债……使我日目不暇给，特别是目！当时实无法遍读的，家人一收拾，我就茫然无可再觅了——因此你后来再论可卿之文即在此例。你见我毫无反响，会奇怪吧？北京报有文答我二人（服饰辨）已见了？似无多大力量，因亦不再说话了。

在某报见刘绍棠同志也有文论"红"（他说为了"偷艺"），颇有见地；但可惜着眼仍只限于"人物性格"与"语言特色"——作家首先注意此二端，是当然之理，无可非议；但若以为"红"学只是这二者就"完"了，那就太浅视雪芹了。必须超越此矣。

此义大长，非数语可了，聊复闲话耳。

近来又有何新篇？又有何创作计划？我们的一切都不相同（年龄、经历、"类型"……），但总还有些"共同"语言吧？蒙不弃，拉杂代面。

并贺

新禧！

92年《团结报》停赠，忽又从93重赠，我又有报看了。又及。

目坏人周汝昌
壬申冬至后洋圣诞前夕

〔一二〕
刘心武致周汝昌
（1993年6月21日）

周汝昌先生：

您好！

久疏问候，恳请鉴谅！

我写成一篇小说《秦可卿之死》，两万余字，现呈上祈您一阅，并盼一如既往，多予指教！

写此文的旨趣，已在后面《附记》中说明，兹不赘述。

即颂

夏祺！

晚辈刘心武拜

1993年6月21日

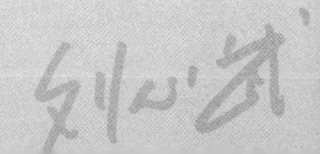

〔一三〕
周汝昌致刘心武
（1993年6月29日）

刘心武作家同志：

　　谢谢把新稿寄给我。稿极清爽，但拙目坏甚，故仍须缓缓读其大略。加之事冗绪繁，总不能集中思考一个专题，草草作札致意，不能详备，亦绝非什么"正式意见"，望詧愚衷。我以为，兹事难度极大，而你决意下笔，仅此亦值得十分钦佩！此其一。其二，你有些部分写得已见功夫，能够"站得住"。其三，某些部分笔力没"顶住"，显得不均衡。因为这实是一种"实验"，故不应过分苛求"全美"，可以继续打磨修改。最难是：这已不再是"纯小说"，内含大量"红学"，需要"解说"，而"解说"是文学之一忌（杜撰的"文艺原理"），这个矛盾，你已费了很大心力，我是看得出的，可佩也在于此。但若给"一般"读者看，他们还是很多地方看不懂。这非你之过，但仍须继续寻求解决之途径和手法。再就是，个别地方不宜太"落实"，你的新解（如对药方之读法）应较婉转巧妙地表现，方不致引起"不同意见"。总之，我看了是高兴的。这可能是一个创举，文学新体，大有发展前途（我天津友人写了《妙玉传奇》，可与你为一种"呼应"）。你的见解的引申，应把贾珍重新估评，莫停留在"色狼"之辈的认识上，应提高其境界。同样，尤氏足是个了不起的女性，一向少为人注意理会，

也莫只突出她的"妒"等等俗义。我以为必如是，方是显示你新解的高度之"正途"——切忌落俗。应让人整个儿耳目心灵一新！

祝你不断努力，取得更大成功！

你有什么意见，不吝切磋。

曾去信提新传新拙著，收到否？

周汝昌拜启

癸酉端午后

1993 年 6 月 29 日

〔一四〕
刘心武致周汝昌
（1993年7月2日）

周汝昌老前辈：

　　溽热中给您寄去拙著《秦可卿之死》，心中很是不安——太打扰，太费您眼力——可又确实祈盼着您的指正，没想到您很快就读了，并马上写来了宝贵的意见，令晚辈十分感动。

　　您的意见涉及四个方面：对人物的把握，尤其是对贾珍和尤氏，究竟应如何评估？此其一。其二，"本文"的文体把握，确实，我自己目前也感到不均衡，现在我总的来说是用现代人的口吻来叙述《红楼梦》中一段已删除的故事，但毕竟源于该书的"本文"，所以有的段落就不由得尽量去靠近原来的"本文"（如贾母召见尤氏一节），这样就有点不统一了。其三，是这样的一种带有"学术"意味的小说，如何让"一般的"读者完全看懂？其四，是一些细节，如对"张太医"的药方的解读，处理不够婉转含蓄，这样容易引来攻其一点不及其余的否定性意见，"得不偿失"。

　　我认为您的意见都十分中肯，而尤以第一点极珍贵极关键。

有人一听说我写此作，便说："人家曹雪芹自己都删了，你还补什么？"他们还是没搞清楚，曹雪芹删"秦可卿淫丧天香楼"，并不是因为写"黄"了，自己"扫黄"，而实在是经合作者脂砚斋严肃提醒，为了非艺术的原因，才被迫忍痛删去的。这一删，是伤筋动骨的，不仅影响了原来构思中一个重要意蕴的表达，而且影响了艺术上的完整性。当然，如果曹翁能终于完成《红楼梦》全书，他是会将其弄妥的，可惜命运没给他这个机会，我们后人也只能望阙兴叹。

不过，我们热爱这部奇书的后人却可以研究探讨这一问题。贾珍和秦可卿之间究竟是怎样的关系？我在《秦可卿出身未必寒微》一文中，虽以今人曹禺的《雷雨》中的繁漪和周萍的乱伦恋值得同情做了一个类比，但思路仍旧不够通畅，所以行文中，还称贾珍为"一匹超级色狼"，您看完拙文后，曾及时批评，这回您又再次提醒，对我今后打磨这篇小说，实具指导性意义。贾珍在贾门男主子群中，其实是最有男人气概的一位，他与秦可卿的关系，确实非一个"淫"字了得，其中是有相当惊世骇俗的反封建精神因素的。至于尤氏，您的见解深得我心，我在这篇小说里，也竭力展现她的应变能力和处事技巧。一般人只注意到凤姐的才干，那是露在表面的，尤氏，还有李纨，其实何尝真是木头和锯嘴葫芦，她们的绵里藏针，常被人忽略。在"秦氏危机"中，尤氏的作用，因原稿被删，只剩下"胃痛旧疾"躺在床上的细节，确是乌云遮月，委屈她了。

天津某君《妙玉传奇》，尚未见到，孤陋寡闻至此，甚觉惭愧。不过我想我写《秦可卿之死》，既不是写一种"续书"，也不是把原书中的"背景故事"加以展拓（曾见金寄水先生著《司棋》，是此路子），而是做一件很专门的事：恢复原书中因非艺术性原因而删去的关键文字的大致内容，"红学"的气味大概要更浓一些吧！

《秦可卿之死》拟先发表一次，征求各方意见后再作大的调整改动，希望最后能有一个内行和"一般的"读者都觉得"有货"亦有趣的效果。

现在要特别向你讨教的是，对贾珍的评估应掌握在一个什么分寸上？秦氏的"判词"中云："漫言不肖皆荣出，造衅开端实在宁。"这是"正话"还是"反话"？贾珍的"造衅"与宝玉的"不肖"，在这里是否得到了同样的"否定式肯定"？（他们与同一个非同寻常的女子，有过同样的非同寻常的关系，作者的这个安排无意乎？有意乎？）再"好事曲"，何所指？一义？双义？多义？"箕裘颓堕皆从敬，家事消亡首罪宁"究竟何义？关于贾敬的逃避，我现在小说里没怎么写，其实大有文章可作！"首罪宁"，大概元妃一死，新旧账一起算，窝藏秦氏一款，自是"首罪"，想来"敢做敢当"的还是贾珍一人吧？

此信已写得太长，耽搁您好多光阴，盼谅！不必很快回信，待您暇时有了兴致再说！

另，您前信早得，新版《芹传》亦读到，谢谢！我前函忘提，还望海涵！

即颂

夏祺！

晚辈刘心武拜启
1993年7月2日

〔一五〕
周汝昌致刘心武
(1993年7月3日)

心武作家：

惠札今日到，我能尽领你意。承嘱不必急复，只因来札引动思绪，如不即简叙数行，以后反更须重新去理此绪，事倍功半了。拙意主要之点是：从芹书本身昭示分明的，芹公子乃一自古及今唯一的"合成体奇迹"——哲学家的领悟力，历史家的洞察力，科学家的精确度，诗人的心、眼、笔，至少这四者的奇迹合成，还要加上他那奇妙的艺术手法与魅力，方能产生那部书。书是极富深度厚度、多层面性的，任何"直线单一思维方式"者都很难真的读懂他的文意。以故，写人绝非什么好人绝对好、坏人彻底坏的浅薄之类可比其万一。拿凤姐说，雪芹最赏她超众的才智，但又绝不隐饰她的过错——是痛惜小过小错掩了她的最宝贵的奇才！必须抓住这一点。（至于伪高续丑化污蔑她，以致今日一般认为她是"最坏女人"，雪芹在鞭笞揭露之，这离雪芹的境界十万八千里，他绝不同于晚清"暴露小说家"。）晓此，则悟芹写贾珍，正是此同一意度。在原书整体大悲剧中，凤代表女，珍代表男，二人为贾氏获罪的替罪羊与牺牲品，结局最为惨痛悲感，撼人肺腑。我并非要"净化"贾珍，但他在秦氏问题上，是屈枉的！你"突出"了他的"乱伦"，正冲淡了你自己对贾珍的评价

（两府唯他真男子，英才掌家气概，敢作敢为！这认识现今世俗眼是看不见的，所以极佩服你此点）。我以为贾珍在此事上正是悲剧的关键——因素行与女人不洁净，又为保惜秦氏，不避形迹，才引致了恶名（焦大的骂）。你疑他，但不能忘掉了大格局、高境界——此方是雪芹之不可及处——亦难为人理解、大受歪曲处。

千万莫用什么"暗金瓶梅"这类眼光去看雪芹的伟著，那太不懂雪芹是哪号人了！

我的感觉，红楼人物都具有这种"双面性"，因此才个个受屈枉，被恶名，而芹之泪亦何能干耶，悲夫！

此意未尝与人道，请留此札，作为资料。

并颂

暑祺！

拙著《曹雪芹新传》外文社好买吗？

周汝昌

1993年7月3日夜

〔一六〕
刘心武致周汝昌
（1993年7月17日）

汝昌前辈：

　　7月3日信悉。极宝贵，大有启发。

　　我已将您的两封信和我的一封信寄给了《文汇报》的肖关鸿，他今天来长途电话说将于8月初在《笔会》版刊出，请您注意一下。《秦可卿之死》我已交山东济南出的《时代文学》双月刊，他们9月（第五期）即可刊出。得梁归智《探佚》，正看。

　　您的大作《小传》（新版）和《恭王府考》都是半年前在东四南大街（灯市东口北）的燕山书店购得的，但早已售缺，现在去恐怕没有了。此两书我未细看已被好友强借走，至今未还，我也要重购。

　　即颂

夏祺！

晚辈刘心武
1993年7月17日

〔一七〕
周汝昌致刘心武
（1993年7月18日）

心武学友：

谢谢刚到的来信。请勿见怪，我还得为琐事再次麻烦你：（一）我指的拙著名叫《曹雪芹新传》，不是《小传》，后者是天津"百花"出的，恰也有"新""旧"版之分！我怕你买的原是津印《小传》的新版。而我问的是《新传》，外文出版社出的中文本。二者甚不相同。因为《新传》的发行工作弄得我极糊涂（市上不可见，而求者苦觅而不得！），所以我想借重你的"买书经历"了解一下真情实况。但如你买的不是《新传》，而是《小传》，那当然"不对口"了——这没什么。将来你略闲了，可取《新传》一读，主要是请你看我的"写法"，有何得失短长，给我指教启示。此双重目的也，故屡次拜问，望勿见讶。（二）文汇肖关鸿先生处，如你方便，冒昧请你代问一下：去年十二月底他发我一文，当时无赠报，过了很久，我才知道，向他去讨报，不理。因此文投时已声明：发后请多给两份——其内容涉及台湾、美洲、新加坡三地著名红友诗友，我得寄一份原报去。讵料拜问仍不理，我怕肖先生不在职司，又专函为此请此报领导代为费神查补几份报，谁知也公然不理!

　　我想这很奇异可讶。今你告我肖先生即时长途与你通话,可知他并非马大哈,忘性大。定有别因。请你给问问,这事究竟怎么弄得这么别扭?(到今日台、美、新三地我也寄不出这份报去,我寄出难道不也为《文汇》宣传吗?)

　　太琐琐了,请勿见笑。

　　因此,又想起:我无《文汇报》,如发了,也还得靠你给我一份吧。谢谢!

敬礼!

　　热伤风小恙中乱写的,不成文翰。(又一纸)

汝昌

癸、五、廿九

　　你题名"秦可卿之死",是"西方式"。如是我,就径取雪芹七个字《画梁春尽落香尘》,再好不过了!因你我年龄、"路数"、所受教育……种种条件不同,故难一样。西洋译《西厢记》为"一位少女的热恋"。歌德只会说"少年维特的烦恼"……此中西文化之殊异也。

心武同志:

　　才发一函,乃小稿也。发后忽悟:副题中既用"再致",正

文又是非函札件（不直称），则两者抵牾不合，是疏忽之过。正文不好改了，只好改副题。不得已，拟作——

读《秦……死》，兼向作者刘心武同志致谢。

可否？

又"苦瓠子"，误写"匏"，乞代改。

同日下午

〔一八〕
刘心武致周汝昌
（1993年7月19日）

汝昌前辈：

　　18日信悉。我立即打电话给好友，问书名，确是《小传》非《新传》！因《恭王府考》和《小传》都是他替我在东四南大街买的（燕山书店），我尚未细读他便拿去"先睹为快"。这样我要看《新传》也只好另觅别途了！肖关鸿处，我当告诉他，尽量补寄去年那篇文章（这可能性较小），同时我们的通信发出后立即给您多寄几份报纸（这毫无问题，他不寄我也会给您寄）。另《画梁春尽落香尘》和《秦可卿淫丧天香楼》这两个名字我都考虑过，但后来觉得前者可能会使不谙《红楼》者不知所写为何，后者又可能招致误会，故都放弃了，现叫《秦可卿之死》，图个明快，当然，诗意就无了。好在我还得再精雕细刻一番，将来出书时还可调整。

您有什么事,无论巨细可继续嘱我去办,只要是我能及的。

即颂

夏祺!

晚辈刘心武

1993 年 7 月 19 日

〔一九〕
刘心武致周汝昌
（1993年7月21日）

汝昌前辈：

　　大文收悉。此文对我启发极大。我已用电脑为先生打出此文，寄上供先生保存（先生前二函亦再各打印一份备存）。此文不知先生意欲在何园地发表？我想最好待《文汇报》刊出那前二函后再示之于众。先生意下如何？

　　先生厚爱，晚辈享领之余，亦不胜惶愧，因晚辈不过偶涉"红学"而已，实在是很缺乏有关基本功的，唯思路活泼点而已。

　　即颂

夏祺！

晚辈刘心武拜
1993年7月21日

〔二〇〕
周汝昌致刘心武
（1993 年 7 月 22 日）

心武作家：

劳你用机器将拙字变成清整的"印"品，欣感。我已看出，你将我笔误"匏"纠为"瓠"了，大快！此稿如可用，当然是在前二札刊出之后再发。但最好还是你也再写几句，仍不失为"通讯"之意度，似更得体。否则报纸的兴趣会大大减少（此是事实。单是我这个"红学家"，他们并不欢迎）。不知你意如何？悉凭卓裁为定。

曹雪芹是中国的几位真正伟大作家中的一个，在我意中，太史公，杜少陵，与他鼎足而三，是够得上真正伟大的。其他千百名家，我也钦慕，但排名次都得"靠后挨"。真正伟大的特点，就是他的伟大（不打一处来），愈品味愈深厚，而不是"单摆浮搁"的把戏。

拙著《红楼梦与中华文化》，和几次提到的《新传》，在你能匀出时力时，盼赐读（前者闻将有新排本即出，出后奉上一册。后者须你觅购，我信中已叙过了）。因为涉及咱们中国人的文化文艺的大关目，而不是"小事一段"。所以想听听你的意见。

《团结报》好像也在"改革"了，但我却不如以前的爱看了。

谢谢你愿意帮我办些力所能及的事。极感你的心意。当然不是很必要的不会轻易琐渎的。我是寒士，常常"四面楚歌"中，学赵子龙"单枪匹马"，苦干至今，七十又五龄了，平生条件艰苦，困难之巨大，恐非你所能想象。（这"条件"不光指物质也，可叹。）

　　拉杂，哂之可也。

日祉！

周汝昌拜手
1993 年 7 月 22 日

　　《小传》是 60 年代之作，太受局限了。不足观也。《新传》去年写的，三个半月完成 20 万字。代表我的"老境"（包括学术与文笔），故较《小传》不同也。又及。

附 周汝昌《让我们共思——读〈秦可卿之死〉再致作家刘心武》

小说名作家刘心武同志，出其新著《秦可卿之死》，再次引起我与他通讯讨论的兴致。所谓"读后感"，已大略见于信札中（注），因此本文并非"文评"的续篇，却是由它引起的另一种思绪。

数十年来，不断倡导学习马克思主义，不但治国安民，而且文化文艺，概无二致。可惜，这倡导很多停留在口头与字句上；一究行事论文的实际，就往往大相径庭，直接违反。这种"违反"，就表现在对事对人对物对文，都是用的"单层单面单一直线逻辑"的思想方法去对待、去实行、去观赏、去评议、去批判……这种现象，涉及《红楼》的问题，那就益发显得是"突出"了。且举小例——

心武同志怎样看贾珍的？他能从两府所有的男子中作出分析比较，看出贾珍的不凡的一面，评许他是最有男子汉气概之人。我自惭寡陋，还未见有谁能如此具眼。别人总是把贾珍只当作一个"最坏"的人，最下流的伪君子假家长。谁肯为他"说几句好话"呢？

刘心武独识独解独肯。

这就使我深为佩服。

这儿，所涉及的复杂问题之中，有一个问题乃是雪芹的"笔法"问题——当然，也还有我们能不能晓悟领略这一个笔法的问题。

记得鲁迅先生在二十年代之初讲《红楼》，就给人指明：雪芹打破了传统的写法，不再是好人一切皆好，坏人一切皆坏……（大意）那时，哪里有什么"红学评论家"出来给人"指迷"？先生却目光如炬，一语道破——雪芹"笔法"的"奥秘"与魅力正就在"不单一"这点上！

然而，七十年过去了，我们大多数人还仍是在用"单一直线"的思路与眼光去看去"评"雪芹的"不单一"！

这，不值得我们"共思"一番吗？

论男子，贾珍而外，似乎也没人以为贾琏也有"另一面"——他年轻就有理家办事的超众的干才，而且极有正义感。一次，他父亲多行不义，为了强取豪夺几把扇子，陷害石呆子，贾琏不忿，竟敢当面批驳贾赦（当时是礼法绝不允许的），说：为了几把扇子，害得人家家破人亡，也算不得本领……！（这以骂贾雨村为名义。贾琏的爱妾平儿也骂雨村"这饿不死的野杂种"，结识了他不到十年，惹出了多少事！请听听贾琏房中上上下下的"舆论"，正反映了主人的义愤感。）

再有薛蟠，京剧里把他弄成一个"不成人形"的下流小丑。其实这都是不能深识雪芹笔法的结果。薛蟠是个直性正义热肠人，在芹书原著后半部中，与柳湘莲复交和好，亲如手足，日后还有义侠的重要情节。可惜，大抵因高鹗伪续而破坏了原著的严谨巧妙的结构法例。

论女子，一提秦氏，世人只从"淫妇"上做文章，但她为什么"托梦"与凤姐时却无一字"淫情"？她关心的是兴亡荣辱之大事！而且又借"警幻"（可卿的化身幻影）来教导宝玉，深虑他将来世路上难行！请你想想，雪芹这支笔，是如何地丰厚深刻，如何地丘壑层层，气象浩浩！我们若只会"单一"思维、"单一"赏鉴，那如何能说是用"马克思主义"去看待雪芹那种打破传统的笔法（与意旨）呢？

凤姐的例子，更是具有极大的代表性，因前函已然略及，如今不必多絮了。

赵姨娘——这大约是雪芹最不肯原宥的一位"坏女人"了吧？但雪芹在后回借写"攒金祝寿"时，也让尤氏把"份子"还给了她，透露出她是个"苦瓠子"。你看雪芹这支笔，够不够个"科学家"的精神？

他"单一"吗？

　　一句话：我读心武之新作，却发生了这些非他原旨所包括的思绪。我确实觉得心武同志是个有眼力的作手。他的新篇有多方面的意义，我不遑备议，只是想借此小文说一说他给我以思索很多问题的良好机会。他有贡献，我很感谢他这种贡献——这不是专评他的小说本文的意思。

　　不知他今后还想写写《红楼》的哪些"佚稿"？

　　　　　　　　　　　　　　　癸酉六月初吉　伏中走笔

　　　　　　　　　　　　　（见《文汇报》1993年8月8日）

〔二一〕

周汝昌致刘心武

(1993年7月26日)

心武同志：

　　想做一回"地主"或"资本家"，剥削你的宝贵时间与劳动，帮助将此稿用电脑打清本，并代投一合宜刊物版面。行吗？

　　此乘兴而为之。若有园地可刊，以后再续，可写的很多。

　　匆匆祝

好！

周汝昌拜
1993年7月26日

暗线·伏脉·击应——《红楼》章法是神奇

雪芹写《石头记》，明面之下有一条暗线。这暗线，旧日评点家有老词儿，叫作"草蛇灰线，伏脉千里"，其意其词，俱臻奇妙。但今日之人每每将有味之言变成乏味之语，于是只好将"伏脉"改成"暗线"，本文未能免俗，姑且用之。鲁迅先生论《红楼》时，也曾表明：衡量续书，要以是否符合原书"伏线"为标准。这伏线，亦即伏脉甚明。

伏脉暗线，是中国小说艺术中的一个独特的创造。但只有到了雪芹笔下，这个中华独擅的手法才发展发挥到一个超迈往古的神奇的境地。

如今试检芹书原著，将各回之间分明存在而人不知解的例证，简列若干，让我们一起来看看雪芹写书是怎样运用这个神奇的手法的——

当然，开卷不太久的《好了歌解注》，第五回的《红楼梦曲》与金陵十二钗簿册……都是真正的最紧要的伏笔，但若从这些叙起，就太觉"无奇""落套"了，不如暂且撇开，另看一种奇致。

我想从盖了大观园讲起。

全部芹书的一个最大的伏脉就是"沁芳溪"。

"沁芳"是宝玉批驳了"泻玉"粗俗过露之后自拟的新名。沁芳是全园的命脉，一切建筑的贯联，溪、亭、桥、闸，皆用此名。此名字面"香艳"得很，究为何义呢？就是雪芹用"情节"点醒的：宝玉不忍心践踏落花，将残红万点兜起，送在溪水中，看那花片溶溶漾漾，随流而逝！

这是众人搬进园子后的第一个"情节"，这是一个巨大的象征——象征全书所写女子的总命运！所谓"落红成阵"，所谓"花落水流红"，所谓"流水落花春去也"……都在反复地点醒这个巨大的伏脉——也即是全书的巨大的主题："千红一窟（哭），万艳同杯（悲）。"

第二十三回初次葬花，第二十七回再番葬花。读《西厢》，说奇誓，"掉到池子里"去"驼碑"，伏下了一笔，黛玉日后自沉而死，是"沁芳"的"具体"表象。黛玉其实只是群芳诸艳的一个代表——脂砚批语点明：大观园饯花会是"诸艳归源之引"，亦即此义。

这还不足为奇。最奇的是：宝玉刚刚送残花于芳溪收拾之后，即被唤去，所因何也？说是东院大老爷（贾赦）不适，要大家过那边问安。这也罢了，更奇的是：宝玉回屋换衣，来替老太太传命吩咐他的是谁？却是鸳鸯！

就在这同一"机括"上，雪芹的笔让贾赦与鸳鸯如此出人意外地"联"在了一条"线"上！

读者熟知，日后贾赦要讨鸳鸯做妾，鸳鸯以出家以死抗争不从。但是读者未必知道，原书后文写贾府事败获罪，是由贾赦害死两条人命而引发的。其中一条，即是鸳鸯被害（贾赦早曾声扬：她逃不出我的手心去！），借口是鸳鸯与贾琏"有染"，为他借运老太太的财物是证据……（此义参看拙著《红楼梦与中华文化》卷尾。）

两宴大观园吃蟹时，单单写凤姐戏谑鸳鸯，说："二爷（琏也）看上了你……"也正此伏线上的一环！可谓妙极神极之笔，却让还没看到后文的人只以为不过"取笑儿""热闹儿"罢了。

胡适很早就批评雪芹的书"没有一个plot（整体布局），不是一部好小说"云云。后来国外也有学者议论雪芹笔法凌乱无章，常常东一笔西一笔，莫之所归……这所指何在？我姑且揣其语意，为之找寻"例证"吧：

如刚写了首次葬花，二次饯花之前，中间却加上了大段写赵姨娘与贾环的文字。确实，这让那些评家如丈二金刚，摸不着头脑！殊不知，这已埋伏下日后赵、环勾结坏人，陷害宝玉（和凤姐）的大事故了。二次葬花后，又忽写贾芸、小红，也让评家纳闷：这都是什么？东一榔头西一锤子的？他们也难懂，雪芹的笔，是在"热闹""盛景"中紧张而痛苦地给后文铺设一条系统而"有机"的伏脉：宝玉与凤姐，赵、环使坏，家败落难；到狱神庙去探救他们的，正是芸、红夫妇！

这是杂乱无章吗？太"有章"了，只不过雪芹这种章法与结构，向所未有，世人难明，翻以为"乱"而已。

雪芹是在"谈笑风生"——却眼里流着泪蘸笔为墨。

所以，愈是特大天才的创造，愈是难为一般世俗人所理解。雪芹原著的悲剧性（并且为人篡乱歪曲），也正在于此。

这种伏脉法，评点家又有另一比喻："如常山之蛇，击首尾应，击尾首应——击腹则首尾俱应。"雪芹的神奇，真做了这种境界，他的貌似"闲文""戏笔"的每一处点染，都是一条（总）暗线（包括多条分支线）上的血骨相联、呼吸相通的深层妙谛。

全书例证尚多，容异日续列接谈。

癸酉六月上浣写讫

〔二二〕
刘心武致周汝昌
（1993年7月28日）

汝昌前辈：

　　明天去大连，拟半月后归，所以今天接到大文，赶紧打了出来，否则就得半月后再打印了。此文我已寄给上海《解放日报》副刊《朝花》的编辑陈诏先生，想来说也是您知道、交往过的？他本人亦为一"红迷"，写过一些文章，还著文与我争鸣（关于秦可卿出身）。我建议您在他们那儿开一专栏，可否如《红楼妙粹》，此文可作为首篇；当然，他们副刊不能容纳长文，每篇1000—1500字为宜。他们如收纳，我让陈先生直接同您联系，如为难，则向我说明，如何？

　　即颂

夏祺！

晚辈刘心武拜

〔二三〕

周汝昌致刘心武

（1993年7月31日）

心武同志：

　　多谢你劳力！我觉抱歉，在你将远行时增添了麻烦。其实这没什么要紧，尽可以回京再办。太感谢了！

　　陈诏同志处怕不谐。他向我索稿时一再表明："不一定谈红学。"即不太欢迎，许是怕我易惹口舌和"麻烦"。所以我很少与他写文（有几次是过年应景谈"生肖"，作"颂词"……）。连你谈秦之文他肯用，我初亦未晓也。

　　估计会退稿，千祈不必介怀。没时间性，想个期刊也可以。

　　祝

旅吉！

周汝昌拜手

1993年7月31日

〔二四〕
刘心武致周汝昌
（1993年8月26日）

汝昌前辈：

　　我从大连回来几日了，因家中有人生了病，忙乱不堪，故今日才得写信。

　　我们的通信，《文汇报》已发，想这回他们已寄报纸给先生了。《解放日报》陈诏来过电话，告我转去的文章他们也已发出，想来也应已收到报纸。我已托朋友直接去外文出版社买到了一册《曹雪芹新传》，另又购得《恭王府与红楼梦》，前者已读了一遍，心得甚多，待忙过了，将写信讨教。

　　即颂

大安！

晚辈刘心武拜
1993年8月26日

〔二五〕
周汝昌致刘心武
（1993年8月28日）

心武作家：

得手札知已自大连返来。家有病人，极是烦虑之事，谨祝早日康复，还记挂给我写信。两报都寄来了，"解放"比"文汇"倒快。颇出料外。谢谢你为此琐琐而费的事。

前些时韩宗燕女士为一杂志索稿，我写了《情在红楼》一文付之。不想近来登在《团结报》了，想已赐目了？

近来贾平凹的《废都》十分热闹，有人说是"当代红楼"，有人说不是，是金瓶……因目太坏，无缘拜读矣。私意恐未必与红楼有相似处。

知你已购到拙著《新传》，喜甚。阅后有所感，倘能赐一书评，则甚幸。长短毁誉皆不拘，可以毫不客气。我们讲的是学术、艺术、道义——中华的精神，不讲庸俗时习。必视时间、兴致，也不可勉强。谢谢。

汝拜

1993年8月28日

〔二六〕

刘心武致周汝昌

（1993年9月13日）

汝昌前辈：

　　大札早悉。迟复为歉！

　　《新传》我正读第二遍。此书读后有许多话可说。总的来说启发甚大，但也有可讨论之处。我想写篇文章给《读书》一类杂志，但取何角度，尚未想妥。总之既评就要写好。

　　另，我已将所作小说和相关文字，编为《秦可卿之死》一书（或书名作《秦可卿之谜》），恳请您为之作一短序（一二百字亦可）。现呈上拟目请您一阅。您的有关文字，亦收入书中，不知应允否（见目录中"传柬议《红楼》"一辑）？当然此部分文字版权稿酬均属于您。现有二家出版社表示感兴趣。我想找个出得快些的。

　　山东的《时代文学》杂志您收到了吗（刊有《秦可卿之死》及我们的通信）？该刊一位副主编用通行的程乙本去改我原稿中的引文，现印出来了我也无可奈何，已嘱编辑寄给您时务必将错改处还原（我们研究只取庚辰本为主，"程乙"一般绝不用）。

您若肯赐短序,我不胜感激!

如蒙见赐,可寄我家。我因事明天又要去云南一趟,一周后回京。近因诸事繁冗,家中又有人生病住院(今日方出院),所以文章耽误不少。人处中年,也只能这样过日子。

即颂

秋祺!

晚辈刘心武

1993 年 9 月 13 日

〔二七〕
刘心武致周汝昌
（1993年10月4日）

汝昌前辈：

中秋前才从西双版纳回来，劳累不堪，兼以节事繁冗，今天才得以将尊序打印出来，并给您回信，迟复为歉！

尊序读后甚感动，不只是对我个人良多鼓励，而且，把您以前赐函中的观点，有更淋漓通透的发挥，是很宝贵的文献！我对雪芹的笔法，所凝聚的中华文化的独特意境（这是古希腊文化断裂后，近代西方文化，又特别是借助金钱流向全球的美国文化不能望其项背的），从此可有更自觉更深入的领会！

读了您的《曹雪芹新传》，不仅是感想多，而且，更触发了对《红楼》大意境的体味。对进一步探究有关可卿形象的设置与戚本删却的原因，也引发出更多的思绪。《新传》给我的印象之一，是对曹家的"二次沦落"有更细密的考究。那时的一个豪门，好不容易挨过了"恶性易主"的大劫，待又一次"良性易主"后，大有"柳暗花明又一村"之势，谁知新主原虽愿"咸与谋新"，但潜在的"义忠老亲王"的后裔们却并不甘休，在他们掀起的新一轮权力争夺中，新主为击败他们，斩草除根，那就顾不得许多了！曹家挨雍正整，还有迹可寻，在乾隆朝的大败落，竟几无留痕。这一份惨痛，恐怕是雪芹思想终于发展到"大彻悟"的契因（不是认为那个皇帝不如这个皇帝好了，而是认识到"即便都好"，那种乌眼鸡般的你争我夺，也太不人道了，这样的世道，"了"了才"好"啊！）。可卿这一人物，在书中的意义，可能比我以前估计的还重要，她是十二钗的殿后，反过来尾也便是之首！她人虽在十三回死去，她的阴影却笼罩全书，在贾家一度"鲜花着锦，烈火烹油"之后，藏匿她的"首罪"，即"败家的根本"，必大爆发，一总算！她还有"戏"，怎可把她只当个"插曲"看！尤其，怎可把她当个"佐料"般的"淫妇"看！也难怪"老朽"要"命"他删了！也难怪他听命删了！这个构思，太深刻也太走险了！隐言曰"老朽"，有"明知新意，但不得不请尊'朽矩'"的歉意在内吧！

也许我过些时会就此由头，写一谈《新传》的文章，也许还有人不理解您写芹传为何要扯那么多大背景，我却深知其必要、可贵！一般论家都只注意康雍更迭对雪芹的刺激，其实雍乾更迭的先似中兴后竟万劫不复，应更使他有超越一家一己的对人间沧桑的哲思，那是冷到极点的诗思，非一般牢骚谴责控诉的文字可比！

我已嘱《时代文学》的编辑张东丽女士给您寄刊，想已收到。张女士还行，懂行，但她不在时，一位副主编却用通行本（程乙本）去"校改"我据庚辰本引的《园中秋景令》并印了出来，使我败兴！庚辰本中是"清流激湍",大概程、高认为不合时令,改为了"清流滴滴",我正是据"激湍"而想到此令非写宁府之景,乃是别有含意的!好在杂志上发一下只是"试演",出书时别错就行。整个小说我也还要修改,可喜的是已有读者来信,赞赏的同时,也有中肯的意见。如认为尤氏对可卿的死,也应有"死了也好"的快意一面,另外我也想增加一点贾敬的戏(他对收养可卿一事"敬而远之")。

这个月内,把书编好,出版社已开始征订,此书能出就好,倘"高情不入时人眼",也只好"拍手凭他笑路旁"了!

再次感谢您的序!

即颂

秋祺!

晚辈刘心武拜
1993年10月4日凌晨

〔二八〕
周汝昌致刘心武
(1993年10月6日)

心武学友：

你在南疆会有停留，在我意中。今接打印来札及拙序，知你尚不嫌弃，为慰。你事多，又是忙写之人，故为《新传》撰文以抒所感，须视时间精力之许可。窃以为，你评它，并非只是学识之事，最重要的"纽带"还是我们对雪芹所发生的感情。没有这，也就谈不上什么《新传》与书评了。不知你意以为然否？

序中打印，有一二误字——

①首段第8行　致赏　非"至"

②首页倒7行　谈起　非"读"

③首页倒4行　"真言式"　无"式"字，删

④序尾附注倒2行　有脱漏

记得原稿是说"芹溪"一号是最晚起的……方接"平辈……"之语。

望一核，补齐为要。

⑤又，此"注"第3行

……凤对琏（妻对夫），袭人对花自芳（妹对兄），皆用……

乞代补入此句，至谢！

周汝昌拜

1993 年 10 月 6 日

附 周汝昌《〈红楼三钗之谜〉序言》

我没想到会与作家刘心武成为"文字友",当然更没想到要为他的新著作序的事。如今捉笔在手,还未想好从何说起"最像篇序",却早思绪纷如,便觉心曲衷肠,都争着"要入序",都奔赴我这支笔下。薛宝钗评议史湘云,下了"话多"二字,令人忍俊不禁。我倒以为"话多"并非贬词,能如她那样的话多,岂非一种荣誉而何?于是决意,不必管像篇"序"还是不像,应该胸无城府,学一个光风霁月、心直口快的豪爽人的气概才是。

心武是位有名的作家,可是因我目坏之后无力阅读当代名著,所以没看过他的小说。倒是偶于《团结报》上读到他的《红楼边角》,心焉识之。而且因此乘兴信笔,也写了小文,致赏于他的"读红"的深细,注意焦点的不落俗套,说他是"善察而能悟"。这就是我与他缔结文字交的因缘。我与当代小说作家虽也有一点点接触,而与心武这样形式的交往却是首例。

雪芹的《红楼》出世以后,前代和近现代以至当代的小说作者群,几乎没有不在那座"楼"下徘徊过、不受那"楼"影的掩映的——不管是意识地非意识地,自觉地不自觉地,简直是"概莫能外"。清代的补、续、仿、偷、翻、反……例子已屈指难以尽数,连《老残游记》那部似乎与《红楼》毫无交涉的稗官野史,实质上却饱含着《红楼》的营养汁液。近现代专意摹拟雪芹文心笔致的,思欲脱胎换骨、离形摄神的好手笔,则端推《海上花列传》一书。迨至当代,那就必不逊于当初,有的尽管"口不言红楼",实际他也不声不响,坐在台下后排,暗自向台上的雪芹师爷或师父的手、眼、身、法、步上去揣摹——所谓"偷艺"

者是也。人们都异口同声说"曹雪芹伟大",伟大在哪里?这也许可以说明其伟大之一端吧?这种当代小说家向雪芹"偷"点什么的例子,连我这外行人也是看得出的。近期也见过作家的文章,他已然自己"坦白",是有心向雪芹"偷艺"。既已声明了,这就不再算偷了,因为暗偷与明学是不同的态度。

我因此觉得作家心武是明学的,他是有意用心致志地去探究雪芹那支笔的神力与魅力,所以才会去写《红楼边角》。

当代学"红",又不管偷艺还是明学,当然各人又只能就各人自家所理解领略的角度层次去偷去学——自以为那才是雪芹之最"佳"处、最"伟大"点、最值得揣摩的。这样,明日学习雪芹的笔,实为顺自己的路。这儿自然也就有了一个理解领会者的"水平"的问题。

我印象中,相当多的评论者在谈起《红楼梦》的"艺术"时,大致意思总不出"十六字真言",即"形象鲜明,性格突出,语言生动,描写深刻"。我常自疑自问:如果这就是《红楼梦》之不可及处,那世上的《红楼梦》就多的是,何至于至今仍数它独一无二?念熟了那种"真言"似的"文艺经",就会懂了《红楼》艺术?就会写出不朽的新小说吗?

在这自惑不解之心情下,我偶见《红楼边角》,这才引起注目。我见他能论到雪芹如何写簾幔,如何写雨雪,如何写那不为人重的小丫头……他在文章中也不只念那些"真言"和"文艺经"。我才觉得这作家对《红楼》的领会有与众不同之处。

毫无疑问,引起心武写这些"边角"文章的缘由,也还是他在潜心寻究雪芹的笔法。

或问:什么是笔法?不就是运用文字语言技巧吗?人家西方讲的叫"叙述学"!

答曰:中华的笔法是技巧,但更是境界。西方的什么学,离境界还好远呢。

没有雪芹笔下的那种诗的境界,只有"技"——还只要一心追求"巧",那你写出来的东西会真高真美——真像中华文化所长期孕育的文学艺术那样,具有浓郁的中国特色,即气质、韵味、神采、境界吗?

我有了以上那样的拙见,故此才会注意心武的《红楼边角》的文章。

但到后来,又见他由探索笔法而又引向另一性质的课题,即秦可卿的身世生死之谜。这更使我想到我曾说过的一点意思:所谓"红学",是由《红楼梦》本身的特点发生的,是读它的人"读出来的",而绝非掉自天上,或"黄袍加身"式地从外边拉过来强加于它。小说作家除了念那"形象……性格……"的真言之外,许不许、应不应思索一些别的问题?心武在这儿是不是"失足"落入了"红学考证派"的"泥坑"里去了?……

这件事,确实唤起了我久蓄于胸怀的很多问号,而觉得该有回答。

自然,回答并非没有,各式各样的、正面的、反面的,写在纸上的、存在心里的……但无论怎样,读《红楼梦》的人实际都承认确实与读别的小说感觉、感受总是不完全相似的。我们中国的文学艺术讲究"用笔"的这个传统被雪芹这位异才又开发出了新境——"问题"正是打这儿产生的。

心武的贡献,首先在于他第一个指出,秦可卿的出身、家世,在书中的地位与作用,并不像文字表面所示于人的那么简单和浅薄。他以为,秦可卿的真正死因,雪芹既写完了,又因故"删"掉了,此"故"与艺术要求上的取舍无关,乃是另有事由。心武不属于"红界","红界"多年来似乎并无先乎心武而提出此一见解的事例。这就是我认为他善察而能悟的又一个证明。

他对这个问题,颇下了功夫,可说是执着地钻研,锲而不舍。可他又不写什么"红学论著",却开了另一创例——用小说的体裁形式来表述自己的学术的和文艺的见解。

他自己交代得明白:既不同于续书,也有异于"仿制"。这也是非常明智的做法。世间至今没有出现"半位"作家,能够学得来雪芹的文笔的真精髓。这说明了心武丝毫没有舍己从人之意。

《红楼梦》是从《水浒传》学来的。水浒的绿林好汉,是写宝贵人才的屈枉和毁灭,红楼因此才写脂粉英雄(秦可卿之语也!)的人才的屈枉和毁灭。雪芹笔下的每一位女儿,都是一个屈枉的不幸者,人才的命运方是雪芹的真主题。秦可卿是十二正钗的一员,其才貌心胸,不下于熙凤、探春。但流泪写成的这回书稿,最后不得不忍痛割弃!这对雪芹是一桩极大的痛苦与憾恨。在过去,"红学家"的兴趣似乎只限于"考证"她是悬梁自尽的,限于解说她死的形式,至于内涵意义,怕是没有什么值得提起的了——由此,即我从这个角度,佩服心武的识见与探索精神。

我们是根据脂批才知道雪芹本来写完了可卿而后删去,那篇幅足有四五叶之多(我与家兄祜昌合著的《石头记鉴真》,证明了那回书的页数,与别回相较,确实短得很多,一点不假)。那条批,重要非常,指明的是秦氏实系与贾家的生死存亡息息相关的主角人物(所谓"擅风情,秉月貌,便是败家的根本"这种奇特的曲词,隐含的正是可卿的事情,一种难以明言的有政治背景的奇祸)。把她看"没了",如何使得?

由此而言,这册书的所论所作,是否字字句句都惬意贵当,都能邀获读者的接受?那实在是另一种可以从长讨论的话题,而不是我这作序者要说的话。我要说的,只有一句:心武在体会雪芹的笔法与用意上,确有过人之处。

对于秦可卿,我和他通信讨论过,承他不弃,将我的书札已附录在本卷之中（我的那些拙见，就不在此复述）。这种交流切磋，意趣盎然。

　　此刻，暑气将消，秋明亶亶，为心武新书走笔作序，兴致是极好的——"话多"的人的话，因兴致好而更多起来。但也还未到"畅所欲言"，已觉有冗长之嫌了。演艺界有言："见好就收。"我写了这半日，却总写不到"见好"之处。没了法子，也就这么"收"了吧？

周汝昌

中华古历癸酉八月初一日上下午写毕

　　注：那条脂批，有人见其中有"老朽""命芹溪"等字样，遂谓此乃雪芹之长辈的口气。但清代八旗人文字，常有变例，如《红楼梦》正文中，门子对贾雨村（仆役对官）、凤对琏（妻对夫），皆用"命"字，其余妙玉、探春等亦有此例，此实即"教""让""使"等泛词之同义语耳。"老朽"也是一种烟幕话。若真是"叔叔""父亲"，那必不会用"芹溪"一称——"芹溪"是雪芹到西山以后最晚采用的别号，连敦敏、敦诚兄弟都没用过这个称呼法，一概是"雪芹""芹圃"，那是亲近的平辈人才能用的。在乾隆年代，写小说是"下流"的，父叔长辈与子侄批点小说，可说得通？

〔二九〕
刘心武致周汝昌
（1993年10月7日）

汝昌前辈：

信悉。

已遵嘱重新打印过尊序。

前次粗心了，很是抱歉！

如仍有错，还需要补打，亦可再为重打。

即颂

秋安！

晚辈刘心武拜

1993年10月7日

又：称我为"忙写之人"，甚恰。其实是"无事忙"。只因天性爱弄文字也，犹"绛洞花主"爱吃胭脂也！"下流痴病"，奈何！

〔三〇〕
刘心武致周汝昌
（1993年11月4日）

汝昌前辈：

近好！

我正写关于《曹雪芹新传》的文章，忽见11月1日《文汇报》三版有《曹雪芹祖籍丰润已成定论》的消息报道，在为先生早就考据出此点而终被铁证确证而欣慰的同时，又不免深感困惑——因该消息中说，曹雪芹为曹鼎望之孙、曹钤之子，曹钤与曹寅为"骨肉同胞"，则曹雪芹与曹寅为叔侄关系，以前大家公认的（也是您所肯定的）世系、祖寅、父（过继）颜、孙霑的说法，难道被推翻了吗？如果真如此，则此前所有关于曹雪芹身世的文章，岂不都得改写？

或者是记者报道有误？报道中说"曹钤生子名霑，即曹雪芹"，那么他与曹颜应是堂兄弟关系？他是否在南京生活过，也成了问题，他的岁数也让人弄不清了不是？虽然《红楼梦》不是自传、家史，但有其投影，又是确定无疑的，原来认为是有曹寅—曹颜这一支的投影，现在我糊涂了，难道更多的是曹钤这一支的家事投影么？

请您便中简回——不用评述来龙去脉——告诉我，曹雪芹究竟是曹寅的孙子还是侄子？

即颂

冬祺！

刘心武

1993 年 11 月 4 日

另：拙著《秦可卿之死》已发稿，再次感谢您为后辈写序！现再次不揣冒昧，请您为此书题书名，如无暇研墨蘸笔，就题硬笔的也行，横写竖写也听便，反正有了您的题签后再设计封面，再次谢忱，并祈恕唐突！

〔三一〕

周汝昌致刘心武

（1993年11月5日）

心武学友：

亦久欲作书札奉寄，但因曾到天津小住，又事奇冗（天天文债来，客访占去很大时间精力），已致因循。今得来示，知关心雪芹世系新说之事。就我所知，"鎔子"说，纯系杨向奎老教授一人所倡（社科院历史所研究员），与丰润新发现之文物实无关涉。其说之具体论证似尚嫌薄弱（只言鎔辈排"金"字旁，下一辈排"三点水"旁，"霈"有"水"旁，故为鎔子……）。我不敢遽从，仍取"颀子"说。（至于颀之"遗腹子"说，亦不敢轻从，因颀向雍正报告其嫂马氏怀孕七月，若将来生子，兄嗣有依……而其后未有奏及此事之折。若生子，焉能不报告？）

四川女作家周玉清又出了一本新著（黑龙江出版社新出），30回，恰巧也写可卿。但与你的新见解并无关系，只据"养生堂抱养"之文而撰著者也。

题签奉上。因目坏甚，毛笔字反不易写好。匆匆不尽。

迎冬之吉！

周汝昌

1993年11月5日

秦可卿之死 周汝昌署

周汝昌先生为刘心武新书题书名

〔三二〕
刘心武致周汝昌
（1993年11月9日）

汝昌前辈：

信悉。原来所发现的丰润史料，并无"铪子霭"的明确记录，只是按"偏旁辈分"的推算而已。不过，由此更知为雪芹作传之不易。先生知难而进，又凡三，令人感佩。

我关于"新传"的文章，写讫后当奉上请指正。不过已非书评，而是一篇随笔了。又因杂事冗琐，故何时可交卷，亦难预报。

收到先生为《秦可卿之死》所题的书名，甚为感谢！当及时交出版社，请他们作技术处理。

即颂

冬祺！

晚辈刘心武

1993年11月9日

〔三三〕

刘心武致周汝昌

（1993年11月15日）

汝昌前辈：

　　写好一篇关于《新传》的文章，奉上请一阅。不恰当处，敬盼指出。

　　即颂

冬祺！

晚辈刘心武拜

1993年11月15日

有谁曳杖过烟林——读《曹雪芹新传》

我也算是和西方一些著名的汉学家接触过的人，如果再算上学汉学的西方学生和不通汉学但热爱中国文化的西洋人，那交谈过的已不能算是一个小数目。以我个人的经验，他们对于我们自己推崇备至的、堪称是中国古典文化的最高峰与集精华于一炉的《红楼梦》，大体总是表现出三点态度：一、他们当然都知道其在中国文化中的重要性、代表性，而且会告诉你，从他们的前辈起，就不仅重视而且动手翻译了这本中国古典名著，他们自己或通读过或至少是翻阅过译本；对于你同他们谈《红楼梦》，他们总是肃然而敬，很愿倾听。二、他们一般却又都坦率地告诉你，他们个人不是特别喜欢这部作品，仅就中国古典小说而言，他们更喜欢的可能是《金瓶梅》《水浒传》《西游记》；比如瑞典学院院士马悦然，他已将《水浒传》《西游记》译为瑞典文，但并无翻译《红楼梦》的打算，他说瑞典的知识分子都能读英文或法文、德文的《红楼梦》，而一般只能读瑞典文书籍的瑞典人，你就是给他们译出《红楼梦》来他们恐怕也不能欣赏，说到底他个人对把《红楼梦》译成瑞典文缺乏充分的激赏以及动力。再如一位意大利女记者前不久对我说，她读《红楼梦》时，觉得那叙述实在烦琐难耐，她很虔诚地当作一桩加强东方文化修养的事来做，却只意识到"必要"而并无多少审美的快感，因此她宁愿通过看《红楼梦》电视剧的录像带来"速成"对《红楼梦》的了解；这令我联想起我对西班牙古典名著《堂吉诃德》

的态度，尽管杨绛女士的译笔极佳，我也还是不能逐页细读这部名著的全译本，而更乐于看据其改编的电影乃至于芭蕾舞剧。三、当你问到中国的《红楼梦》在他们西方民间中的影响时，那回答就更会让你尴尬，他们往往会说，作为一般西方人阅读中国古典小说类书籍而言，也许排在最前面的是《好逑传》《肉蒲团》和《今古奇观》《唐宋传奇》《聊斋志异》的选本，然后可能便是《金瓶梅》；对于中国古代小说家他们可能一个也说不出来，非问，细想想，也许会有人说出施耐庵，说出蒲松龄，甚至说出李渔（他写的小说《十二楼》在西方早有译本），能说出曹雪芹的，必是凤毛麟角。

西方人之难以进入《红楼梦》的艺术世界，恰恰说明了《红楼梦》在展示我们中国古典文化的精度、深度、高度方面达到了何等峻伟的地步。的确，一个西方人如果能像一个普通的喜爱《红楼梦》的中国读者（不必是"红学"家或大知识分子）那样，比如说在读到第四十回中贾母畅谈"软烟罗"和"霞影纱"时，会感到津津有味，那么，他就真是跨入中国文化宫殿的内层了。可惜中、西文化的巨大差异，使得最具中国文化底蕴的《红楼梦》，至今未能引出西方首先是汉学家们的巨大而执着的热情。我们都知道西方汉学界对学问抠得非常之细，比如对老子和《道德经》，其研究之多之琐之频，光看论著存目，便会目眩心惊。就是研究李渔的专著也很有几本。但有没有研究《红楼梦》和曹雪芹的专著呢？在西方大学里教书或搞研究的华裔用中文写的另说，直接用西文写的，竟非常之少，写关于曹雪芹的专著，据有人查目，居然是零，倒是有位汉学家写过一本关于曹寅的专书。

在这种情况下，中国人自己，确实有必要专门写出至少一本给关心热爱中国文化的外国人看的介绍曹雪芹这位伟大的中国古典作家的书。现在外文出版社出了这样一本书，是他们特请从青春期起，即把自己的心血完全投入了对曹雪芹研究的艰难事业中，并至今钻研不倦的"红学"家周汝昌先生写成的——《曹雪芹新传》。请周先生来写这本书，我以为并不是出版社的编辑在"红学"（这里主要是其分支"曹学"）的论争中，偏向于周先生的学术见解。其实无论请哪位"红学"家来操觚他们都不可能放弃自己的学术见解而持一种"公论"。由于关于曹雪芹身世的纷争是如此之多，从曹家的祖籍究竟是丰润还是辽阳，他究竟是曹寅的孙子还是侄子，又究竟是曹颙的遗腹子还是曹頫的儿子，他究竟是哪年生的，在没在南京生活过，生活过多久，他究竟有没有科举的功名，是怎样的功名，他家在南京被抄没迁往北京后，缘何一度微苏后又成覆巢之卵，经历了家庭的更惨烈变故后他究竟如何谋生，他后来究竟有否回游江南之行，当没当过尹继善的幕僚……一直到他究竟是1763年还是1764年逝去的，那位批书的脂砚斋究竟是谁，是相当于书中的那位史湘云的一位后来与他相依为命的女士，还是笔者的叔叔，或竟根本没有这么一个人，等等等等，任是谁来下笔，也不能炖出一锅"公论"，而必得端出自己的菜碟，至少他总得在几种主要的见解中拣出可认同者。周先生是极有学术个性的人，他也不可能跳出自己一贯的学术立场而去平等地罗列有关的材料与见解。但出版社请他出马来写这么一本书还是很合适的，因为就专攻"曹传"而言，周先生的学术观点或许不能为一些人"苟同"，而他的深入、认真、不断调整与修正认识到的差池的治学精神，却是为大多数人所公认的。当然，其他的"红学"家也还可以写另外的这种角度的"曹传"。

如果按西方罗兰·巴特他们一派的观点，那作品一写成，作家也就"死"了，批评家要做的事，只是研究"本文"，管他是张三还是李四写的呢，为作者写传，简直完全多余。但对于西方汉学家来说，欲解读《红楼梦》的本文，那不仅不能绕过对作者的了解，而且，还必须迈进好几道门槛，才能登堂入室，初悟其妙。对于西方一般读者来说，很难想象，当他们拿到《红楼梦》的西文译本时，会完全不看译者所写的序引，完全不参照译者提供的附注，便能在本文中自由翱翔。其实就是我们中国当代读者，完全抛开对《红楼梦》本文以外的必要信息的了解，恐怕也是难以进入那种独特的艺术世界和文化空间的。

但为曹雪芹写传，关于他本人的资料之匮乏及互相抵牾，还不是唯一的困难，问题是如以他为圆心，则半径首先必须延及他的家族，而曹氏家族的福祸荣枯，又与清朝康、雍、乾三朝皇室的权力斗争息息相关，于是叙述的半径又要再延及相关的历史。这段历史的文化当然还是大中华汉唐文化的延续，可是又有其阶段性的特点，便是满族文化和汉文化的相激荡和相融合。于是又要再次延长半径，涉及那一代中国文人的总体生存方式、群体素质、心理定式与习尚、修养、趣味及他们的分流。这也还不是半径的顶端，因为《红楼梦》的哲学内涵、其终极追求的力度和向彼岸靠近的热诚（这是许多西方人最感兴趣的《金瓶梅》所没有的），又是中国哲学史、思想史发展到那一阶段的有根之木、有花之果，于是写传者又把半径再伸向李贽、汤显祖等先贤及其思想。又由于《红楼梦》是中华古典文化的集大成之作，具有百科全书的特点，前人早就指出："一部书中，翰墨则诗词歌赋……爱书戏曲，以及对联匾额、酒令灯谜、说书笑话，无不精善；技艺则琴棋书画、医卜星相及匠作构造、栽种花草、养蓄禽鱼、针黹烹调，巨细无遗；……仙佛鬼怪、尼僧女道、娼妓优伶……色色俱有；事迹则繁华筵宴……宫闱仪制、庆吊盛衰……事事皆全……可谓包罗万象，囊括无遗，岂别部小说所能望其项背。"所以那半径又不能不随机抖动，涉及有关的话题。偏《红楼梦》又是一部并未完全竣工而只传下八十回的残书，它并没有一个绝对无可争议的本文，推测其失传部分内容的主要根据又是脂砚评语，所以在半径的旋转中又不得不提及有关它的版本、脂批，及程、高补入后四十回后竟得以公开化，几于"家置一集、一时风行"的原因……《曹雪芹新传》从曹雪芹这个"圆心"出发，不断伸出半径，辐射旋动，又不时由远点回缩"圆心"，浓化对曹雪芹思想、人格和艺术追求的皴染，导引读者层层迈进《红楼梦》一书以"千红一窟（哭）""万艳同杯（悲）"的大情怀，以"沁芳"之笔，所营造出的远非一般"爱情悲剧"或"大家族黑幕"式的作品所能望其项背的艺术空间，读来却有深入浅出、丝丝入扣、云龙蟠舞、汁浓味醇之感。

周汝昌先生1964年所出的《曹雪芹》和1980年所出的《曹雪芹

小传》，基本上是纵向叙述的方法，这本《曹雪芹新传》取用了"画圆"的手法，围绕曹雪芹这个"圆心"画出了许多个同心圆。这虽很可能是面对外国汉学界或对中国文化感兴趣的外国人特别是西方人这些特殊读者急中生智，逼出来的招数，却构成了一大特色——它不再仅是对一个中国文化巨人的描述，它成为通过这位巨人将你吸入伟大的中国文化磁场的马蹄铁。而且，这样的写法，对于无"学术性前提"准备的中国读者，也颇有吸引力和教益。

但画圆的风险在于，半径伸得越长，其圆周接触的未知面或混沌面争议面便越大，因而派生出的疑窦和讼案便可能越多。而周先生在把握笔法时，"稍稍运用上一点儿推想和文学手法"，为的是"使内容变得生动一些"，用心良苦，却犯了西方汉学家做学问的大忌。这些本拟显瑜之处，很可能倒成了他们眼中的瑕疵。第三十五章代曹雪芹拟的长歌，绝非即兴之作，凝聚着周先生多年来在曹雪芹精神世界里掘进的心得。因曹翁的满溢奇气胆魄的诗作除两个残句外竟毫无所传，为显现其大诗人本色，作传时这样延臂求髓，我很理解，也颇赞赏，但似宜于放在《小传》的增订本中，那不失为供读者参考以加深对传主理解的一种尝试。在这主要是对外的《新传》中，我以为恐怕不能为西方读者理解（能读中文的亦未见得能品味，译成西文则更"隔"），甚或会伤及他们对此书学术价值的充分评估，所以不如不放。

不知为什么，当我掩上《曹雪芹新传》的时候，心上总粘着曹雪芹好友张宜泉《和曹雪芹西郊信步憩废寺原韵》的收句："寂寞西郊人到罕，有谁曳杖过烟林？"不禁鼻酸。曹雪芹究竟是谁？如梦如烟！他本应像莎士比亚一样，成为全世界每一个知识分子都耳熟能详并能进入其艺术世界的作家，却由于巨大的文化差异、东西文化交流中的强势入差，特别是他身世资料的极度匮乏，因而到目前为止，情形仍极不如人意。不错，《红楼梦》在国外已有二十余种文字的译本，英文的就有好几种，国际上也开过关于《红楼梦》的研讨会，"红学"已是超国境的一界，但相对而言，日本、东南亚、外籍华人中的"红学"家较多，在西方汉学界中，"红学"还远不是显学，"人到罕"，"有谁过"？正如本文开头所说，无论《红楼梦》还是曹雪芹，都还没能进入西方教育的常识符号系列。一个西方大学生不知道这本书和这个人不会被认为"无知"，而如果问一个中国大学生莎士比亚是谁他说不知道，并且也举不出一个莎翁剧本的名字来，我们中国人自己就会奚落他"没常识"，他自己也会脸红。这种不平衡是令人遗憾甚至惆怅的。因之，挖掘爬梳新的史料，深化这方面的研讨，写出更多更好的面对内外不同层次的"曹传"，使曹雪芹的伟大与莎士比亚的伟大并帜于东西方所有有知者的脑海中，成为不争的常识，应是中国"红学"界不懈的使命！

〔三四〕
周汝昌致刘心武
（1993年11月20日　上午）

心武作家同道：

　　被津门邀去开了一个会，昨天大雪中高速公路封闭，车只得走另路，以致费四个多小时方到家中。一堆邮件中见有你为《新传》所写的"评论随笔"，喜甚！

　　我没想到你会从这个大角度来写。这太好了！文笔也好！咱们二人的一切（类型上、路数、局面……）肯定是大不相同，而在这个大问题上竟是如此之契合，我心潮起伏，感绪百端；读到你说因张宜泉的"有谁曳杖过烟林"，不禁为之酸鼻的话，我也泫然。所以，你此文的意义并不在评张三论李四，而是为了雪芹与中华文化。这实在深深触动了我的伤痛，我平生立志不畏万难千阻而坚持力作的，正在于此。你说出了我的内心，是我的一位晚遇的知音。我没想到会有此幸遇。

　　文中溢美之词，使我惭怍。诤言更使我感激。

　　你指出，代拟芹诗以入传，是犯了西方汉学家之大忌，是不合适的。感谢你肯直言。此点我并非不知，知而为何故犯？如你不以为我是要辩解"护短"，那不妨略谈几句。雪芹的生活的重要之一面，是作诗，是诗胆，是诗有奇气，为至友佩服得赞不绝口——此一面，如全不"反映"，怎么算芹传？如要写及，他

诗悉佚，我又如何去"刻划"？槐园一会，是他生前的唯一一次留有"痕迹"的"活动场景"，重要无比，我只写上敦诚的长歌，而无芹只字，这又怎么算篇"文章"？这是个"结穴"之重点，芹之心境、处境、文境，都应有所表述——而这，只用"话"来"叙"，能行吗？叙了能有多大的力量来打动读者？

于是，我万般无计奈何，这才出此"下策"，自知拙诗岂能冒充芹作？然此乃无法中之一"法"，也是"逼出来的"。

其实，清代文人的生活，这一面几乎占了他们生活的"一半"。你若读多了清人诗集，便会惊讶此一历史事实——这又正是中华文化的一大"重面"；恰好，西方人最不懂中国文化文人的这一面！一个英国《百科》介绍《红楼》，有些通常的赞语之外，就单单指明小说中的那些"诗论"，是令人厌烦的！！！我看了，真是啼笑两难！！！我们如何为此而"做些工作"？我也一直想不出妙计。

综合以上粗述，我才觉得这本以介绍文化为实质的新传，不妨纳入一些"文学"的变通手法。有读者看到此章，很为之感动，而你却直指：这应属败笔。我是很重视你的感受与批评的，因此才愿向你倾吐衷肠。我们这才是为大事而交流切磋，任何俗见俗词俗套都不在我们的意念之内。

谢谢你为此而费的时间心力。刚回来，极潦草，乞不罪。冬吉！

周汝昌拜

1993 年 11 月 20 日

〔三五〕

周汝昌致刘心武

（1993年11月20日　下午）

心武同志：

已用挂号寄上一札，向你致谢。你的书评将是中西文化交流史上的一篇重要文献。

文中可否再为我个人最为着意的两点补充说数语？一是雪芹这样一种类型的中国文人的特点（性格、心灵、习尚、修养……）。二是他著书的宗旨，即我强调的"千芳一哭，万艳同悲"（总括为"沁芳"一名）的博大深刻之思，而不是三角恋爱。此二点，自然你也可以不同意，但也正不妨指出之后，再加评论。我以为对西方读者来说，这是非常非常之重要的！匆匆再赘。

引张宜泉，应引全了最末二句14字。

周汝昌谨启

1993年11月20日下午

文内卒年之争应言至1763与1764。

又有一处将新传全名误为"红楼梦新传"了。

〔三六〕
刘心武致周汝昌
（1993年11月22日）

汝昌前辈：

　　20日信及再题《秦》书书名均已收悉。

　　评《新传》之文，因夤夜完成，所存在的错字不仅我亲让你指出的几处（头一行就有错）；电脑这东西，指头稍不确，它也就出错，只是打印出来清爽，是一大优点。

　　我本怕所提意见，出言直率，会惹您不快，没想到您虚怀若谷。所做的解释，其实我行文时已知。现我不仅校改了原文中的错失，还有所补足，自己觉得文意更加周密了。

　　文章已寄《读书》杂志，希望他们能刊出。

　　《秦》书已出初校，但封面尚未设计好。您的题签让他们挑，封面、扉页两见。

　　即颂

冬祺！

晚辈刘心武拜
1993年11月22日

〔三七〕

刘心武致周汝昌画《西郊曳杖图》

（1993年12月10日）

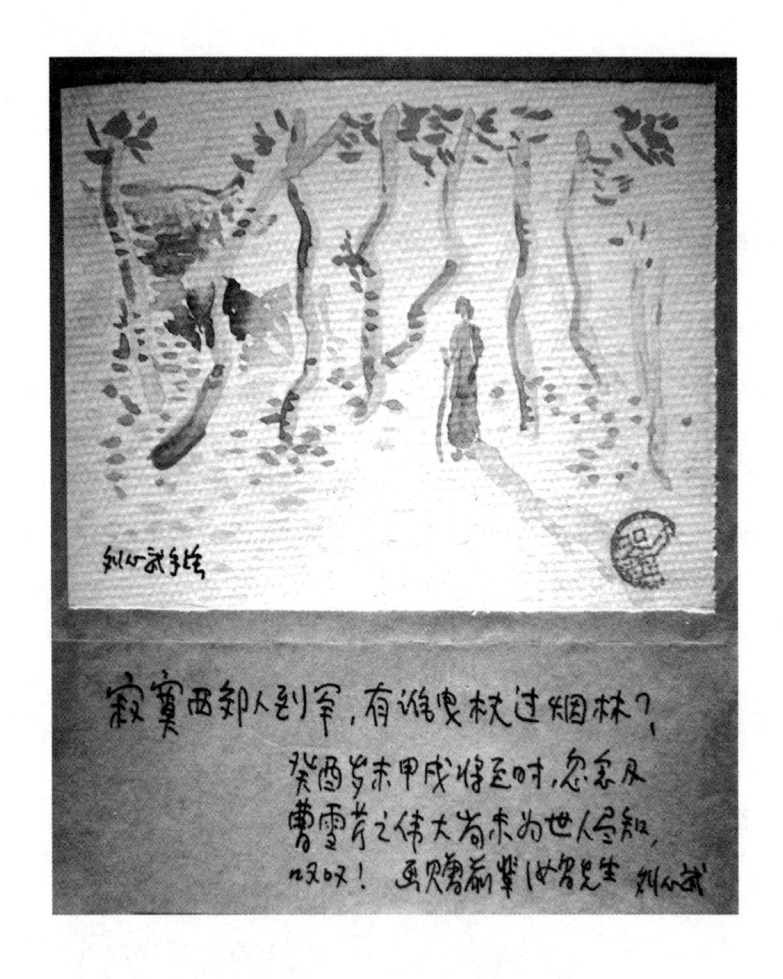

〔三八〕
刘心武致周汝昌
（1993年12月11日）

汝昌前辈：

　　我那篇《有谁曳杖过烟林》（修正稿）想早已收到。《读书》杂志告安排在1994年第2期刊出。我另写了一篇小文《〈曹雪芹新传〉有新意》，寄给《新民晚报》"读书乐"版，他们飞快地发了出来（12月8日），热情可嘉，但却有几处要命的错字。现寄上我该文原稿一份及更正文章一份，请务看！

　　因排印错误殃及先生，甚为惶恐，敬希先生海涵！但愿他们也能飞快地把我的更正文章刊出。

　　即颂

冬祺！

晚辈刘心武拜
1993年12月11日

附 刘心武《〈曹雪芹新传〉有新意》

周汝昌先生从青年时代起即研究曹雪芹的身世，其开山作《红楼梦新证》中最为人重视者，便是搜罗甚丰的"背景材料"，及对曹氏家族的鞭辟考证。至目前止，能三次为曹雪芹作传：六十年代有《曹雪芹》一书，篇幅较小；八十年代又出《曹雪芹小传》，书名上加了"小"字，其实比前书不仅字数多许多，内容也更扎实绵密；现在我们又看到他九十年代的《曹雪芹新传》，这本书应外文出版社之约，主要针对国外汉学界和关注中国文化的人士写的，先出的中文本，所以也合适中国一般的读者阅读。

这本《曹雪芹新传》甚有新意。以前的传记，因是为国人而作，所以有的"前提"，就略过不叙，因为想看曹传的有中等以上文化的国人，不可能不知道一些关于中国历史、文化、风俗的基本常识。但此次是为外国人特别是西方人"说曹"，为循循善诱、步步导入计，周先生便采取了"从头一一道来"的方式，以层层剥笋的笔法，娓娓细说端详。因为周先生对清代康雍乾三朝皇族间的权力斗争、满汉文化的撞击交融、达官贵人的荣辱浮沉、文人雅士的心态做派、市井小民的居存风俗、东西文明的初步磕碰……都已烂熟于心，所以他的一番爬梳提炼，使得曹雪芹这个传主的背景清晰凸现、色彩绚烂，不仅让外国读者可以感受到扑面的中华文化的熏风，就是一般的中国读者，也会有乱云归霞、落瀑溅珠的喜悦。

为曹雪芹作传，恐怕是世界上最艰难的事体之一，因为关于他暂存下来的无可争议的史料，实在是少而又少。最可喟叹的是，每有关于他的"新材料"出来，不是引发出真、假之辩，便是导致出阐释之事。

如近来在北京通县张家湾所出土的所谓"曹雪芹墓碑",但很有点神秘的味道,指真者认为曹雪芹卒年可不必再辩,疑假者却认为此物一出而派生出的问题反比以前多;又如丰润曹鼎望、曹鋡父子墓碑的发现,虽然真实性不可怀疑,且与周汝昌先生多年前的推考吻合,但在曹雪芹究竟是否为曹鋡之子这一点上,却又并不能达成一致见解。周先生的《新传》当然坚持着他的一家之说(如肯定曹雪芹为曹頫之亲生子,"脂砚斋"为《红楼梦》中史湘云原型,等等),但因为把传主导入了时代的文化大背景中去描摹,去透视,因而有了一种超越争议的特色。读此书的读者大可不必拘泥于关于曹氏生平的细琐歧说,而在一种难得的"文化感受"中,加深对《红楼梦》这部奇书及其作者的探享之情。

《读书乐》(四一期)所刊拙文《〈曹雪芹新传〉有新意》,后面印错了几个关键的字,印错的文字为:"……又如丰润曹鼎望、曹霑父子墓碑的发现……在曹雪芹究竟是否为曹霑之子这一点上,却又并不能达成一致见解……周先生肯定雪芹为曹霑之亲生子……"这样的文字,如只让读者觉得我的荒谬,倒也罢了,问题是还殃及周先生。因为曹雪芹就是曹霑,在这一点上学术界并无争论,已成常识,一个人自己怎么可以生出自己来呢?正确的文字应为:"……又如丰润曹鼎望、曹鋡父子墓碑的发现……在曹雪芹究竟是否为曹鋡之子这一点上,却又并不能达成一致见解……周先生肯定雪芹为曹頫之亲生子……"这里面的曹鋡、曹頫、曹霑(即曹雪芹)是三个人,无论他们是什么关系,都是不可混为一人的。

出现这样的错植,我想该埋怨的是我电脑所装的软件——它的字库里没有鋡、頫等僻字,因此我打出文章来后,只能手填这几个字;想必是排版者见了手填处,以为三空填入的都是霑字,故划一了。汉字文字处理的电脑软件，一般是供行政商务的文秘所设，作家搞创作，尤其国学家写论文，要写若干僻字，那在其字库中一般都是被省略掉的。所以碰到这些字时，只好手填。当然有的软件包含自造字功能，但程序复杂，一般个人电脑使用者难以掌握。由此我深感我们中文这种非拼音文字，实在比西方的拼音文字更具有直观的"文化感"，即如丰润曹氏的谱系，在曹鼎望之下的子侄辈，都是"金字旁"名字；而再下一辈，都是"水字旁"；而与曹颀一辈的，都是"页字旁"。这种以"偏旁"标识辈分的符码，便是中华文化的独特之处。再如《红楼梦》中的林黛玉，我们中国人看见这三个字，可以生出许多优美的意向，但一位外国汉学家对我说，"DAIYU"这样一个发音，在他们西方人耳朵里，是很难听的，无法与一位弱小的美女形象联系到一起。

印错了字，除向读者更正致歉，却也引出了不无意义的联想；阅读，所读的不仅是文字，更是文化。

1993年12月10日

〔三九〕

周汝昌致刘心武
（1993年12月15日）

心武作家忽以西郊曳杖图见惠，喜甚，小句以谢。

扑蝶埋香俗套穷，谁人高笔画高踪。
丹青忽睹萧然意，曳杖烟林黄叶风。

此接来札后立刻口占即录者。我深喜足下笔趣，更感深情。此画此诗原可付之报刊，但彩淡似不易制，自己无拍照高技术，若径投报社则良恐他们给弄丢了。计无所出，不知何以教我也。

周汝昌识

癸酉十一月初三

承又为《新传》撰一文付沪《新民》，我已见之，错字我想读者能辨。此文实佳，虽溢美增惭，却真感动欣慰。您知道拙著之出，也从未肯以"齿牙"为惠，连"书讯"也无有，遑论评介（有评则多属"批判"大文也）。拙著十余种了，规律如此。故今获佳文，能无感叹！此固非"听赞则飘飘然"之俗义。相信定能体我鄙怀也。

昔年撰注南宋大诗人杨万里集，海外盛赞，而海内则有人"盯"着，立即在《光明》报发文"批判"——因自序中对杨氏以禅论诗之例客观地浅讲了数语（不敢多言）。而美国一洋人据拙著研究写成一本英文书，其中则又"批评"我对禅讲得那么"浅""少"，一点儿也未"展开"云……请看我们做点儿学问就是这么"夹空"中讨生活，悲哉！

　　对拙著向无人肯有"齿牙"之惠，原因不一。但其中有人有"顾虑"，又有人嫉之而挤之耳。所以我见佳评，若有宠惊之情，岂为无故乎？叹叹。

汝昌乱道

〔四〇〕
周汝昌致刘心武
(1993年12月20日)

心武同道：

忽念一事——明年1994，乃《石头记》（甲戌本）成书之250周年（此为无可争议之点），又为雪芹诞生270周年，逝世230周年（此二者虽有少数异说，而承认、采纳者已多）。这是个极不寻常的年头。不知你能否"纠合"（邀集也）几位志同道合的至友，我们"自己"（即个人"私营"性质）计划一点儿纪念活动？因为，倘不如此，真觉遗憾，心里过不去！

希望你动动脑筋，看有无这样的可能与兴致？因我：（一）与世隔绝；（二）不了解实际现状；（三）毫无号召能力与办事能力，只能"出张嘴"，在现世界是什么也谈不上的。

你的新著明年出很及时。我也拟赶一小册子（已有了几万字）。这都"太个人"，难成"气候"。

但，千万勿找"官方"——我指的"红学"专门机构，那儿只关切自己的名利地位，到处摘桃子，什么"曹雪芹"，不过是个骗饭吃的"牌位"罢了，一有了他们，我就不想高攀了，也就败了一切的"高兴"——此乃如孙中山之"积四十年之经验"所得之教训也。

我偶发"奇想",与你谈谈心,如无兴致与可能,也就算了。
反正事情哪有书生想的那么简单的。
　　专此布臆,不尽。
　　顺颂
年釐!

知名不具拜
1993 年 12 月 20 日午

〔四一〕
刘心武致周汝昌
（1993年12月25日）

汝昌前辈：

12月20日大札悉。

您的想法很好。我也是最不会张罗这类事的人，但凡事如想做，可存于心，寻机会，往往无心插柳反可成荫。明年我试一试，如有可能，当及时向先生汇报。总之大家鼓舞起来，为曹翁"红"书做一点事，大概总不至于毫无着落。

先生为拙画配的诗，甚佳。我画时没考虑过发表，只任性下笔，自己觉得还有一点味道，故不揣冒昧寄上。

我下月初应台湾《中国时报·人间副刊》之邀，去台湾参加一个小说研讨会，大约月底前回北京。

即祝

新祺！

晚辈刘心武

1993年12月25日

〔四二〕

周汝昌致刘心武
（1993年12月28日）

心武文席：

　　刻奉来书，尽知一切。画虽小，但你是第一个取此画题的人，故有"史义"。"纪念"之说，并不一定要有什么场面，几个人"座谈"一次，发条报导，就起到了作用，否则于心实感难安也。访台之际，如有方便，替我打个电话（见附条）。康来新女士，"中央大学"教授，红学家，作家，写得一手漂亮文章，我撰文称为才女，不为虚誉。若能通上话，务必替我致意：(一)问候，贺新。(二)曾一再联系，不得回音，未知有何缘故（注）？（三）出版拙著之事，有无进展？（四）希望能让你带个回音。

　　谢谢你！匆匆赶发，余不及备。

　　再颂

年釐！

周汝昌顿首
1993年12月28日午

注：某地一些"红家"钻她的空子，奉承阿谀，皆"反周派"，怕从中说我的坏话。此向你谈，非可明言也。

去年有几个人邀往台北，疑与她有关。原对我很周到礼貌热情，不应置之不复也。

〔四三〕
刘心武致周汝昌
（1994年1月31日）

汝昌前辈：

您好！

我已从台湾回来。在台北曾两次按您的号码给康女士去电话，均未接通，甚憾！

《秦可卿之死》一文，《新华文摘》是今年二月号转载，并有您的大札同时转刊。《时代文学》今年发了两篇文章评论我那个小说，一篇颇多肯定，一篇主要说不足。

即祝

春节快乐！

晚辈刘心武拜
1994年1月31日

〔四四〕
刘心武致周汝昌
（1994年3月15日）

汝昌前辈：

大札早已收悉，迟复为歉！

您对拙文《有谁曳杖过烟林》奖誉有加，实不敢当！最近才看到关于曹颜（渊）是《红楼》原始稿本著者的考据文章，更不胜唏嘘。不管怎么说，"《石头记》，曹雪芹撰"这两个相联的符码，是分不开的了，而对"曹雪芹"这个符码，究竟如何破译，至今不仅聚讼纷纭，甚至还愈研究愈迷离扑朔，真是一个大悲剧！

您台湾之行，应能一切顺遂。

在大陆民间搞一个纪念"甲戌本"的小型活动（茶话形式，一天），我正在想办法，所需要解决的无非是：一、以什么名义，哪个机构牵头？二、经费，谁愿掏钱？有了眉目，当再请您指点，将其落实。现在的企业，愿花钱请"星"凑热闹的多，有的一掷百万金，而懂得《红楼梦》价值，愿为"甲戌本"的纪念活动掏比如说五千元的（扫扫公费吃喝的地缝儿，那扫出来的"小钱"也够了），却颇难找。我尽量找吧，能找到一万元赞助，开一天会（租场地、接送、招待一顿饭、准备一点有关纪念品，等等）大概够了。

另有一事：顷接上海教育出版社编辑王如松信，告欲为他们出的《语文学习》杂志约稿；因您的大文《谈笑》（选自您的《四方集》），已被选入人民教育出版社编就的初中语文课本第三册（初二上学期用）；他让我转告您的地址，好同您联系，我已冒昧地将您的地址告他，他会直接同您联系。他也是跟我约稿，因我一篇小文，也忝列于初中语文课本第二册中。

又：《新华文摘》第二期（脱期了，才出），选了拙作《秦可卿之死》，并选有您的两封信，还有两篇评论（一篇主要是批评），他们会给您寄样刊的。

早春忽冷忽热，切望保重！

谨颂

春祺！

晚辈刘心武拜
1994 年 3 月 15 日

〔四五〕

周汝昌致刘心武

（1994年3月16日）

心武学友：

今日接奉来札，欣悉一一。我上次偶潮"心血"，谈及"纪念"之事，此本强人所难，我亦能体会知之。蒙存念不忘，感甚。望酌情量势，若不行，也已尽了心了，无所憾矣。若有一丝希望，则除了"红研所"出面我不参与，别的单位都好。再恳陈一点：我不一定出席——我一在场，恐给你惹来"微妙关系"，于事不利。故最好是我避开。为了不负此会，我可以以书面发言，反更方便。此意不知你能深体下怀否？此会若办成，小小座谈，却极有意义与影响。

昨日的《人民政协报》，发我一文，文内提到你，甚盼能一觅阅（因刻下无副本。如你找不到此报，待我再寄上）。我也读了你在《群言》里发的"心里话"。又记起读你谈中国人得不了诺贝尔文学奖的原因，也是十分感慨。中国事事自吹自大，事事不如人家，亦不知自己检讨反省，吹气冒泡，有何益耶？

拜上
1994年3月16日

（请阅背面）

写《谈笑》是人民报创办《……与幽默》时索稿所为。转眼已是多少年了！写此文不是为了"滑稽""好玩"，是慨叹今世报刊上的文章语汇之贫乏可怜！我们中华汉文遗产积累如此丰富，却被弄得这等干瘪枯瘠！我是以"笑"示例。也希望多有这类文字教给年轻人。可是至今仍未见"同道"。又及。

〔四六〕
周汝昌致刘心武
（1994年3月21日）

心武学友英鉴：

你渡"彼岸"，活动频繁之中不但不忘为我琐嘱分神，而且归来之后立即专函招呼，真是感谢！我在《文化报》上看了你答记者的采访（当然这只是可以公开的官样文字语言了），跟着又收到《读书》。我将书评重读了一遍，更是感慨万千！！（欲言者亦万千也！）这真是大手笔，非常重要。我交游实在太可怜，故不知并世之人哪位还能写出这篇文字（会说俏皮话的"才子"多得是呀）？

此文有学有识，有心灵，有修养，有斤两，有身份，故极不易觏。

我的小著，能引出这样一篇绝大议论与感叹，方是我真正感到荣幸的缘由，而不是因为你对小著给了溢美之辞。

你是否知道："曹学"一词，原是"洋学者"余英时挖苦我的话？国内一直也有"批评"，说对雪芹研究得"太多"了，说我不懂得研究"作品本身"，已经"太多"了呢！你还号召多研多写，也算"不识时务"了。叹叹。

这篇书评不是评小著，是中西文化"交流"史上的一大标记之文献！凡普天下炎黄子孙及其外流后裔，都来一读，一齐与与痛感鼻酸目泫！

　　刊物对此文的价值，估计未必充分，故编次也不突出，也反映了烟林的寂寞。

春嘉！

周汝昌
初十上午

心武作家正之：

多少楼台烟雨中（此为函内附报刊复印文）

　　北京的西郊以至西山，是个庙宇最多的去处。少的说是"三百寺"，多的说是"七百寺"，大概谁也没法儿真数个清楚确实。晚唐牡牧之名句曰："十（千？）里莺啼绿映红，水村山郭酒旗风。南朝四百八十寺，多少楼台烟雨中！"两相比照，正不知谁为优胜？这种现象"正常"否？自然也照例是你赞成我反对，其说不一。但如果那四百八十座南朝古刹至今还"健在"的话，那么南京市的旅游收入一定居"世界之最"。无论你赞成还是反对，当你面对那种"景观"，总会暗自说一声："真了不起！"否则，岂不太无审美能力了？

　　南朝为何那么多寺？我只知道梁武帝是舍宅为寺的名人，这显然起了巨大的作用。北京呢，连曹雪芹写《红楼梦》都发表过"批评意见"，他说：这都是有钱的老公们浑盖的。一点儿不差，明代太监是修庙的"施主群"。看来，曹雪芹对此颇有异议，但他不仅"西郊憩废寺"而作诗，而且"寻诗人去留僧舍"、"破刹今游寄兴深"。据齐白石老人确言，雪芹贫极时寄居崇文门外卧佛寺，齐老并作画题诗："风枝露叶向疏栏，梦断红楼月半残。举火称奇居冷巷，寺门萧瑟短檠寒。"成为无价的名迹。而且，据老舍先生作诗自注，他在西郊听村民父老传述：曹雪芹曾在万安山上法海寺出过家。

　　这样看来，雪芹先生究竟是个憎庙者还是个爱庙者？只怕"研究"起来又并不简单，还难以得出"正确结论"。

　　杜牧曾目击的烟雨楼台，恐怕早已片瓦无存。万安山的法海寺，我爬上去寻觅残踪遗迹，只见满地瓦砾，除石碑石阶外，一无所有。

读史,知道历代有崇佛造寺的,也有贬佛毁寺的,其翻覆兴替无常,也是一笔难算的账目。据说周世宗(柴大官人一家子)就曾尽毁天下佛寺,将无数铜佛像投入熔炉,改铸为铜钱了。我想他可能对货币流通起过好作用,有功劳。不过,许多寺庙铜铸艺术珍品,多少工艺大师、匠人的心血也就都随之"化"为铜钱了。

阅报,乃知内地、香港,以至美洲,都新铸起了"超大型"的巨大铜佛了。

用佛语来讲,"轮回"不但是人所难逃,佛也一概在内。

以上是"寺"的事,寺专指佛庙。寺,原本是一种官署名称——大理寺、光禄寺,直到清代也照旧。只因古高僧曾在寺内译经之故,佛庙就都以"寺"为名起来。寺,与祠、观、堂等有别,比如寺的布局自有规律:山门、四大天王、弥勒、钟鼓楼、观音、韦陀、如来,大体是不异的。道观神庙,并不如此。

中国的佛寺是外来文化而"华夏化"的艺术殿堂,是百般艺术精品的大聚览——民族形式的"艺术博物馆"。所以,千百劫后幸存的古刹名蓝,琳宫梵宇,才成了最宝贵的"文物"和"旅游景点"。它包括着建筑、雕塑、壁画、书法(联匾)、刺绣(幡幔)、金银铜铁锡五金、土木……数不清的百般巧匠之绝艺,还有钟磬、梵呗、木鱼、管弦……诸般音乐,还有精雕木刊本的经卷……它是"文化宫""工艺殿"。

但中国的"本土庙"为数更多,这些应称"祠"。

所谓神,不是灵怪,是人之不朽者,不朽是指其功业、道德、精神永为后人钦仰怀慕,故立祠庙,以寄托追思。药王、李冰、岳武穆、关云长……皆此义也。这更与"迷信"是截然不同的两回事，不必一听见个"庙"字就赶忙板起面孔叫它是"愚昧""落后"的"历史垃圾"。

到了锦里蓉城，你上哪儿去？当然地方多得是，可你不去拜谒一下诸葛武侯祠与诗圣杜少陵的草堂祠庙吗？若对此两古人，说"我无兴趣""也无感情"，那就是对中华文化的蔑视唾弃了，这，又与"迷信"有什么交涉呢？

事情需要分源，需要识义，也需要正当运用这个本民族独创的、群众基础最为深厚的文化形式来进行文化传播、感染、熏陶、宣释等有意义的工作，不一定进庙就为了"烧香磕头"。

唯此一义，我曾撰文，呼唤有力的施主们为咱们中华的奇才巨匠"文曲星"——曹雪芹——修一座小小的祠庙，因为国人对他确乎太冷落了。

北京雪芹庙，难道不应与成都草堂祠辉映媲美吗？为何无一人出来登高一呼，襄此盛举？

拙文发后，如一枚小卵石投入了汪洋沧海。

不久，作家刘心武在《读书》上发表了对拙著《曹雪芹新传》的书评，文中抒发了他的深刻动人的感喟：曹雪芹与莎士比亚的对比和"处境"之悬殊大异！他慨叹说，中华文化巨人如此难为世界所了解，遑论"重视"了。他说，读《新传》掩卷之后，不禁想起雪芹的文友说他"寂寞西郊人到罕，有谁曳杖过烟林"，他感到了那令人惆怅的寂寞，而为之酸鼻。

我读了他的文章，也不禁为之泫然。

值得欣慰的是：过了这么一年，我终于寻到了一位热肠古道的女企业家，她由教育界、作家界而"下海"的，她慨然发大心愿，决意为雪芹盖一座祠庙。

听说地已选好，并且设计师已在构图中。

这是令人深深感慰的一件喜事。故此特将这一消息仍然刊布在报上。自然这还只是一枚小卵石，投入了汪洋万顷的沧海，它所激起的小浪花与细声响，再次表明了一种令少数人感到鼻酸目泫的寂寞，这种寂寞，将萌生思索与反思索。

周汝昌

（刊于 1994 年 3 月 11 日《人民政协报》）

《人民政协报》（1994 年 3 月 11 日）刊发《多少楼台烟雨中》

〔四七〕
周汝昌致刘心武
（1994年4月28日）

心武作家：

近来奇忙，但你在《团结报》《台声》的两文，我却看到了。报文明揭纪念甲戌，大概是海内最早出现的一篇吧。

《新华文摘》寄了20元到我单位，但无书（上次也有类似情形）。如你有熟人，望提醒他们补寄一本。没有，也就不必为此琐琐分神。

"家住江南姓本秦"，出于古诗"未嫁先名玉，来时本姓秦"（见于何书，旧年查到，如今又忘了）。不知这对你有用否？

连带想及有趣的一点：一个古抄本中的"林之孝"，都作"秦之孝"。不知何故？令人有迷离扑朔之感。

台地6月召开"甲戌会"，早收请柬了，但我行动须伴随人，恐批不准；加上年老耳坏，活动力也不强，怕累；还有，此会估计"热闹儿"多于真学术，因此兴致不太高；还有，那地方的风貌，恐怕我也不会太喜欢；还有，已应"愿往"的人中，有人品颇不怎么样的挑三窝四之流，我"耻与为伍"……积此"种种原因"，我竟"婉谢"了。又不知你对此有何看法？若不浪费你的写作时间，惠我数行，则幸甚也！

世事诡谲万状，老书生处于此中，正如"盲人骑瞎马，夜半临深池"。

　　匆匆不尽，专颂

笔勇文荣！

　　我与李昂在纽约曾同会讲演。

周汝昌
1994 年 4 月 28 日

〔四八〕
刘心武致周汝昌
（1994年5月2日）

汝昌前辈：

　　大札收悉。感谢您对我写作的美言。《甄士隐本姓秦？》一文写就后本想先寄您一阅，后考虑到您很忙，不便凡有关《石头记》文字均先麻烦您过目，就直接给《团结报》寄去了。他们发得倒快，也没印错什么地方，只是发行量比较小，恐怕看见的人还不多。《新华文摘》二期我托人给您寄去一册，以作留念。他们说原本是一分钱稿费也不给的，现在"改进"了，但也只按千字10—15元给。随便吧。转载总是好事。

　　《秦可卿之死》一书已付印，但我要求将《甄》文补入，因为我觉得比较重要，他们已答应作为附录补入，我同时亦将《有谁曳杖过烟林》一文补入。台湾纪念甲戌本问世四甲子，总是一桩好事。但现两岸没有"三通"，需从香港中转，并必须由本人出启德机场赴港岛中环台湾的"中华旅行社""验明正身"，再电告台方（见信后）邀请单位，将台方"准入证"正本送抵台北桃园机场，这边才许登机，非常麻烦，老弱者难以承受；再，台北乏善可陈，观光之趣，恐怕不多，所以，不去也罢！至于"挑三窝四""蝎蝎螫螫"之辈，我亦见过不少，而且深受其害多多。特别是有种人，总觉得他有某种"优势"，而且嫉恨别人的创造力，大搞宗派，我们只好不去理他，自己把喜欢的事做好为是，您说呢？不过，台湾的会，人不去，书面发言后寄去，到头来，还是要靠真性情真学问真发现真见地取胜，委琐荒疏之辈，其奈我何？这些感想，不揣冒昧写出，如有不妥，恳请海涵！

又：5月9日在人民大会堂有个活动，出席者凭请柬可得王蒙和我的文集各一套，我已嘱主办单位寄去给周伦苓（编者注：周伦苓、周伦玲为同一人，"苓"字为周父习惯写法，本书中对此未作改动。）的请柬，届时最好去一下（别的亲人代去也行），我的文集中（第八卷）有我们的合影并有您的回信。

即颂

大安！

晚辈刘心武拜
1994年5月2日

〔四九〕
周汝昌致刘心武
（1994年5月11日）

心武作家同道学友：

9日伦苓领到大著文集八卷，虽宏达、华艺之赠，实亦你之厚意也，谨谢。二十年间，勤奋所至，如此丰富，可喜可佩！适第八卷在袋装最上面，我随手取而阅其目录，见拙文数篇，亦附卷中，当时不过草草信笔，至今视之，亦有意味（我平生凡写过的，一字也记不得）。我一生函札、短文，多涉文艺，而不"自珍"，大抵散落，亦少人重视。因你如此细心存录，不禁亦有感也。又见你所写"红文"多篇，而我实只见四五篇而已，不知当时何以不都寄示？可以引发我的兴致与文思，必然响应还会多些，此一憾事也。但因目艰，你这一批文章，要"补课"也得容日尽读。（不知何时，因我杂事日日来契入，绝难在一件事上"贯彻始终"，叹叹！）《新华文摘》也收到了，谢谢令友。我为的是要看看"批评"的文章。看后觉得此文很客气，写得有点儿吞吐周折，不太爽利——是费了心思的表现；觉文之标题与内容并不真正对应。撇开评你此作而泛论，文艺创作是否全凭感情、直感直觉而无一点儿理性逻辑推理的成分？因我实非文艺理论的"内行"，不敢妄谈一字。这倒是个值得讨论的课题。愚意只觉得：流行一句"形象思维"，假如它正确（未必尽然，此义不遑在此详及），那么既曰"思维"，即包理智逻辑活动了，否则又何"思"何"维"之可言？不知你对此有何想法？草草致意，不成翰札。

时届清和，想多佳致。

周汝昌
甲戌四月初一

所附拙文，亦偶有误字，如"外"误成"处"（然此实简体之失当，古人写作"処"，就不致与"外"混了）。又小绝句中"文华厚"应为"文笔厚"，因我写"筆"字惯用"帖写"式作"芛"（古草头、竹头常不分），故"芛"被误为"苹"，又成"华"了。

此小绝句当时寄你不及想到入录，故标题太简，首二句乃切你绘境，一般人无法懂，你应加小注数语，便妙了。

又一处引抄本"花锦繁华地"（通常皆作"花柳……"者），实应是"苏本"而非"戚本"，不知是否《团结报》给改错了的？总之，将来重印或再版，乞随手正之。匆匆又及。

〔五〇〕
周汝昌致刘心武
（1994年5月15日）

心武学友同道：

　　领得文集后，已写一信去，谅达。昨接"红友"山西大学梁归智教授函札，叙及在《文摘》上读了你的《秦可卿之死》。他倒不泼冷水，还认为"学术小说"是个新形式——因为他绝对不赞成为雪芹八十回后"续作"，而用这新方式来写些"补篇"却是一条路（此非原语，其意如是也）。他还注意我提到的津门一女士作的《妙玉传奇》，有心有识，良士高才，也是你的"知音"。他有专著出版，兴趣集中在"探佚学"（推考八十回后原来情节轮廓）。我以为是难得的中年学者。见文集中照片，有你单人相，旁一个塑像，却引起我的"好奇心"：是买的现成品？如若是，即不多论。是友人给作的？若是，则你有雕塑家朋友吗？多年来渴求一高手给我做一尊雪芹造像，以便"相伴"，而难得如愿者，深以为憾。此愿不偿，一大憾事，故冒昧一问。如无此道朋辈，只当闲谈置之可也。（我虽学洋文出身，但一点儿不喜欢洋美术，指的是咱们民族古典雕塑艺。这恐怕就更难了，因为一入美术肄业，开蒙基本训练，一色西方理论、审美标准、方法、格调，出来的"玩意儿"都洋气十足。君不见现下连京戏也加上个洋乐器，满耳嗡隆嗡隆地让人难受!其他可知矣。土的不值钱,汉字该废除,当然炎黄子孙也有变种的可能吧?……于是,我有了病态心理:"盲目排外主义的艺术观。"你未必赞成,偶尔供你一粲而已。)

周汝昌

1994 年 5 月 15 日

〔五一〕
刘心武致周汝昌
（1994年6月1日）

汝昌前辈：

上月两次大札均收悉。因自己病了，家中又有事，故未能及时回复，请谅！

现病已愈，恢复写作，赶紧来回信。梁教授曾与我通信，并惠赐大作，我对他在探佚方面的成就，是很佩服的。《妙玉传奇》不知是何出版社出版，我当设法买到，一读为快。

我文集上的那张照片，摄于巴黎罗丹博物馆"思想者"雕像前。该坐像系罗丹的大型组雕《地狱之门》最上方的一个形象，他自己重复塑了多个，照片上的是置于室内的小样，院中还有比真人还大的，另巴黎街头还有，也算原作，前年还运来一尊在中国美术馆庭院中展示过。我是很喜欢他这一作品的。我倒也认识几位雕塑家，不过他们对塑曹公像均无兴趣，也是因为至今究竟有无这么一个叫曹雪芹的人，都还有人怀疑，如有，此人究竟是何相貌，也无一致的揣想，真要塑，怕非一般雕塑家能承当。当然凡事缘分是重要的，我相机而行吧。说不定哪天哪位雕塑家朋友忽来灵感，塑出一尊神似的曹公像，也未可知。

前些天病中翻阅《羊城晚报》，见其副刊上有一短文，否定甲戌本，认为毫无价值，系"伪书"，最好的读本还是程甲本。否定甲戌本的理由，很简单：既称"甲戌本"，为什么会有"己卯""壬午""丁亥"等纪年的批语？这真让人发愣，"一部二十四史"，不知对他"如何从头说起"。事实这样的"疑问"，在《红楼梦鉴真》等研究成果中，早就答了，但他似乎一无所知。此文因无理且无价值，我也未保留。但下半年找一机会搞一半天的甲戌本纪念会谈，此事我们仍在筹划中。所出《文集》，不过是为自己的写作做一小结，其实惭愧。论学问无甚学问，论写作才不过是登了几个阶梯，离高境界尚远，只算是留下了一个对文字的痴迷吧。感谢前辈不弃，笑纳后还盼翻翻。

即颂

夏祺！

晚辈刘心武拜

1994 年 6 月 1 日儿童节

〔五二〕
周汝昌致刘心武
（1994年8月2日）

心武学友：

　　得札欣诵。赐书及稿酬已及时收领，真是无功而受禄，令我滋愧也。我接书后，见面貌可喜，心甚悦之。尚未及覆阅。你论"无错不成书"，是极可作为一"杂文"发表。又有新作可喜，可续寄，容一一读之。

　　因热甚又有客至，故草草。我很好，深谢念我。只是太忙了，无休息。

汝昌
1994年8月2日

〔五三〕
刘心武致周汝昌
（1994年8月7日）

汝昌前辈：

  8月2日大札收悉。

  遵嘱将新写成的文章奉上，盼一并给予指教！

  即颂

暑祺！

晚辈刘心武拜
1994年8月7日

关于冯紫英的侠文

冯紫英在《红楼梦》中是一个很重要,但又常为一般人所忽略的角色。

他在第十回中首出,是他,把"太医"张友士引入了宁国府,并为秦可卿的怪病作出了"今年一冬是不相干的,总是过了春分,就可望痊愈了"的尤为"古怪"的判断。

我曾著文指出,秦可卿的真实出身绝非养生堂里的弃婴,她的父亲,应是当朝皇帝的政敌,也就是说,应是在前一朝老皇帝未驾崩前,也很有可能(甚至本应更有可能)继承皇位的一个王子,即现在登上宝座的皇帝的一位兄弟(或同母,或异母)——类似"义忠老亲王"那样显赫一时的人物;显然,在《红楼梦》一书故事开始时,当朝皇帝已将秦可卿父亲剪除,也就是说,她家早"坏了事",在满门遭难的情况下,她可能因甫出生,尚未登入宗人府册籍,所以得以由贾府藏匿,并佯称由一位小官从养生堂抱养,后又嫁给宁国府贾蓉为妻。秦可卿一家虽遭了难,但联合起来企图夺取皇位的父叔兄长们显然尚未被斩尽杀绝,她"家住江南本姓秦",还很有"根柢"。她的亲族,还与她保持着隐秘的联络,而冯紫英便是一位在京城中帮助他们联络的关键性人物。

贾母为什么视秦可卿为"重孙媳中第一个得意的人"?那显然是因为,秦氏的"背景",(其父)当年极有可能当皇帝,贾家与其关系非同一般;但谁知老皇帝驾崩后,登上宝座的竟是另一人,很可能是当年贾家并未下力巴结过的一位王子,这位新皇帝能不能坐稳宝座,贾母他们还要再看一看，倘若在"今年一冬"至来年"春分"前，风云突变，由秦氏的父叔兄长辈中的一位将现皇帝推翻而自登宝座，则贾家的藏匿保护厚待秦可卿，不消说将成为大受褒奖的功德，更是晋升的一道现成阶梯。但贾母等绝不愿"守着一棵树吊死"，他们把元春奉献给当今皇帝后，也一直在等待着"非常喜事"。故在《红楼梦》中，秦氏与元春构成扯动着贾府主子政治投机的敏感神经的两翼。后来秦氏一族未能成事，秦氏只好"画梁春尽落香尘"，因彼时元春已得"当今"宠信，所以"当今"虽知晓了藏匿秦氏之事，亦由着贾府去大办丧事，并默许大太监戴权破例出宫"代为秽全"（反正隐患已除，乐得"施恩"）。至于北静王，他既与"当今"关系融洽（他是一个与贾宝玉气味相投的诗化人物，对权力毫无兴趣），所以"当今"对他的行为比较放任，而他，把"当今"与反对"当今"的"江南秦"，都视为亲族，所以在祭奠秦可卿的过程中，他确实是带着一分真情出演。

再回过头来说冯紫英，这个名字谐的什么音、寓的什么义？

我在以前所写文章中，曾有"逢知音""逢梓音"等猜测。"逢知音"是说他与贾珍关系非同一般，堪称"知音"，在冒大风险的权力斗争中，在最关键的时刻，侠肝义胆地充当引线，使"江南秦"的间谍张友士，得以进入宁府，并逼近秦可卿本人，通过"开药方"，传递政情信息。而"逢梓音"是说，他令秦氏得遇"桑梓"消息。这些猜测我都未放弃。但我现在又有另一设想，或许冯紫英干脆是"逢旨音"之意，冯家在不与"当今"认同，反把"义忠老亲王"一类人物视作"本应为皇"者中，其坚定性是超过贾府的；而在贾府中，贾珍又是最具此种心态的，冯紫英介绍给贾珍的张友士，为什么在回目中被称作"张太医"？内文明明说他只不过是冯紫英"幼时从学的先生"，进京的公开理由是"给他儿子捐官"，这样"文不对题"，是什么道理？

查清史可知，到了乾隆朝，当年与雍正争夺皇位的残存诸王及其儿子（乾隆的堂兄弟）们，"人还在，心不死"。比如被康熙几立几废的"皇太子"胤礽的儿子弘晳，他就还觉得自己才该是皇帝。于是，他私自在自己王府中设立了"会计司""掌仪司"等七个机构，那本是只有当了皇帝后，方可按内务府成例设置的，既这样，他当然也就可以公然把自己的医生称作太医，甚至也干脆成立了"太医院"。我以为《红楼梦》虽非写史，却一定折射着这种复杂的政治情势，张友士大概就是这样一个"潜朝廷"的医生，对于他和他主子认同的冯紫英等人来说，他确是"太医"。"当今"自然会把这种行径视作狂悖僭越，但反过来，忠于另一方的人，也很可能在内心里更要视"当今"为僭越者、篡位者。

冯紫英的重头戏在二十六回和二十八回中。

二十六回，写到薛蟠将宝玉骗出大观园宴乐，忽报神武将军冯唐之子冯紫英来了，"说犹未了，只见冯紫英一路说笑，已进来了"，真是英姿勃勃，豪气夺人。薛蟠见他面上有些青伤，便笑问他"又和谁挥拳的"，请务必注意冯紫英的笑答："从那一遭把仇都尉的儿子打伤了，我就记了不再怄气，如何又挥拳？这个脸上，是前日打围，在铁网山教兔鹘捎一翅膀。"这话传达出了三个信息。一是他曾拳打仇都尉的儿子（庚辰本干脆说他打的是仇都尉）；仇都尉显然是"丑都尉"或"丑都卫"的谐音，在冯紫英眼中，是趋炎附势于"当今"的丑类，所以见了就有气，乃至于忍不住挥拳将其打伤。二是他和父亲去了铁网山，这铁网山上的榝木，曾剖成为"义忠老亲王"准备的棺木，后因义忠老亲王"坏了事"，没用成，末后偏偏让秦可卿享用了，可见这地方具有"非主流"色彩，更直白地说，便是反"当今"势力的一个隐蔽地。宝玉追问了他们去铁网山的时间，据答问中透露，来回竟超过一周以上，甚至是十天半月，这就不排除是去见了"江南秦"！第三个信息，是冯紫英宣称"这一次，大不幸之中又大幸"，如果仅是"教兔鹘捎一翅膀"，弄得脸上"挂了幌子"，似乎还称不上"大不幸"，而其中又包含着"大幸"，那"大幸"又是什么呢？大家扭住他盘问，他却又宣称"今儿有一件大大要紧的事，回去还要见家父面回"，竟来也匆匆，去也匆匆，死留不住，一径去了。如此诡秘，不能不让人往政治阴谋上去联想，他父亲"逢堂"，"堂—皇"相连，"庙堂"隐在，虽作者下笔万分谨慎，其潜意识中的龙爪龙须，仍不免现于云雾之中。

到二十八回，宝玉、紫英、薛蟠、蒋玉菡、云儿等到冯家相聚时，问起那"幸与不幸之事"，冯紫英却把那话解释为勾引他们来一聚的"设辞"。我读到这里，心中总不免疑惑，但脂砚斋却偏大加表扬，批曰："若真有一事，则不成《石头记》文字矣，作者得三昧在兹，批书人得书中三昧亦在兹。"说得倒也是，《石头记》即《红楼梦》的本意，并不是要写成一部政治历史小说，此其一；其二，是书开篇便申明"不敢干涉朝政"，行文中凡此等地方，自然只能"擦边而过"，岂能"自

150

投罗网"?但我也怀疑,此等地方,作者也许还是写了点什么的,而同第十三回一样,批书人为安全计,"因命芹溪删去"了!

据畸笏叟在丁亥夏的批语,"写倪二、(紫)英、湘莲、玉菡侠文,皆各得传真写照之笔",可见这"红楼四侠"是书中很重要的角色,绝非仅露一两面的小陪衬。以我之见,倪二应是"市井侠",湘莲应是"浪子侠",玉菡可算"梨园侠",他们的"侠义"行为,都应在后半部书中以各自特有的方式展现;冯紫英呢,他却是个"政治侠",他的命运,一定同贾珍,同未必全族灭绝的"江南秦"紧紧勾连在一起。他在二十八回的宴饮中说的酒令是"女儿悲,儿夫染病在垂危;女儿愁,大风吹倒梳妆楼;女儿喜,头胎养了双生子;女儿乐,私向花园掏蟋蟀。"其所悲所愁,都隐喻着对"江南秦"前景的无比担忧,而所喜的,是"一荣俱荣";所乐的,竟不过是"面向小窠"的小趣味,实际上已无大乐;唱完《可人曲》最后以一句"鸡声茅店月"作结,竟直射后来的充军发配一类悲剧性情节。他所认定的"真皇帝"所遵从的"真旨意",到头来还是僭越的"逆党",但他一定如第二十六回里那样,"站着,一气而尽"地喝干了命运的罚酒,不改"忠义"的侠客本色。

探究冯紫英这个角色的底里,可以让我们更深入地窥视《红楼梦》文本的丰富内涵,并可更逼近著书人构思写作时与修改调整书稿的微妙心态,这是与探索秦可卿真实出身相连的一个学术课题,值得不断地思索,不断地推进。

1994 秋于绿叶居

〔五四〕
周汝昌致刘心武
（1994年8月8日）

心武同志：

　　日昨寄奉一短柬。今有友人之令婿庄孔韶君（华盛顿大学博士后研究、访问教授）托我介绍，想和你会晤，为台湾一个月刊（教授们办的）约请赐稿。我说必须先征得同意后才可将尊址告诉他，这是应有礼貌。望赐一回柬，如同意，望在本月内安排一个时日，由他来拜访你。并请告我电话，谢谢！

　　敝电：501.5522—173

友周汝昌
1994年8月8日立秋

（另页）

　　庄君希望得到你的新书，我已送了他一册，附闻。

　　我接到一本贵阳《红楼》，内有陈诏同志一文，商榷可卿之死，不知你曾见否？（也许前次来函所叙即指此文。）又及。

甲戌七月初二
立秋节日

信写得，未及付邮，又接两新稿，勿念。因近日诸事猬集，须等慢慢看。

大连师大一位女士来信中说从《新华文摘》看了你的"秦"者，意欲与你讨论，向我问你的地址。我想大忙人，未必能同意，故未敢冒昧径将尊址外传。此事也由你决定后我再打她的回复。

汝昌又白
甲戌立秋次日

〔五五〕
刘心武致周汝昌
（1994年8月11日）

汝昌前辈：

　　立秋之日来函收悉。谢谢您将电话号码示我，以后有必要时或将电话打扰。但我心下总觉得像我们这样的交往，写信更饶有兴味，且可留下有意义的痕迹。寄上张名片，背面有通信处及家里电话号码。一张您留下，一张可转庄先生，欢迎他与我直接联系，约定一个时间谈谈。大连女士亦可将我电话告诉她，欢迎来信讨论。像"秦可卿之死"这样一个大课题，正该大家鼓舞起来，一同探究才是。陈诏文，我估计便是向我亲人提及的那篇。

　　即颂

大安！

晚辈刘心武
1994年8月11日

〔五六〕
周汝昌致刘心武
（1994年9月13日）

心武学友：

惠件早到，迟复甚歉，因这阵子事情可太多了，老伴又生病，杂上加乱，就顾不周全了，望谅。也因惠寄之文尚难阅读，故更无法了。但昨忽见《今晚报·人物》有一文写你，文笔满宫满调，是一高手，其中因《秦》书还提到我，与有荣焉。但有一句说此书有我"热情洋溢的题签"，这太神了！一个题签都能看出"热情"与否吗？叹为奇事。此必编者执行"无错不成书"之"准则"也。

《太原日报》来约稿，方知梁归智教授与你都有文切磋争鸣，大佳！希望你们"不打不相识"，进而成为学友。严格说来，你的《秦》书还不是"探佚"的本义性质，我本想指出，可是匆匆行文忘记了。只不过为了"方便"，笼笼统统地归之于"探佚"的范围而已。"探佚"本义是专指八十回后迷失的芹著原本的真相（轮廓），主旨是斥伪（程高续本）显真，由此展现雪芹的真精神真境界——也就是"打假"。《秦》书与此，性质自然是有差异的。然而，你也毕竟是打假寻真之一员，所以还是"一家人"。中秋节吉！

周汝昌
1994年9月13日

〔五七〕
刘心武致周汝昌
（1994年11月3日）

汝昌前辈：

近好！

昨天才拿到10月18日的《太原日报·双塔副刊》。先生溽暑中挥汗草成的《探佚与打假》大文，我一连看了两遍，今天又再细读一通，不禁胸臆大快！先生把一贯所身体力行的追求，以及"红学"探佚者们所赖以为基础的前提，以"打假"二字明快地加以概括，并与现今社会对所有虚假事物皆喊打相类比，实在是痛快淋漓，言简意赅！

是的，现在不仅程、高伪续仍在顽固地黏附于前80回大量发行，书的封面上曹、高二名赫然并列，而且，更又出了以"程甲本"为"最真最善"的普及本。至于否定"甲戌本"，贬低高续后40回形同"犯罪"，种种言论，似更"时髦"，这都是我们要立场坚定地予以否定的，这是一个原则问题，在原则问题上没有退让的余地。

甚至，我个人对高续40回，态度并不"极端"，我甚至认为，虽然程、高是要以自己的观念"改造"曹著的"80回后"并确定取得了他们所追求的"成功",但因为他们是接触到(至少是部分接触到)曹著"80回后"抄本的,所以,在他们弄成的"后40回"里,也还可以爬剔出某些接近于真本的段落、细节与文句,就仿佛某种假酒里,毕竟也还兑有少许佳酿一样,故高续并非毫无价值,但假的就是假的,这是其本质。研究假的,也是为了求真,而它以假乱真,那就只能"打假",不能"手下留情"。

当然,现在的通行本中,前80回里也有不少程、高妄改妄添的"爪痕",因此,"打假"的工作就更加艰难!再,曹翁的劫难,早在程、高辈出现前,在他创作的进程中,已经屡屡出现,所谓被借阅而"迷失",所谓"索书甚迫",已够惊心动魄,到不得不大面积地删去已写完的关于秦可卿的文字,那真如锥肉剜心,二百多年后我们念及此劫,仍不禁为之酸鼻!所以,我的"秦学"(恕我接过别人调侃之谥,因我们搞一点这样的探究,所受奚落冷遇实在太多,故爽性挺起腰杆,"秦学就是秦学"!)不仅要打高续之假(他的40回书,竟对正十二钗之一的秦可卿无一笔回照),还要深入探究曹书的"本真",争取进入曹翁与"石头"近乎宗教的崇拜,孜孜以求而不惮精力矣!

先生对我们这些或后进,或外行,在寂寞中前行的"红学"探佚者,一是鼓舞;二是宽容;其实还有三,比如于我,还时有指点、纠正;甚至于有四:不吝将自己来不及研究的课题之资料、思路,无偿提供,像告诉我应注意脂批中所引"未嫁先名玉,来时本姓秦"的诗句,又有的抄本里林之孝作"秦之孝",等等,大大启发了我,使我的探究,又有新的推进。凡此种种，都是宝贵的，极应感谢的。

经先生介绍，王湘浩之女已与我取得联系，并惠我以其父遗著。王先生探佚成果中，最令我折服的是关于李纨和贾兰的分析推测，关于李纨的判词，"虽说是人生莫受老来贫，也须有阴骘积儿孙"这两句，我原来不甚细推，他指出，实际上是说李纨贪财，因此并未在贾兰身上"积德"，而后来迫害巧姐的那位"奸兄"，正是"到头谁似一盆兰"！王先生之论，确成"一家之言"！

我前些时应接力出版社之约，搞了个《红楼梦》缩编本。我本来拟完全不要高续伪作，但他们说还是尽量"保持一个完整故事"，而一个面对初中文化程度的"快餐本"，也无法把探佚的成果择善补后，故勉为其难，也缩了一点高续。但我在缩编成的25回里，只有4回算是高续内容，并在前言中郑重指出并非曹翁原意。聊以自慰的是，虽未能将高续尽驱，而已使其成为一条短尾，出版社方面能同意这种处理，在目前情况下，可算不易了。当然，所期盼的是，有一天绝大多数出版者都能断然将高续排除于所刊行的曹翁原著外，消除"红"书封面上曹、高并列的不通现象。

祝笔健，并盼多多保重！

晚辈刘心武拜

1994年11月3日

周汝昌与刘心武合影

刘心武绘《大观园内沁芳亭》（水彩）

周汝昌为刘心武《红楼三钗之谜》题诗

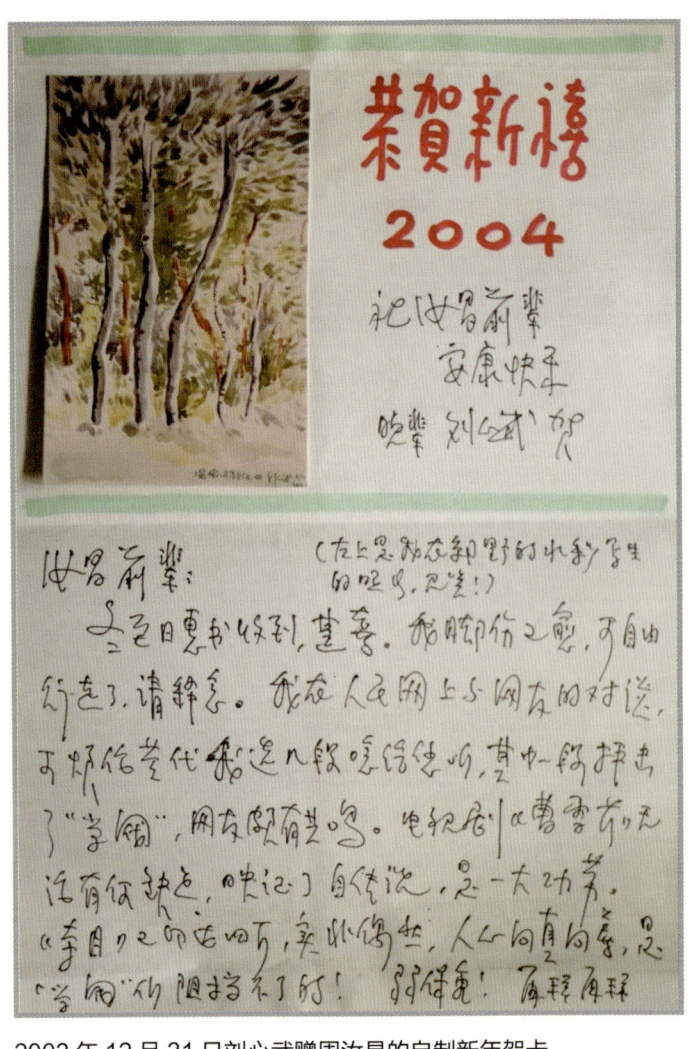

2003年12月31日刘心武赠周汝昌的自制新年贺卡

〔五八〕
周汝昌致刘心武
（1994年11月7日）

心武学友：

来鸿——奉到，只因老伴病了一场，杂事，应酬，又忙于一部《红楼艺术》书稿付排前的最末一道工序，信札的线儿都断了，至今才复，十分歉仄！这道"工序"大抵为"技术性"的琐琐碎碎，可是弄起来很烦很累——比写时要累得慌（又乏味，又费这半盲之目力……）。我写稿子倒是不怎么觉累的，除非连续三四小时，就觉疲意了。知你读太原刊出的拙文，还很高兴，我亦欣然。文中有二误字，皆编者不明原文而改错了。一处是"……与胡适争版本而引发……"给改成了"由胡适……"，一字之差，毫厘千里，那是说胡先生实际仍喜"程乙本"而我批评了他，引起争议……改为"由"，便成了我只"继承"胡的"意思"了！你的来信很好，如无不便之处，也值得"技术处理"后发表发表，起点儿作用。你特赏王先生论李纨、兰哥之卓见，梁归智、我、友人……亦皆同感。不探佚，行吗？随俗讲《红》，岂不把雪芹屈枉于七十二层地狱之下？

周汝昌
甲戌立冬

时下编校人员水平之差,时时令人吃惊兴叹。我的拙著拙文,几乎没有不带严重错字的。我不喜"八股调",有时略变句法字法,必遭改成"一般化"。甚者删改得上气不接下气,张三变为李四……啼笑皆非。人家看了认为周某原来是个文字不通之人!民族文化灾难如此。(津、沪较好,京报好乱改,聪明自作。)你做的"缩编本",不知与茅盾早年弄的"洁本"(节本)有何异同?引导青少年,毕竟是好事。只是《红楼》这书,没有足够的文化(知识、修养)和人生阅历,是看不懂的。青少年应当是"试读",然后每隔"三年五载"坚持"重读""进修",就有益了。

拉杂又书

〔五九〕
周汝昌致刘心武
（1994 年 11 月 14 日）

心武学友：

接信后已复一札，谅达。

每逢入冬，是我"生产旺季"：前冬写的《新传》，去冬写了《红楼艺术》；现时则又正写一本小书稿，暂名为《红楼梦的真故事》，是用最通俗的文字专为一般群众读者讲 80 回后原来的故事，包括大格局、大脉络、具体事件、诸位重要人物的命运结局，目的是"打假寻真"。是讲述，非小说，非仿作续补；避考证，免"学究派"；亦不涉"争议纠纷"，只叙我截至此刻的探佚成果（汲取研究者的教益在内）。我觉这最值得作，最需要作，我也还能作。

《新传》是外文社约的，《艺术》是文学社（多年来屡次）约的。现在《故事》非有约者，纯出"自动"。估计这小书该有销路——亦即会有愿印者。

我对现时的出版家们一切陌生。不知你能想个较合宜的出版社，给牵线介绍否？——因为事繁，怕一时兴起，一时又被干扰中断（例子很多，手中不止一种"半成品"）；若先有个社家说定了，我就得贯彻底完成，不致半途而废了。若能找到个愿出者，希望是个年轻有为、生气勃勃、有新意、有水平、肯负责的正派社，懂文化意义，不单是"向钱看"的"商"人。

  当然，如不易考虑，也就罢了，慢慢物色，机缘会有的。别为此累你耗费心神。

  祝
好！

汝拜

1994 年 11 月 14 日

〔六〇〕
周汝昌致刘心武
（1994 年 12 月 7 日）

心武作家学友：

　　谢谢你 11 月 22 日的信札，《太原日报》发表后寄与了我。循诵惠笺，也还是欣慨交加。我们为什么要写文写信？不是个人私交琐务，是为了中华文化上的一件大事。我们的这种简札，形似闲情漫话，实际上是涉及着许多文化文艺的根本课题。若认真讨究起来，那是"著书"的事业，而绝非一两封信所能胜任包容了。此刻在你来信的鼓舞下，姑且再简叙几句。

　　第一是你提出了对高续后 40 回"极端"不极端的问题。这里面，根本原则是坚决打假，不能折中主义，我们两人已有了"共同语言"。我十分高兴，端由于你的这一卓识与明断。在真假大总题下，还有三种性质不同的内涵搅在一起，这就是：一、伪续的动机、目的、背景一题；二、思想本质一题；三、文笔品格一题。

　　一、高鹗、程伟元何许人？他们炮制出"全本"，竟能由宫内武英殿修书处（为印造《四库全书》而大加改进扩充的皇家"出版社"）以木活字印行？这事实已由乾隆时俄国第 10 届来华教团团长（汉学家）卡缅斯基的记录昭示确凿。伪续"全本"是政治事件，是处心积虑地破坏原著，官方授意并予出版，还能不清楚吗？

为这样的一大假冒，一大骗局，我们是痛打，还是为之辩护加喝彩？

二、程高伪续的思想本质是不折不扣地为封建统治利益服务，硬把雪芹的《石头记》变成"浪子回头金不换"的"惩劝"书：让宝玉学八股、中举，娶妻生子，光宗耀祖续香烟，完成一切做"忠臣孝子"的基本任务后，随二位"大仙"去成佛作祖了——也就是为了"一子得道，九族升天"。

众女儿呢？千红莫哭，万艳休悲，黛玉"彻悟"了，"断"了"痴情"，临断气还骂宝玉负义缺德！鸳鸯成了贾门的贞烈忠孝"殉主"榜样。骂袭人是个愿"嫁二夫"的坏女人，没有品节（实际在雪芹原书她是为了保护宝玉，被迫去做奴做"贱"，自我牺牲的不幸者）……

高鹗向200年来读者灌输的究竟是什么思想？目下有些专家教授还不太明白，而且说高鹗才是真正"伟大"的。

你看，咱们文化界的事奇乎不奇乎？

三、文笔的高下美丑，这问题在我看来更麻烦，因为这不是靠考证、说理、辨析等手段可以"摆"清的。我们中华文事，历来最重的就是这个"手笔"高下的大分际。这得靠深厚的文化教养、文学修养而培育成自己的审辨能力——其实也还有个天资敏钝的因素在起着重要作用。我的"红友"中，不止一位明白表示：他从学术上肯定是主张表示，后40回是假无疑，不能赞颂；但他们承认，对后40回的文笔之不行，是"不敏感"的！

我听了，暗叹："这可罢了！"有办法让他"敏感"起来吗？我可真难住了。

事实上，更多的人是向我说，一打开第81回，立时就觉得："那味儿全不对了！"更甚者是说："我简直受不了。读这种文字是折磨人！"

所以，在这第三方面（或层次），这个"仁智"之分，要想"民主表决"，那得"多数票"的是谁，曹耶高耶？正是个"不可知"（或许该说"可知"吧）之数了。

你提出也许后40回内，可能偶存原著的一鳞半爪，片言只字，可资研寻。这倒是值得讨论的一个好课题。但拙意终以为，纵使有之，也不会是"原封不动"地"纳入"，而是要经过一番"反炮制"。比如"抄家"一节，伪续也"包容"了，可是这"抄"已与原书之"抄"大大相反，不但备受"关照"维持，而且根本未伤毫毛，赐还了一切，还又"沐"了更大的"皇恩"！

所以我说，若欲寻其"偶存"，也必须从反面着眼着手，不然也会上他的大当。

你为少年经营一部"浓缩""快餐"本，太好了。年纪小，文化浅，人生阅历太少，看雪芹的书是很难"得味"的，但一步一步适当引导、指路，还是一种功德。你把"曹雪芹、高鹗著"这个大怪署名式坚决打得它不再现形，不禁称快，浮一大白！多年来，就那么"题"呢，活像"乾隆老佛爷"找雪芹、高鹗，组了一个"写作班子"，他两位大作家"亲密合作"，产生了"伟大"的文学"奇迹"。

感谢你的"正名"的措施，这也是一种正义的行动。

我现时也正写一部小书，暂名为《红楼梦的真故事》，专门讲述80回后原著的重要人物情节。这也是一种探佚学的形式，不是"仿作""续书"的小说，但写着写着，不由己地夹入了一点滴"文学性",也很有趣。

拙文《探佚与打假》中有一处提到最早我是与胡适争版本才引起决意治红学的,他虽得了甲戌本,但还是心喜程乙本,就争起来了。文内那处缺了一个"与"字,以致文义不明了。

再谈,祝你笔健文荣!

周汝昌
甲戌大雪节日

〔六一〕
周汝昌致刘心武
（1994年12月13日）

作家心武三载岁尾辄自绘贺笺见惠，余皆有诗纪之。今又逢年近，乃荷新图尤胜前作，大喜，亦即口占一小句报谢。

大国谁人识沁芳？纷纷香艳赞词章。
刘郎数笔丹青粲，方见千红真味长。

时在甲戌冬月九四年之岁末也
周汝昌拜稿于庙红轩

《真故事》正在"进行"中，蒙你介绍，华艺即表接受，又未见稿，可真有胆识。我原来说6万—10万字，出个小册子，他们说最少12万才够一册书。于是我还得把笔放开些。这"东西"原来也挺难写。草草附闻。
"炉"祺！

友周汝昌拜上
甲戌十一月十一日

〔六二〕

周汝昌致刘心武

（1995年1月4日）

心武学友：

　　小诗敬谢柬佳绘已达览否？承介绍拙稿与华艺，蒙不弃，已表示接受。现将书稿大致情况粗叙一下，便于您了解。阅后，如方便的话，拟请转与金丽红同志，谢谢！（实因目艰特甚，省我重写一遍，望见谅。）

　　书名：现拟"红楼寻梦"。（初拟者"红楼梦真故事"，字较多，又无味。对书名极盼你与丽红同志提出宝贵意见或建议。）

　　字数：二十万。

　　内容：分上下篇。

　　上篇：共分九章，讲述80回后的重要情节（根据探佚研究成果及必要的推理联系、艺术想象……），每章约不少于一万字。

　　下篇：收辑重要"探佚"论文约20篇。上下篇略有互参互证的意义，又符"雅俗"可共之旨。

　　估计此书尚有质量，且较新鲜（别人没有过此种写作体裁）。

　　目下只剩上篇的三分之一在进行中（已完成三分之二）。一待这三万字写出，即可交稿了。

因须陆续清缮，索性俟稿齐了一起送审吧，中间不必周折了。你很忙，打搅你，甚歉。

新年发财！

周汝昌拜草

九五、元、四

〔六三〕

周汝昌致刘心武

（1995年2月2日）

心武学友：

　　谢谢电话，可我不能自由如意地与你交谈，真是憾事。（听电话"传言"的人，往往听了十几句只告诉我两句半，支离破碎，还失走原语味……毫无奈何！）

　　我想你过大年夜一定很热闹。我的感觉，在京度岁是最乏味的了，还不如平常日子倒不显。

　　太原的报想已都寄给你了吧。你看我那篇"逆证"还有意味吗？"浓缩本"怎么样了？想你手快，必已交卷了。

　　我偶于一份"文摘"见王蒙纪念胡乔木的文章，很有趣。我从来不相信真有什么"集中概括"的"典型"能成为真正的不朽"形象"。艺术是"个体户"，不会有"集体制"。

　　上回去信，还请你对我拙著书名提点意见（亦即在请转金丽红那函中），不知你意如何？甚愿闻也。

　　你太忙，不要急于回信。

　　专贺

年釐！

友周汝昌
乙亥初三

〔六四〕
周汝昌致刘心武
（1995年3月28日）

心武作家学友：

近来忙得如何？我去的信想必收到。政协会期间，在《中华儿女》上还看到你的文章。

拙著《红楼梦的真故事》已完成定稿，日内即与金丽红同志送去。特此报告。

因"真故事"曾选数篇刊于《今晚报》试试反响，故有塘沽一读者发生浓厚兴趣，他（比我年纪大）又提出了他认为的几位主角的真结局（以为高续皆可疑），而其第一条即是：

"秦可卿的来历，似非小家碧玉，可能来历不小。"

他的想法竟与你相合（他未见你的书）。这很有意思。这封信就是为了告诉你这位老人的识力不俗。

你为青年作的缩本红楼想早已完工，快出来了吧？

我为人民文学出版社写的一本《红楼艺术》，甲戌年正月初八交稿，原指望纪念甲戌，可是直到前几天才见初校样。如此工作效率，令人不易形容了。

祝好！

周汝昌
1995年3月28日

〔六五〕
周汝昌致刘心武
（1995年4月9日）

心武学友：

得札甚喜，即作小句奉寄。演可卿的人选不只要聪明美丽，更要深沉庄重，大家风范，故为甚难也。今之女流气质气味已不"对劲"了。

拙著《真故事》已交华艺了，唯几次皆未会着金女士，是一男士负责接纳，请释念。蒙预允写书评，感谢感谢。

近好！

周汝昌拜
1995年4月9日

心武之秦可卿新作将拍电影喜赋小诗

画梁春尽落香尘，脂粉英雄梦语真。
删后谁能寻旧绪，平章身世姓秦人。

周汝昌
乙亥清明后

〔六六〕
周汝昌致刘心武
（1995 年 10 月 28 日）

心武学友：

今（28）日收 23 日来鸿，欣诵种种。感谢你对拙著出书的鼓舞厚意。但不待言，这样的书终归是不合时宜之论，除极少数朋好，尚能赐以不弃之言，大约是不会多有赏音的。

有一事早想奉告：我早打定主意要把你画的"沁芳闸"作插图置于卷首的（所以不提作封面，已是避免与彼社美工同志起"矛盾"），我所设计的图片早交上了，都说定了，应无问题。不想此稿拖到 8 月中才付印（其实任何环节略略抓紧几分，就早印出了），纸正涨价，9 月非出不可了，这才通知我：所交图片都不用了，理由是：①来不及了；②成本定价再加重，不好办了。

于是我的打算终于化为泡影，深为憾事——特别是他们早说不用，我决计就给华艺用了。"不如意事常八九"，大抵如是。

听说你又写了《元春之死》，还将写《妙玉之死》，这可太好了！

来札言及，对元春悲剧结局的理解可能与我不同。这是正常的，孔圣早言"君子和而不同"，都"同"了，还有什么意味和进步？就这样，还会有人说我们是"串通一气"的"野狐禅"呢！（只有他们是"正禅"在御座上发威发福！）

拙作《真故事》实在仅仅是即兴随笔之事，年龄精力已不复让我有更多的"施展"条件了。只不过供大家摆脱一下程高的樊笼而已。盼你努力。

重阳之吉！

周汝昌

1995 年 10 月 28 日

又启者：

我目坏后与世隔绝，什么书也没有。近对女作家张爱玲之逝殊感悼惜，如你收有她的资料（专册、零文、报道……皆可），可否借我一阅？零篇资料请放大复印。书册则请借原本，你不急用的，容我时间从容拜读之，则幸甚！（因你交游见闻胜我千百倍也，故来烦请。海外的资料更好。）

匆匆再拜

〔六七〕
周汝昌致刘心武
（1995年11月1日）

心武学友：

　　已寄上一札。刻接责编信息，谓《艺术》一书印数较大，欲我求友撰写书评，扩大影响。而我真是索居离群之人，知交无几，甚以为愧。因念足下若能于读后捉少暇赐一评介，则不胜感幸矣。当然这须俟你通读完了方能有所品评。

　　数日前在一个会上巧遇王蒙同志，因得奉赠他一册。他亦大方家，于拙著未必入眼。知你与他交契，可否婉询，若能赐目而加评论，则与你同为一言九鼎，为小册增重，则何幸也。然不敢冒昧，至乞酌情代陈一二。

　　临楮惶恐，谅不罪耳。

周汝昌拜启
重九日灯下

附 刘心武评《红楼梦真故事》二篇

扫荡烟尘见真貌
——介绍《红楼梦的真故事》

著名"红学"家周汝昌先生从事这门特殊学问的研究,到 1997 年已届半个世纪了。他在奠定其"红学"家地位的《红楼梦新证》中,已坚定了自己的学术见解:《红楼梦》前八十回大体是曹雪芹所撰,而直到现今仍在广泛流布的后四十回《红楼梦》,乃是高鹗狗尾续貂,把前八十回与后四十回混为一谈,印成书后署"曹雪芹、高鹗著",不仅滑稽可笑,更可哀可叹!他从那时起,便坚决"打假",即力辨高续之伪,而开始探究八十回之后的真貌。在"文化大革命"之前的近二十年里,他和其兄周祜昌仔细研究了比较接近于曹雪芹原稿的"甲戌本""己卯本""庚辰本"等传抄本,曾露钞雪纂,做成了八十巨册的汇校本,可惜未能印造,便在"文化大革命"浩劫中灰飞烟灭。但 80 年代后,周氏兄弟锲而不舍,重起炉灶,及时地出版了《红楼梦鉴真》一书,此书虽字数不多,长话短说,但浓缩了多年来"打假寻真"的学术成果,读来颇具惊心动魄的感召力。周先生的 80 年代初新版的《红楼梦新证》里,发展了原有的论点,认为高鹗的续书不仅其思想境界、美学追求、文字水平与曹雪芹相比不啻有天地之别,也不仅是佛头着粪、点金为石,而且,那根本就是在乾隆皇帝授意下,由和珅操纵,最后由武英殿也就是皇家印刷所制作出来的,整个儿是一个政治文化阴谋!这一论点在"红学"界颇多訾议,但周先生却移时弥坚,并不断推进着自己的研究成果,在打高鹗之假的同时,也便更增强了对曹雪芹原稿真貌的探佚。

周先生推断出《红楼梦》(严格来说应称《石头记》)全书应为一百零八回,现在的流行本中不仅后四十回绝非曹雪芹所撰,第六十四回、六十七回为人后补,就是一般都认为"没有问题"的七十九、八十两回,亦非曹书原貌。

1995年底,周先生推出了《红楼梦的真故事》一书(华艺出版社出版,实际上到1996年书店里才陆续可见),这本书的主要篇幅,集中展示着他将近半个世纪"打假寻真"的宝贵成果。这是一本即使观点与其轩轾者也会觉得有趣的书。它采取了评话式的通俗手法,娓娓道来,细针密缝。对于"红学"界来说,此书虽未开列出其扫荡烟尘、显现真貌的材料及推论过程,但熟悉周先生此前著述的人士,当不难边读边联想到其所根所据;对于广大的一般《红楼梦》爱好者而言,这本故事书实在过瘾——它比一般的"补梦"多了浓酽的学术气息。周先生这样普及自己的学术成果,也给学界的其他人士提供了一种有启发性的路数。

高鹗续书影响最大的情节,是宝玉婚姻的"调包计"及林黛玉的焚稿断痴情,经多年来戏曲、银幕的渲染,社会上一般人都"信以为真"。周先生却给我们讲了一个林黛玉沉湖的凄楚故事。在这本《红楼梦的真故事》里,我们还可以知道,"品茶栊翠庵"后,妙玉嫌被"弄脏了"的那只成窑杯,会怎样在后来极大地影响了贾宝玉和妙玉的命运;史湘云所佩戴的金麒麟与贾宝玉在清虚观所得的金麒麟,究竟怎样地阴阳遇合;贾元春的死亡真相;李纨后来怎样显露出她的爱财与自私;贾府败落后王熙凤怎样沦为阶下囚,怎样作为贱仆雪中扫地,而拾到了宝玉遗落多时的通灵宝玉;宝玉收监后,贾芸、小红如何仗义探望;贾菖、贾菱这两个人配的药怎样被调了包;贾宝玉怎样与花袭人的哥哥及她的姨表妹邂逅……周先生并在故事最后,依据《红楼梦》原书一百零八回的构想,排出了一百零八钗构成的"情榜"。

至今仍有人认为流传已久的一百二十回《红楼梦》，特别是1791年程伟元、高鹗活字排印的"程甲本"就是曹雪芹的真本。即使认为后四十回歪曲了曹氏原著并主张探佚的人士，也未必都能同意周先生这本《红楼梦的真故事》里所寻出的真。我个人业余也不自量力地搞一点"红楼探佚"，我在许多方面很被周先生的追寻所吸引，并深为服膺，可是也有若干尚不能苟同处，如对妙玉终局的理解。《红楼梦》真是一部奇书，有多少个读者便可能有多少种理解。对原始稿本至今未能发现的这部奇书而言，孜孜不倦地扫荡烟尘、探寻真貌，是周先生毕生的学术追求，也是许多"红楼探佚"的专业学者与业余爱好者难弃的正经大事。

讲述《红楼梦》的真故事

——贺周汝昌先生从事"红学"研究五十年

我少年时代住在北京东四牌楼附近的钱粮胡同。胡同东口外过了马路，当时有家书店。大约是1954年，十二岁的时候，我从那家书店买了一本棠棣出版社出版的《红楼梦新证》，拿回家中。那时家里经常"纵容"我买书，不过，我买回家的，大多是比如《安徒生童话选》《铁木尔的伙伴》（苏联儿童文学名家盖达尔的代表作）一类的适合于我那种年龄阅读的书。以十二岁的年龄买回并阅读《红楼梦新证》，脱出自身来客观评议，实属咄咄怪事，且不足为训。但我确实兴致勃勃地买了它。我生在一个父母兄姊皆喜读喜谈《红楼梦》的家庭。父母对我的课外阅读是有所禁制的，比如我都满十八岁了，他们仍不赞成我觅《金瓶梅》一阅，哪怕是"洁本"。可是我十一岁时，他们便由我从他们书架上取下《红楼梦》去"瞎翻"。我在钱粮胡同口外那家书店见到厚厚的《红楼梦新证》时，其实连"新证"二字何意也弄不懂，从书架上抽出的起初，也只是觉得书前所附的"红楼梦人物想象图"很奇特，竟与我家所有的那种"护花主人"及"大某山民"的"增评补图"的版本上，由改琦所绘的那种绣像大异其趣。再稍微翻翻，便看到了书中关于贾赦的描写之所以"不通"，实在是由于贾政的原型，乃是贾赦原型的弟弟，过继到书中贾母原型这边，才成为了"荣国府"的老爷，他与贾母原无血缘关系，所以相互间才不仅冷淡，且时有紧张……贾赦与贾母根本连过继关系全无，乃是另院别府的一家人，所以书中生把他们写成一家，才落下那么多"破绽",等等。这些考证,使我恍若在读侦探小说,因此一时冲动,便将书买回了家。家里人起初责我"乱买书",及至听我把"贾赦根本不是贾母儿子"等吹了一通,分别拿去翻阅了,这才不再怪罪我了。我提起这桩往事,似有夸耀自己早慧之嫌,但真实的情况是,我后来很长时间都并不能耐心把这本书读完,特别是"史事稽年"部分。在很长的时间里,我对《红楼梦》都只是保持着一种"朴素的爱好",即使也翻阅一些关于"红学"的书籍,都只是"看热闹",何谓"红学",那实在是懵然茫然。

四十三年前所买的那本《红楼梦新证》,现在竟还可在我的书橱中找到。只是前面少了封面插页与六面文字,后面亦少了几页与封底。这是家中与个人的藏书经历了太多的社会风雨与命途徙迁所致。现在面对着这本残头跛脚的《红楼梦新证》,我不仅对自己四十多年来的"爱红"史感慨万千,也不禁想到这半个世纪来,"红学"的炎凉浮沉。"红学"一度成为"显学",甚至刮起过"龙卷风",但其最显赫时,也往往变得离真正的学问远了;近些年"红学"似又相当地"边缘化"了,虽说这也许能使"红学"家们离真正的学问更近,更能得其真髓,却也派生出了一些新的问题。

不管怎么说,我要感谢《红楼梦新证》,当然也便要感谢其著者周汝昌先生。于我而言,这是一本启蒙的书。我至今仍不懂何以精细地界说"红学"的各个分支,更闹不清"红学"界几十年来的派别讼议、恩怨嫌隙,甚至我至今也无力对《红楼梦新证》作出理性的评析,但不是别的人别的书,而是周先生和他的这部著作,使我头一回知道并且信服:现在传印的《红楼梦》,后四十回是伪作,把曹雪芹与高鹗这两个名字并列为《红楼梦》的著者,是一个极大的错误;我们应当努力把曹雪芹所没有完成的那一部分的内容,尽可能地探究出来;也就是说,我们要摆脱高鹗的胡编乱造，而接续着前八十回，尽可能地讲述出《红楼梦》的真故事来。

20世纪80年代初，我买到了周先生增订过的《红楼梦新证》，如饥似渴地一口气读完。周先生当然有他删改旧著的道理，但我总觉得我十二岁时所买到的那本初版，有的文字其实是不必删改的。但我注意到，周先生在新版《红楼梦新证》中，将高鹗的续书，论证为了一个出自最高统治者策划参与的文化阴谋，而他的这一论点，引起了颇多的反对，不过，自那以后，周先生不仅不放弃自己的这一立论，而且移时愈坚，体现出一种可贵的学术骨气。我觉得周先生的论证有一定的说服力，不过就此点而言，尚未能达于彻底膺服。

后来我读到周先生与其兄祜昌合著的《石头记鉴真》，深为震动，这是周先生对我的第二次启蒙。我这才铭心刻骨地意识到，现在所传世的种种《红楼梦》版本，其实都仅是离曹雪芹原稿或远或近，经人们一再过录，或有意删改或无意错讹的产物，比如对林黛玉眉眼的描写，便起码有七种不同的文本。因此，探究曹雪芹原稿的真相，特别是探究其散佚文本中的真故事，便更具有了重要性与迫切性。这绝不是要脱离对《红楼梦》思想深度与美学内涵等"红学""正题"的轨道，去搞"烦琐考证"，恰恰相反，通过严肃的探究，讲述出《红楼梦》的真故事，我们方能准确地深入地理解其思想深度与美学内涵。举例来说，如果以为现在的一百二十回的通行本里，关于李纨的故事，也就是那么个样子，那么，我们对李纨这个人物的理解，也许便不难简单地定位于"这是一个封建社会中三从四德的礼教的牺牲品"。其实在八十回以后的真故事里，她将呈现出非常复杂的生存状态与性格侧面，她抱着"人生莫受老来贫"的信念，在前八十回中已初露端倪的吝啬虚伪，在贾府大败落的局面中，将演出自私狭隘却也终于人财全空的惨剧。这再一次显示出，在曹雪芹笔下，几乎没有扁平的人物与单向发展的命运。高鹗的续书是否政治阴谋姑且勿论，他将大部分人物命运都平面化单向化地"打发"掉了，甚至于把贾芸这个在贾府遭难宝玉入狱后将仗义探监的人物，歪曲为拐卖巧姐的"奸兄"，诸如此类，难道不应当扫荡烟埃、返本归真吗？

十二岁时翻阅过《红楼梦新证》后，开始模模糊糊地知道，《红楼梦》不仅可以捧读，而且可以探究，但我自己真正写出并发表关于《红楼梦》的文章，却是90年代初，五十岁时候的事了。我写了一些细品《红楼梦》艺术韵味的《红楼边角》，写了几篇人物论（多是以往论家不屑论及或不屑细论的角色，如璜大奶奶、李嬷嬷、秦显家的、赵姨娘等），后来便集中研究关于秦可卿的真故事，被人谑称是从事"红学"中的"新分支"的"秦学"研究；因为我的"正业"是写小说，所以又将"秦学"的探佚心得写成了中篇小说《秦可卿之死》与《贾元春之死》……万没想到的是，我这个学养差的门外汉所弄出的这些文字，竟引起了周汝昌先生的垂注，他不仅撰文鼓励、指正，通过编辑韩宗燕女士的穿针引线，还约我晤谈，并从此建立了通信关系，与我平等讨论，坦诚切磋。他的批评指正常使我在汗颜中获益匪浅，而他的鼓励导引更使我在盎然的兴致中如虎添翼……

去岁冬日，我有幸参加了香港凤凰卫视中文台的一个读书节目，主题是评议周先生在华艺出版社所出的新著《红楼梦的真故事》。这是一本用通俗的笔法讲述《红楼梦》一书在流传中，所散佚掉以及被歪曲、误读的那些真故事的书。周先生在节目中说："我一生研究《红楼梦》，就是为了写出这样一本书！"此言乍出，我颇吃惊。周先生从事"红学"研究半个世纪了，光是专著此前已有十多种，《红楼梦新证》曾得到毛泽东主席青睐，有关曹雪芹的几种传记虽属一家之言，多有与其他"红学"家观点颉颃处，但其功力文采是海内外学界和一般读者所普遍赞佩的，其在《红楼梦》版本方面的研究，乃至对可能是大观园原型的恭王府的考据，还有主持编撰《红楼梦辞典》，等等学术活动，怎么到头来却都是为了写出这样一本省却了论证注释，全无"学术面孔"，出之以"通俗评话"衣衫的《红楼梦的真故事》呢？

  自那电视节目录制播出以后，我重翻周先生的若干"红学"专著，特别是再细读这本《红楼梦的真故事》，才终于理解了他的"夫子自道"。周先生称，"自1947年起，失足于'红学'，不能自拔，转头五十载于今，此五十载：风雨如晦，鸡鸣不已；秋肃春温，花明柳暗，所历之境甚丰，而为学之功不立；锋镝犹加，痴情未已"。其实他五十年的"红学"研究，已俨然历练出了如钢的风骨，在胡适、俞平伯、何其芳、吴组缃、吴恩裕、吴世昌等"红学"前辈相继谢世之后，像周先生这样"痴情未已"的"红学"大家实在是所剩不多了，这本看似平易的《红楼梦的真故事》，那些娓娓道出、如溪入江又如江汇海的情节轨迹与人物归宿，其实字字句句、段段章章凝聚融通着他半个世纪全部"红学"研究的心得成果。他以举重若轻的方式，既向学界展示了他的"集大成"（凡熟悉他之前学术专著的人士已无须他再一一注明资料论据），也向一般读者普及了他的苦心所获。五十年辛苦不寻常，真故事终能汩汩流淌，这是周先生所攀上的一个峰巅，当然，也是他的又一个起点。

  周先生今年该是七十九岁了。他身体不好，眼睛近乎失明，只有一只眼尚能借助高倍放大镜，一个字一个字地阅读书刊报纸，而耳朵也近乎失聪，跟他当面交换意见时往往不得不对着他嚷。但他在"红学"研究中却仍然充满朝气，仍时时发表出惊动学界也引起一般读者注意的独特见解，他那固执己见的劲头，常令与他观点不合者既"窝火"又不得不费力对付；他还常常挺身而出，为民间一些"红学"研究者、爱好者"护航"，表示即使某些研究角度与观点乍听乍看觉得"荒诞不经"，也还是应该允许其存在，可以批驳却不必呵斥禁绝。这种雅量实在是很难得的，这也是我特别佩服、尊重他的一个因素。

在周汝昌前辈从事"红学"研究五十年之际，我感谢他在我十二岁到我五十多岁的人生旅程中，以他的"红学"著作，滋润了我亲近《红楼梦》的心灵。我祝贺他有一个以完整的《红楼梦的真故事》为标志的"五十硕果"，并祝他将自己的学术轨迹，延伸到新的高峰，给我们讲述出更多更细的真故事来！

〔六八〕
刘心武致周汝昌
(1995 年 12 月 15 日)

汝昌前辈：

您好！

呈上近作《贾元春之死》，请斧正！

我最近忙于写一个新的长篇《栖凤楼》，把自己弄得颇苦。过年后大约可以完稿，届时可松一口气。

新年在即，即祝

新祺！

晚辈刘心武拜

1995 年 12 月 15 日

〔六九〕
周汝昌致刘心武
（1996年5月14日）

心武学友：

刻奉手札为慰。

这阵子联系少了，彼此忙乱当然是原因之一，但我患足疾（"痛风症"）已两月有余（尚未痊愈），重时不能"伏案"。你寄来"贾元春"时，病正厉害——似乎还与过节忙冗也关联，诸务正繁，因而我当时看不了。以后家人收拾"邮件"之积堆，便给压往"不知去向"了。真是抱歉之至！只得如实而陈。

金丽红主任说了送书而不予"兑现"，可真大出我之意外！我处是古历二月廿一日得电话，令去取，得到样书两册。我还以为她们必会同时送书与你。现二册书一为自留校字本（仍有错字），已画得乱了，没法给你；另册也早为人取去。天津（我刚从那儿回来）多人等书，打过电话，答复仍是"正在装订"！

关于此书，上编"故事"，你已略见其概貌——意不在"情节"，只是妄欲揣摹雪芹的文化境界与宝玉其人的内心世界。故也不会为很多人"欣赏"，真所谓自己"寄兴"而已。下篇是论文，应有你未见者，或许能感兴趣。

"秦片"我一定支持到底。所询均无问题。唯晤谈之时地，我一时说不准，请你于适当时与小女伦苓通话，彼此碰一碰想法再定（昨上下午均被来客占尽，故时间确须约定）。

你论对霍女士"解梦"之应有态度，直与拙意全同！望你尽快觅阅最新一期的《华声日报》，登有拙文，亦涉此文。（而且顺便你还可从中了解别的情况。）

我现已能行走，只左足腕仍微肿不适，不能久立、多走；在室内已无多大"麻烦"，诸事可以自理了，请释锦注。

草草问好！

友周汝昌

1996年5月14日

〔七〇〕
刘心武致周汝昌
（1996年8月16日）

汝昌前辈：

您好！

得知"红楼梦文化学术研究会暨周汝昌先生《红学精品集》首发式、周汝昌先生80华诞、周汝昌先生研红50周年纪念大会"即将召开，非常高兴，热烈祝贺！如此盛会，本应到时参加，因我与山东画报出版社签订了一本书约，必须在9月底交稿，故一直躲在东郊某村朋友家撰写此书，北普陀影视城的盛会，无法参加了。特向您说明，并盼鉴谅！但我仍想得到一套《红学精品集》，并打算精读后，写一篇文章，以作为向您的致敬与祝贺（我一定不会写应景文字，当努力写出评您"新传"那样的文字来）。电视剧《秦可卿之死》已拍竣，但我仍未拿到录像带，已嘱助手鄂力，拿到录像带时首先给您送去一套。

即祝您生日快乐、身体健康！

晚辈刘心武拜

1996年8月16日

〔七一〕
刘心武致周汝昌
（1997年3月6日）

汝昌前辈：

　　遵嘱写成一文，秉笔直书，恐有失礼处，祈谅！

　　此文已寄上海《文汇报·笔会》，盼他们能容纳；他们若不用，再试别处。

　　即颂

春祺！

晚辈刘心武

1997年3月6日

〔七二〕
周汝昌致刘心武
（1997年3月9日）

心武学友：

接到惠文异常感动！谢谢，谢谢。

你是写作繁忙之人，原料你未必能匀出工夫而为此耗神分神，今竟赐我如此佳作，实在喜出望外。

此文带有浓郁的文学质味，不同于干枯的"论文"，尤其叙及少时往事包括家庭侧影，更是难得，我很喜读。

至于"失礼"，根本谈不上。论学就应各抒己见，何况你措辞已极谦婉，何失之有。

你评"增订本"原不必删改初版，这更对极了！当然你无法想知"增"本能付印的一切内幕经过，我为了让它能"面世"（当时之"世"呀），不得不做出若干违心的"牺牲"。这固不足为训，也会留为后世的讥评之镞，我自尽明，但无良策。76年版卷前还印上了李、蓝的批评文章，何也？盖亦"护官符"之启示也。许多事，我也该写写"回忆录"才是。（因有误传误解，还有小人坏人有意歪曲诬谤……有"千"言难尽！）

钱粮胡同，虽未进巷过，而旧居十二条北，喜到东四（隆福寺街）前后左右，那还有小古玩店、旧书店的残痕，甚至老茶轩！完了，一切荡然。我不讳言"怀旧"，老年人大约皆患此"症"。

我病了一回，卧床月余，今已好了，勿念。

上回你能参加《真故事》节目，心窃感之。你在"征文"中特为贾芸鸣冤，我亦十分感谢你的正义。

雪芹其实写"小人物"更精彩更宝贵，只有你注意谈谈。拙著《真故事》最大的失败是无有才力为这些小人物（丫环、小丫头……）"传照"——都"丢失"了！太差劲。

《文汇报》刊出时，请惠一份。祝

春嘉！

友周汝昌
丁丑中和节

〔七三〕
周汝昌致刘心武
（1997年4月12日）

心武学友文几：

　　在沪晚报上读到你为《真故事》所写介文，高兴得很。高兴并非仅仅因为你加以奖语，还更有一层"文"的角度之欣喜——以为此文写得好，要言不烦，却把重点基本上抉示出来了，文字精精神神，不缓不弱，不塌不颓，最为难得（目下随笔虽多，"文笔"堪以入赏者实在甚少）。是以心里欢喜，不是只"爱听"赞辞的俗义也。（当然，某"学"霸的机关刊物一直组文围剿我，人身攻击……秽语满篇；而你却捧我，影响很大。世界不是他们一伙的，也有咱们一份。）

　　旧年你贺片所绘沁芳闸图，我很喜欢——画史上第一个绘此主题者也！曾想为拙著作卷前插图，被那社耽误了。今正写一本"学术性较强"些的芹传，想请有兴时重画此图，以结墨缘——上次是小横子，此次希望"框式"更适合32开书册之便。知你忙，原不欲打搅你，然此事又有意味，故仍奉恳。前提是万不可勉强，写作紧张，不暇分神耗力，也就以后再说，无不可也。

　　寄上拙集《岁华晴影》，写累了时翻翻解闷。装帧真俗不可耐！这叫"学者"丛书？哪有一丝书卷气！沪印书原多精美，素羡之，今竟如此，可叹书生福薄，此例虽小，亦不"例外"，只好"奈

何它不得"吧。

专此。并颂

芳春笔绣！

周汝昌拜

丁丑三月初六，79生日后二朝

〔七四〕
刘心武致周汝昌
（1997年4月25日）

汝昌前辈：

大札早已收到。的的确确，当今任何人均难"一手遮天"了。我们当然亦有自己的生存空间。当努力在自己的园地中，耕耘、栽种、收割……

寄上《文汇报》。此文发得较慢，但未改易一字。刊出后我已接到友人电话，告"有趣"。

沁芳闸，我当再好好画一画。但我作画不仅极其"业余"，无水平，而且这些年每年也就只画一二幅罢了。先生厚爱，实不敢当！不过总得兴致上来时方可作画，盼谅！

即颂

大安！

晚辈刘心武拜
1997年4月25日

〔七五〕
刘心武致周汝昌
（1997年4月27日）

汝昌前辈：

　　前天寄去《文汇报》，并附一信，因近日杂事繁冗，故思维、写信均丢三落四。前信忘了告诉您早已收到《岁华晴影》一书，时时翻读，甚喜。非常感谢！此书封面装帧虽俗，但尚可耐。时下风气如此，我也遇到过类似情形，只好忍气吞声。

　　先生书中对张爱玲《红楼梦魇》评价甚确。我刚拿到张书时亦以为不过是借"红"抒己，殊不知她那书真有学术价值，见解不俗。

　　另，先生《何限深情》一文，引出我诸多感慨。我哥哥刘心化是五十年代初北京大学京剧社的"台柱子"，工梅派，几次粉墨登场，最博彩的是《二堂舍子》（唱做俱繁）。北大也就是昔日燕大，而粉墨登场处，亦是先生曾登临过的贝公楼大礼堂。先生能唱《虹霓关》，令人惊佩。因做工吃重，非寻常票友拿得下来的。另先生悼亡兄之文亦令我神伤。我亦是家中最小的，长兄已逝，另有二兄尚健，我们手足间亦是无论世事纷乱还是自身艰辛，总保持着一份人间至情的。

此信写得潦草，不另眷，请谅！盼先生多多保重！

即颂

大安！

晚辈刘心武拜

1997 年 4 月 27 日

〔七六〕
刘心武致周汝昌
（1998年11月30日）

汝昌前辈：

您好！

研讨会开得很成功吧？

我写了两篇文章，其一为《半个世纪一座楼》，《北京日报》和天津《今晚报》相继刊发了；另有《建立体系是硬道理》一文，广州《羊城晚报》相继刊发了（尚未得到样报）。现寄上一份《北京日报》。文章中不当之处，请您指出。最近我心脏有些"闹事"，医嘱宜静养，但诸事繁冗，完全静下来也难。

即颂

冬祺！

晚辈 刘心武拜
1998年11月30日

附 刘心武《半个世纪一座楼》

接到"红楼梦文化学术研讨会暨周汝昌先生《红学精品集》首发式、周汝昌先生八十华诞、周汝昌先生研红五十周年纪念大会"的通知,因会期与我早已在定的一项创作活动相叠,所以不能跻身这个盛会了,但心头涌动着一些思绪,亟欲申舒。

自己因为从少年时代就嗜赏《红楼梦》,所以对相关的"红学"著作,也多所涉猎。《红楼梦》不消说是一部奇书,"红学"呢,似乎就更奇更诡。作为一门学问,它时热时冷,热的时候,几乎是"全民评红",冷的时候呢,又只剩下极少数的一些人在角落里用功。回想起来,以往的热,也有热出毛病来的一面,甚至把"红学"跟政治紧紧地挂起钩来,以至学术问题成了政治问题。现在"红学"是个低潮,不但算不上显学,恐怕要属于学术上的冷僻门类了。"红学"的过冷,也令人遗憾。现在有的年轻人,肯花大力气啃读乔伊斯的《尤里西斯》中译本,这当然并不是坏事,但却不能精读,甚至不愿翻阅《红楼梦》,我以为就非佳象了——对此,通过类似"红楼梦文化学术研讨会"这样的活动,推动"红学"再掀波澜,以激活公众,特别是我们民族的年轻传人们的阅"红"兴趣,实在是很有必要的。

扳指数来,我所熟悉其论"红"著述的"红学"大家,如胡适、俞平伯、吴组缃、王昆仑、吴世昌、吴恩裕、何其芳……都已成了古人,现在在中国大陆从事"红学"研究,并成绩显著的老前辈,在世的不多了,周汝昌先生可算是仅存的若干硕果之一。周先生从 1947 年起开始研"红",1953 年推出其《红楼梦新证》,立即在"红学"界和读者中引起轰动。从那以后的半个世纪里,除了"文革"中一度被迫中止,逾迤逦逦，他一直执着不懈地将其全部心血贡献给了这门学问。现在华艺出版社为其集中展示了其半个世纪的研"红"精品，除《新证》外，还有《曹雪芹小传》《红楼梦真貌》《红楼访真》《红楼梦与中华文化》《红楼梦的真故事》，计六部七册。这不仅对他个人的学术努力是一种难得的告慰，对海内外关注"红学"的人们，以及一般的《红楼梦》爱好者，也是一桩可喜的事。

当然，稍微熟悉、关注中国大陆"红学"界现状的人们都至少是感觉到了，周先生的研"红"观点，这些年来备受争议，甚至有的专业刊物连篇累牍地对其一系列观点进行严厉的批判——当然不是政治性批判而是学术批判——就是在一般《红楼梦》爱好者和"红学"兴趣者当中，周先生的某些论说也还不能令人服膺。但周先生的"红学"研究，恰在这样的冲击考验中，推进得更细密也更坚实了——这回六大本的"周汝昌红学精品集"，虽都是以往的旧著，却经过了认真的修订，清除了灰尘，拭亮了精华，读来既如老友重逢，又令人耳目一新。

我以为最难得的是，周先生以半个世纪的努力，在"红学"上形成了其个人的一个逻辑自足的学术体系。这是很了不起的。搞学术研究，光是会铺陈材料、炫耀博学，气象终究嫌小；在一点上提出创见固然可贵，但建立不起体系，成绩也就有限；至于只是在那里批判别人，自己并不能拿出多少新鲜的意见思路来，那样的研究者，就更难令人佩服了。一句话，创建体系才是学术研究的硬道理。周汝昌先生在半个世纪中，毕竟是建起了一座阐释《红楼梦》的大楼。你可以说那并不能算是一座漂亮的大楼，但你总得承认那毕竟是一座无法加以抹杀，更不可以轻亵拆毁的学术大楼。笔者与周先生略有交往，也曾与其通信论学，虽对周先生非常敬仰，在若干"红学"的具体问题上却也固执己见，并不轻易苟同。但读了修订过的"精品集"以后，我从心眼里说，周先生所构筑的研"红"大楼,实在堪称一座七宝华厦,基础坚固,结构匀整,回廊九曲,七穿八达,大堂恢弘,小室精雅,门外见山,窗外借景,布置周到,回味无穷。周先生首先从"曹学"入手,考证出《红楼梦》的著者曹雪芹的祖籍、家世、到他那一代前后由盛而衰,对照书中所写,证明该书是著者以其家族身世感受为蓝本的带自传性的创作;并使用本来不多的材料,尽可能地复现出了曹雪芹的一生;又在"版本学"和"脂学"(对《红楼梦》流传中手抄本上署名"脂砚斋"及相关批语的研究)上花大力气,下大功夫,进一步证明现在通行本八十回后不但绝非曹雪芹原稿,而且完全违背了他的初衷;更通过对现存的清恭王府前身演变过程的考据,强有力地证明了清代康、雍、乾三朝权力斗争与曹家浮沉的关系,以及对曹雪芹思想感情发展所产生的影响,证明书中的"大观园"在现实生活中也是有原型的(这或许可称之为"大观园学");曹雪芹的原著既然八十回后散失,那么,那些散失的篇章里,究竟都写到些什么呢,周先生通过《红楼梦的真故事》,将其在"探佚学"方面的成果集大成地加以展示;而笼罩在一切之上的,是他作出了《红楼梦》是中华大文化集中体现的结论,他论及庄子和曹雪芹思想的异同,中华文化中"痴"的蕴意在该书中的发挥,并试着补足了书末本已拟好而失传的"情榜",又提出原书应是以第五十四回、第五十五回为分野,前后各为一扇,整部书大体以九数为一小单元,全书应共一百零八回……他的诸种论证,互为照应,钩稽严密,而表达方式又颇流畅生动,虽是"学术大楼",一般读者入其浏览,亦会感到花团锦簇、步步入胜,也许有的读者会在某些"景点"前疑惑摇头,但总体而言,恐怕都不能不感佩其气势的轩昂峻丽。

　　周先生早些年眼睛就已近乎失明,看书需用高倍放大镜一个字一个字地"撷取",而且耳朵也严重失聪,我与之交换意见时就不得不贴近他高声慢语，但在这样的身体条件下，他仍坚持着"红"学研究，时有新的文章发表，真是很不简单。前面提到，那么多的资深"红学"家都离我们而去了，现在像周先生这样的资深"红学"家，也该当作国宝，格外加以爱护吧！我谨祝"红楼梦文化学术研讨会"圆满成功，并祝周先生健康长寿，继续不断地给他已建构成的学术大厦添砖加瓦，当然也期盼"红学"界在争论中加强人际团结、学术协作，并能促使一般民众，尤其是跨世纪的一代新人，阅读《红楼梦》的兴趣能持续升温。

1998 年 11 月 6 日于绿叶居

〔七七〕
周汝昌致刘心武
（1998年12月2日）

心武学友：

　　沈、津两处报纸皆已寄到，深感你的心意，非同一般。读了的人都说好。沈阳发的一篇我倒努力读了，而津报者字太小，怎么也无法读了！这太遗憾了。我目力益坏，殆近乎盲矣！如你电脑上有留底而且能放大，请寄示一份。

　　会开得很好，气氛热烈。作家只有管桦先生，你若到会，当更增加色彩光辉。与会者百数十人，论文甚富。发言踊跃。有反应认为此会对"红学界"有拨乱反正之意义。

　　书写极困难，多不成字。耑此致谢，不尽。

　　祝

冬嘉！

周汝昌
戊十月十四

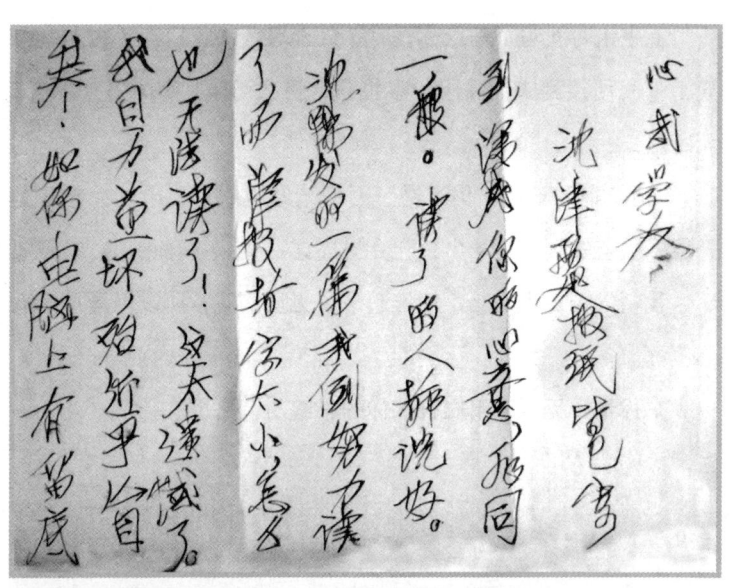

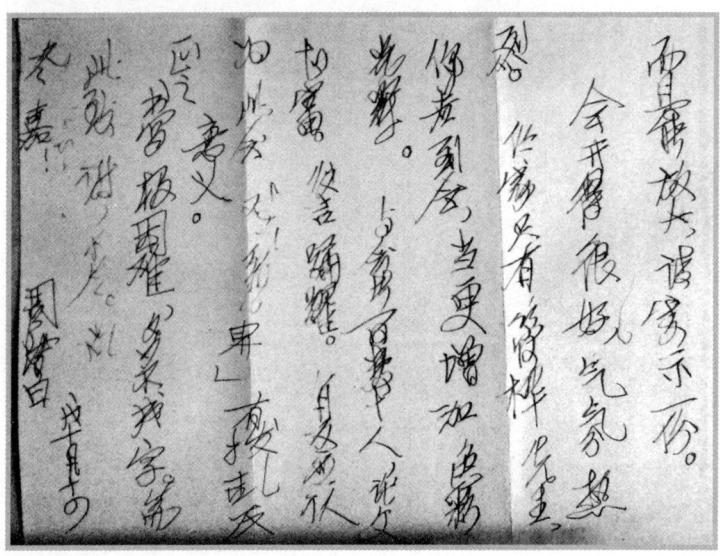

1998年12月2日周汝昌手书第1、2页

上午十时我写了信给你,有一外地客人来,他走后约十一点五十多我便接到来信并所附京报,这可太巧了!双方有"感应"无疑。

　　"精品集"不精,仍有错,因华艺原说四月要出书,弄得太仓促了。若知到十月才出,会弄得周详一些。(两面)

　　我精气神还十足,事情堆起来,无法摆脱,所以仍是每日笔不停挥。

　　知你忙,无要事不愿打扰你的思绪与笔路也。

正午又及。

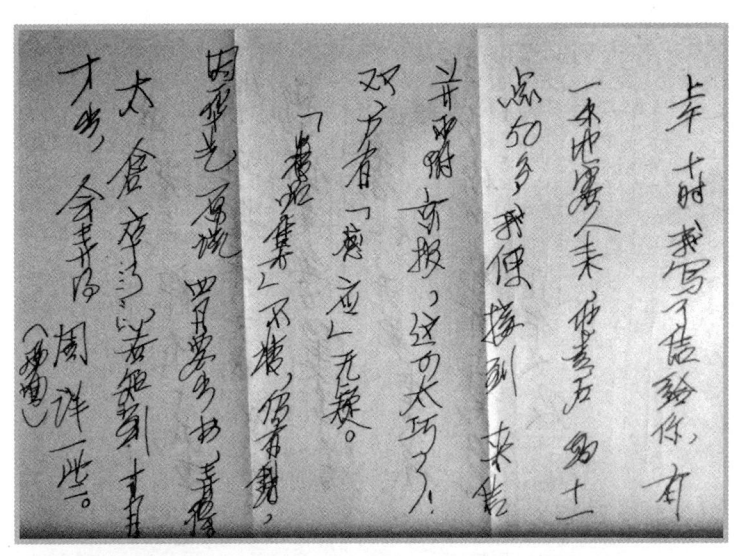

1998年12月2日周汝昌手书第3、4页（正背面）

〔七八〕
周汝昌致刘心武
（1999年4月28日）

奉题心武新书

君家说部早腾声，又见研红著美名。
凤藻宫闱怜贾氏，天香楼阁识秦卿。
庵中槛外无穷事，笔下心头何限情。
理罢三钗云暂息，定知新意更滋萌。

己卯三月

周汝昌并书

〔七九〕
周汝昌致刘心武
（1999年11月23日）

心武学友：

目坏日甚，已书不成字，故难与你多通信；你的新书也因此必须"长期"方能读一小部分，这与我们初识时已又大不同了。我事杂，性复疏散，书不是"顺读"了，只不过随手乱翻而已。昨阅《今晚报》，知《三钗》竟畅销，喜甚！巧值此书又入手边，方又"选读"卷末，乃看完《远"水"近"红"》与跋语。这写得好！深惬下怀。我爱真性情之人（亦即爱《红楼》之主因）。敢说几句实话，难矣！此空谷之足音也。对你评《水浒》我十分钦服——近于倾倒。（我就不敢明贬《水浒》，怕惹众怒，逊你远矣。）我说过雪芹对《水浒》是又"承"又"翻"，即你所论之意也。他不满于彼书，不言自明。我如精力好，真想就此再写一文。

近日拙著《雪芹传》出而问世，与《小传》《新传》体性皆不尽同。不知你忙中还想一看否？望示（如一时顾不及此，我可从容缓奉）。

旧赐沁芳闸佳绘，已复寻得，勿念。

冬祺！

周汝昌
己卯小雪节夜书

拙序中有"暑气渐消，秋明壨壨"之句是用韩退之诗"壨壨抱秋明"（沈尹默号秋明居士，亦出此）。印出则成了"秋月"，当是郑君改错了。

此书重印时，应再细检改正所有误植——可以附一小勘误表也行。民国时旧书此例通行，解放后"爱面子"绝无"自我批评"之实践，此良风反息。我对几个"社"都进言过，但无一有此雅量者。

人家洋书却将勘误 Errata 印在卷头！这就不学洋了。

附 周汝昌《刘心武与〈红楼梦〉》

作家们,尤其是小说作家,对《红楼梦》有所接触,读,想,领会,揣摩,谈论……所在多有,绝非"新闻""异事";但为《红楼》一书苦费功夫,投入心血,其感情之恳挚,思索之深沉,大约只有刘心武一人给我的印象最为奇突了。

我总以为这个事例很可贵,很值得专家学者表一表,论一论,或评估其意义,或引导人寻思,作出学术性、理论性的阐释,帮助我们普通群众、一般读者来加深理解,提高认识,这对多方面都有益处。

最近他的新书《红楼三钗之谜》问世了。听说出版之后,即成热销书,万册之巨量,旋即批购净尽。这一讯息,也让人高兴,也更启人深思自忖:道理何在?是否只因他是名作家的"名"而致此"效应"?

事情怕不会是如此简单而"俗气"。

华艺出版社向我索取题词,我作七律一首应之。书出后,又见卷首附有拙序,那是专为《秦可卿之死》单行本而写的,却非《三钗》之总序。只因此故,也又引我思索:心武为何不多不少,单单看中了这三位奇"钗"而为之覃研细写?

一个答案似乎该是:在金陵十二钗,别人的"一切"都比较好懂——或说"容易掌握",而唯有这三钗,其身世、境遇、性情、身份品格、结局命运,在雪芹八十回未完原著中遗下了空白,以致让读者感到神秘,内中恐怕有重要"文章",亟待追寻。而高鹗的"全"本伪续四十回对此三位重要女性人物也歪曲、糟蹋得最为酷毒。因此,心武选了她们,并将三人联在一起,苦心专诣地研求,终于写成了这部专著。

此专著,体例纯新,以小说形貌为"载体",来表述他的"红学·探佚学"的学术见解。

这是一个引人瞩目的新事物,是一种文化、文学创路、革新。

我的拙见:凡以前没有的事物一旦出现,一勿大惊小怪,二勿便泼冷水。

据闻,心武的"探佚小说"出后,颇有些议论,有的不免加以"微词"。

这现象也不必惊讶,因为这是十分正常的、必有的反响。反响的不以为然的唯一理由恐怕无非就是:《红楼梦》"不容"探佚,探佚是异想天开,近于"胡闹"——你所探的结果,能保证就符合曹著的本真吗?等等。

这种逻辑,并不对科研、创作有利。刘心武"本来"不是曹雪芹;"探"者,试着寻索也。探矿,探油,探地下资源、文物,以至"探"宇宙万象的本真原相,就能一开始就先得"保证"符合目标之所在吗?

那叫不合情理——不讲道理。

问题的核心是需要探,需要有人真去探(而不是空喊一阵)。

至于某一人一家之所探是否有理有据,有说服力,接近事物的真相本来,那更不是任何一个人出来说是说非、论长论短所能"定谳"的。

所以,这种文化工作不宜"感情用事",应多鼓励而少讥议——如此对人对己,均为得益。

这就是说,我支持心武此项工作,他的努力本身有其价值。至于他的见解、结论如何,应该另论,勿混为一谈。任何人都可以表不同意,不同意即另有所见所探,那岂不是心武的功劳?

这本新书中,有两篇附于卷尾的短文,我在此强调推荐,请赐一读——即《远"水"近"红"》与他的自跋。

此二文,写得真好!我是击节而赏,倾心而服。

什么叫"远'水'近'红'"？他是说对《水浒》敬而远之，对《红楼》则亲而近之。

只这四字为题，就是绝妙好词。再看正文，痛快淋漓，字字从肺腑流出，句句老实无伪亦无畏的真话。

说句不怕他恼的拙话：我原先真不料想他有如此高的思想艺术之目光与心光！

他批评了《水浒》，很中肯，很深刻，他指出了那般绿林好汉的凶残无人性处——卖人肉包子，麻杀行人旅客，游人孤魂，只认只拜江湖上"大名"贯耳者；或一双板斧，不分好坏善恶，"排头砍去"，死于斧下的善良多于几个坏人的不知多少倍！在那笔下，芸芸众生，一席无位，一文不值！

…………

而在雪芹这儿，每个小小的个体生命都以满腹情缘、给以饱满笔墨的！

…………

我被他讲得心服口服，欲拜为师。

其实我也有此想法，但没有他那勇气直言不讳——怕，怕惹什么"界"的众怒。

我给心武写了信，说及了这一点，心里抱愧。

他对新书的自跋也好。内中还透露了他与王蒙二人对红楼的见解之不同。这非常重要。

他二人都是名作家，都涉足"红学"，二人本来又是很要好的朋友。但他们看法很不相近，此事耐人思索。

刘君极重妙玉，王君说："我最讨厌她！"王君论《红》，以原著八十回与伪弃四十回为不分之"一体"；而刘君明言：曹、高是两回事！

他们二位谁高谁下？此非本文要妄"判"的目的——读者诸君也会"见仁见智"，未可强求什么"一致认为"，那是某"界"某几个人的假话模式罢了。

我只是想说：人家两位看法如此不一样，并未"掰交情"，说难听的话——心武倒赞美王蒙肯说真心话。

这一切深深感动了我。

我应该用拙笔记一记，让更多的人都知道，或重温这两篇不太长的杰作。

这儿有真性情，真思想，真艺术，真眼光，真品味。

我佩膺心武的人格精神。假使"红学"见解上有同有异,那极自然，又有什么值得提在话下的？

切磋，琢磨，古之明训，还用多言吗？

　　　　　　　　　　　　　　　　　　己卯小雪节间

〔八〇〕
周汝昌致刘心武
（1999 年 12 月 12 日）

心武学友：

你的"四仙姑"引起我极大注意！这也许是"善察能悟"的又一佳例。但《今晚》那种小字，我已全不能"见"，你能否设法给我一份打印放大本？我细读后拟撰一文以为呼应。

"千禧"是个洋概念，本与中华文化无涉，但既值此际，我们讨论"四仙姑"，亦极有味也。

冬福！

周汝昌

1999 年 12 月 12 日

小诗寄心武学兄

解味

善察能悟慧心殊，万喙红谈乱主奴。
唯有刘郎发奇致，近来商略四仙姑。

附 刘心武《太虚幻境四仙姑》

1999年11月5日，应北京大学红楼梦研究会邀请，去他们的系列讲座中讲了一次。该研究会是个学生社团，讲座都安排在周末晚上七点钟进行，我本以为那个时间段里，莘莘学子苦读了一周，都该投身于轻松欢快的娱乐，能有几多来听关于一部古典名著的讲座？哪知到了现场，竟是爆棚的局面，五百个阶梯形座位坐得满满的已在我意料之外，更令我惊讶莫名的是，过道、台前乃至台上只要能容身的地方，也都满满当当地站着或席地坐着热心的听众。我一落座在话筒前便赶忙声明，我是个未曾经过学院正规学术训练的人，就"红学"而言，充其量是个票友，实在是不值得大家如此浪费时间来听我讲《红楼梦》的。我讲了一个多小时，然后再对递上的条子作讨论式发言，条子很多，限于时间，只回答了主持者当场递交的一小部分，其余的一大叠是带回家才看到的。就我个人而言，光是读这些条子，就觉得那晚的收获实在是太大了。以前我也曾去大学参加过文学讲座，也收到很多的条子，但总有相当不少的问题是与讲座主旨无关的，如要我对某桩时事发表见解，或对社会上某一争讼做出是非判断，令我为难。这回把拿回的条子一一细读，则那样文不对题的内容几乎没有，而针对《红楼梦》提出的问题，不仅内行，而且思考得很深、很细，比如有的问："'红学'现在给人的印象简直就是'曹学'，文本的研究似被家史的追踪所取代，对此您怎么看？"这说明，无论"红学"的"正规军"，还是"票友"，还是一般爱好者，确实都应该更加注意《红楼梦》文本本身的研究，即使研究曹雪芹家世，也应该扣紧与文本本身有关联的题目。有一个条子上提出了一个文本中的具体问题："贾宝玉在太虚幻境所见四名仙姑，一名痴梦仙姑，一名钟情大士,一名引愁金女,一名度恨菩提,指的是对宝玉影响很大的四名女子?抑或是他人生的四个阶段?"这问题就很值得认真探究。

在神游太虚境一回里,曹雪芹把自己丰沛的想象力,以汉语汉字的特殊魅力,创造性地铺排出来,如:离恨天、灌愁海、放春山、遣香洞等空间命名,千红一窟(哭)茶、万艳同杯(悲)酒等饮品命名,都是令人读来浮想联翩、口角噙香的独特语汇。在那"幽微灵秀地,无可奈何天",警幻仙姑引他与四位仙姑相见,那四位仙姑的命名,我以为的确是暗喻着贾宝玉——也不仅是贾宝玉——实际上作者恐怕是以此概括几乎所有少男少女都难免要经历的人生情感四阶段:开头,总不免痴然入梦,沉溺于青春期的无邪欢乐;然后,会青梅竹马,一见钟情,堕入爱河,难以自拔;谁知现实自有其艰辛诡谲一面,往往是,少年色嫩不坚牢,初恋虽甜融化快,于是乎引来愁闷,失落感愈渐浓酽,弄不好会在大苦闷中沉沦;最后,在生活的磨炼中,终于憬悟,渡过胡愁乱恨的心理危机,迎来成熟期的一派澄明坚定。

那么,这痴梦、钟情、引愁、度恨四位仙姑,是否也暗指着贾宝玉一生中,对他影响最大的四个女性呢?细细一想,也有可能。读毕《红楼梦》前八十回,一般读者都会获得这样的印象:贾宝玉一生中,林黛玉、薛宝钗、史湘云这三位女性对他是至关重要的。林令他如痴如梦地爱恋,他不信什么"金玉良缘"的宿命,只恪守"木石姻缘"的誓愿,太虚幻境中的痴梦仙姑,有可能是影射林黛玉。钟情大士影射谁呢?"大士"的称谓筛掉了性别感,令人有"英豪阔大宽宏量,从未将儿女私情略萦心上,好一似,霁月光风耀玉堂"一类的联想;但"大士"前又冠以"钟情",难道是暗示史湘云钟情于贾宝玉?岂不自相矛盾?不然,情有儿女私情,有烂漫的青春友情,史湘云与贾宝玉的青春浪漫情怀,在芦雪亭中共同烧烤鹿肉一场戏里表达得淋漓尽致,"且住,且住,莫使春光别去！"如此考校，钟情大士是影射史湘云，差可成立。引愁金女自然是影射薛宝钗了，她是戴金锁的女性，其与贾宝玉的感情纠葛，给后者带来了"此恨绵绵无绝期"的愁苦，虽然那苦中也有冷香氤氲，甚至后来还有"举案齐眉"之享受，但"到底意难平"。

  谁是贾宝玉一生中第四位重要的女性呢？这在前八十回里虽初露了端倪，但要到八十回后方能令读者洞若观火，那便是妙玉。第十七至十八回中明确交代，妙玉从苏州玄墓蟠香寺来到都城，目的之一，就是为了到都城拜谒观音遗迹和学习贝叶遗文，贝多树、毕钵罗树、菩提树，即使不是一树多名，也是相近的树，这都坐实着妙玉的"活菩萨"身份。据我的考证，并已通过《妙玉之死》的小说所揭示，在八十回后，妙玉不仅起着挽救贾宝玉性命的关键作用，还使宝玉与史湘云得以邂逅，相依始终，那是一位终于使贾宝玉了悟前缘，超越爱恨情愁，在悲欣交集中融入宇宙的命运使者——以度恨菩提影射，实在贴切之极！

  注：此文作为《红楼边角》之一刊发于《团结报》，又刊发于《今晚报》。2005年，刘心武应邀在中央电视台《百家讲坛》栏目进行系列讲座，第二十讲《太虚幻境四仙姑命名之谜》相比此文，主题更加深入，思路亦更趋于成熟、完善，讲座内容详见《刘心武揭秘红楼梦》上卷第238页至第249页（译林出版社2016年1月出版）。

〔八一〕
周汝昌致刘心武
(1999 年 12 月 16 日)

心武学友：

　　谢谢将"大字本"送来。昨日已发一文给"今晚"了，今读后如有"新意"，拟再续谈。愿你不断"出新骇世"！

　　匆匆问好！

周汝昌
1999 年 12 月 16 日

1999年12月16日周汝昌手书

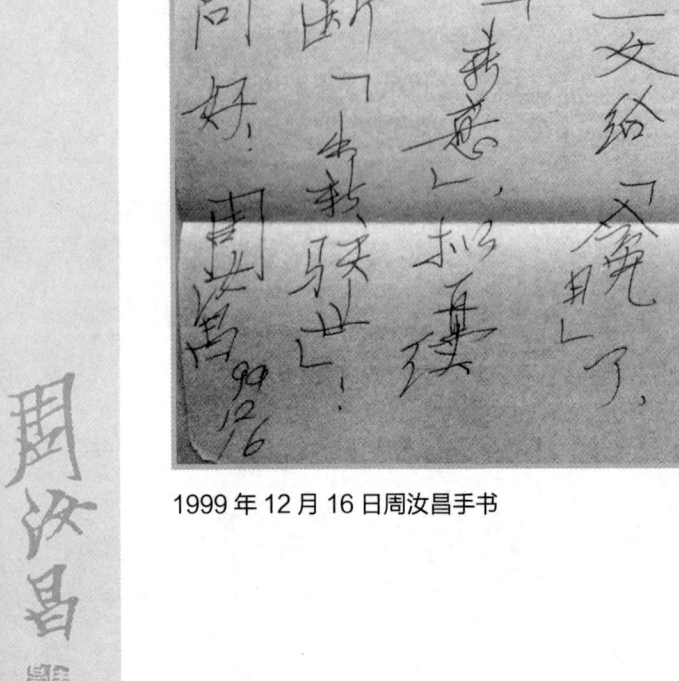

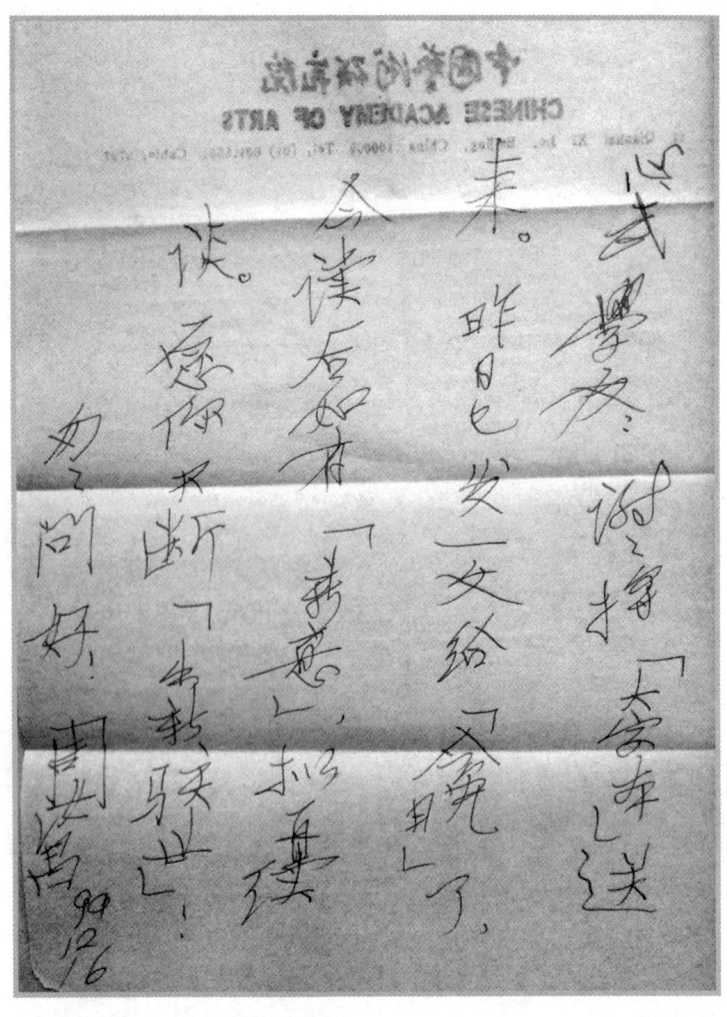

〔八二〕
周汝昌致刘心武
（1999 年 12 月 18 日）

周汝昌题咏三钗谜

刘心武破译四仙姑

这很像章回小说中的一个回目，很觉有趣。哪位才人肯来把此回的书文写上一写，更可谓别开生面。

我把奉赠的绝句写成条幅，如不嫌，可裱了挂挂。

"红楼拾翠"，我曾给贺信民的书取名，正此四个字。也是巧事。

"梦情愁恨""痴钟引渡"。春梦随云，飞花逐水，皆一部书之总纲也。

周汝昌

己卯十一月十一夜书

周汝昌题赠刘心武的绝句条幅
（原件 70 厘米 ×44 厘米）

〔八三〕
周汝昌致刘心武
（1999年12月29日）

心武学友：

　　承询"谢园送茶"，具见处处覃思。此语我几乎忘了（记忆力锐减），旧年不知在何处曾说过："谢园"恐本无此园，钞本批语皆过录，错字层出累累，其本字当为"射圃"，盖原字"射"左旁有墨一道，误认为"言"字旁——草书诀云："有点方为水，空挑却是言。"即氵为水，而讠为言旁也。加上"圃"之草书又误认为"園"，故益成"新语"了。拙说之可能性不小。若果系"射圃送茶"，则是否又与卫若兰有所关联？若然，则是否又与湘云之事有关？望兄一思。如有新意，或许又有重要发现，亦未可知，因不可掉以轻心，遂书数行作为我二人研红之"券"记，异日亦佳话也。

　　并颂

新禧！

周汝昌
己卯冬至后夜书

收在《三钗》后之零文我大都未见，时有佳论，可喜。时下俗流不能及也，亦彼等不能察不能悟之故也。唯论李嬷嬷远引孙氏夫人恐须分别，孙夫人是保姆教引嬷嬷，将小康熙一手抚养教导成人而做了帝王（且从痘危中精心救活不殇），这与"奶子"大异，奶子只管喂乳而已。康熙奶母乃大贪吏噶礼之母，噶与曹是对头，噶后以毒药欲害其母，母诉于帝，乃赐死……此岂可与孙夫人混为一谈？兄不妨另文叙叙我二人学谊切磋之例，有益于时下"学"风"文"风，而无伤个人之得失。咱们树立一点点"高风"，是为下怀常念之事也。不知兄能海涵否？

周汝昌又拜

〔八四〕
周汝昌致刘心武
（2000年9月23日）

心武学友：

今日方见《伦敦弘红记》，此报字小墨淡，已全不能读，乃由老伴助讲梗概，甚喜。想归后所写不止一篇，若可能请赐大字副本。拙著及小柬两份谅已收见。我讲诗词与众不同，但恐你一时无暇阅此。《曹雪芹》剧本事，听鄂君说你不赴会，只写书面。若然请尽早寄我一份，勿忘。听说十月十日开座谈会，我忝为"顾问"，不能不到。

我这"顾问"，自然也是挂名儿，对剧本之写作毫无"联络"，剧本也只能抽看片段，故你对剧本提出看法，不必顾及我。请把书面快速寄示，谢谢！

写曹雪芹自然不易，不应苛求，但也不能降低品格——千万别受"戏说"派的影响才好。不过个人愿望不等于实际，天下事总是复杂的。

笔健!

          周汝昌再拜

         庚辰八月廿六黄昏

如估计寄信来不及,则烦鄂力给送一下,谢谢!

附 刘心武《伦敦弘红记》

因为看到拙著《红楼三钗之谜》，英中文化协会、伦敦大学亚非学院等四家机构邀我去做两场关于《红楼梦》的报告。我虽不才，但人家确实是出于促进中英文化交流的雅意，便高兴地取道巴黎，乘坐高速列车，仅用三个小时，就穿过海底隧道，抵达了伦敦。甫下火车，在驶往下榻处的汽车上，东道主就把他们安排的活动日程表拿给我征求意见，上面除了我的演讲、欢迎酒会等节目外，最突出的就是去斯特拉特福参观莎士比亚故居，并在泰晤士河畔的环球剧场观看葡萄牙剧团演出的《罗密欧与朱丽叶》。

在伦敦大学亚非学院的演讲，对象是汉学家和博士生，无须翻译，且可从容讨论。我把自己书里的一个看法强调出来：在中国，莎士比亚及他的主要剧作如《哈姆雷特》《罗密欧与朱丽叶》，都已进入了具有中等文化水平的人们的常识范畴，在大学里，即使是理工科的学生，如不知道莎士比亚或说不出至少一个莎剧剧名，也会遭到讥笑。但是反过来，在英国，曹雪芹和《红楼梦》不仅未能融入其普通人的常识范畴，就是大学里的文科生，只要其专业不是中国古典文学，不知道曹雪芹和《红楼梦》也是一桩无所谓的事。两种文明里旗鼓相当的文豪巨著，在交流中却不能获得等量的效应，原因何在？有否纠正这一偏差的可能？我在中国只是一个非专业的《红楼梦》研究者，我的"红学"论著更仅是一家之言，到英国的演讲由于时间的限制怎可能把曹雪芹与《红楼梦》的伟大充分地阐释？但是我觉得中国的文化人不应放弃哪怕是最小的机会，去向外国人弘扬曹雪芹和《红楼梦》的伟大，使他们起码要懂得那是中国古典文化的高峰，而且至今仍滋养着中国的新一代文化人。他们即使一时还难以获得阅读译文的快感，难以理解那文本里丰富的中华文化的内涵，也至少应该一听到曹雪芹和《红楼梦》便肃然起敬，犹如许多中国人其实并不能从阅读莎士比亚剧作与十四行诗的译文里获得乐趣，甚至连观看劳伦斯·奥利佛主演的《王子复仇记》那样的电影也觉得枯燥，却绝对还是要把莎士比亚和《哈姆雷特》这样的符码嵌入到自己的常识结构里，丝毫不敢大意一样。奥地利出生的汉学家傅熊认为，中文的《红楼梦》迄今所通行的是一个不好的版本，而英文等西方文字的译本却几乎都以这个糟糕的中文版本为依据，他建议中国的"红学"界应致力于整理出一个比较理想的曹雪芹的八十回善本来，加以推广，使之取代现在的通行本。这是很内行的意见，现引用于此，供国内专业"红学"家们参考。

英中协会组织的一场演讲规模大了许多，一百多个座位坐满后，还有二十多位来宾始终站着听讲，令我非常感动。绝大多数金发碧眼的听众不懂中文，需要翻译，我传递信息的时间，等于只有上一场的一半；上一场的听众用不着从 ABC 说起，这一场我可怎么用最简洁的话语，把他们引入对曹雪芹与《红楼梦》的神往？虽经过很充分的准备，开讲时仍惴惴不安。结果却效果很好。这大半也倚赖荷兰出生的汉学家贺麦晓那流畅而生动的翻译。关于曹雪芹和《红楼梦》的话题翻译起来实在难上加难，一句"春梦随云散"，中、英文的修养都得很高才能随口道出而听众憬然。我在演讲中号召大家都去寻找一本《龙之帝国》，该书著者为英国人 William Winston，书的英文名字为 *Dragon's Imperial Kingdom*，1874 年由 DOUGLAS 出版社出版，黄色封面上有黄龙图案，大于 32 开小于 16 开，厚约 3 厘米，在该书第 53 页上，有关于曹雪芹偷听英国人菲立普与其父曹頫讲谈莎士比亚戏剧故事，被发现后遭责罚的内容。此书在中国"文化大革命"前至少有两家图书馆收藏过，至少有三位过目者，其中一位还曾抄记过卡片，1982年此事曾在中国报刊上揭橥，但后来一直未能再找到该书，一些人对有过这本书产生了怀疑，寻找的热情也便消退至冰点。我以为有关这本书的信息不可能是伪造的。中国经历过"文化大革命"等劫难，像这样的英文老书幸存的可能性确实接近于零。但英国的那么多大大小小的图书馆里，说不定在哪个尘封的角落里就还静静地存在着它。这本书里的那段文字，也许还并不能使我们做出曹雪芹创作《红楼梦》曾受到过莎士比亚戏剧影响的结论，但那至少是一段趣闻佳话，发动找书而且能坐实其事，必能增进一般英国人对曹雪芹和《红楼梦》的兴趣。这场演讲后来的听众提问和我与听众的讨论也很热烈，而且那讨论一直延续到晚上的酒会，其中一个提问是："《红楼梦》对当代中国作家的写作影响究竟如何？一些中国作家并不能直接阅读外国文学，可是他们说起对自己影响最大的作家作品却是西方的，这是为什么？翻译西方文学的中国翻译家的文字，是否比《红楼梦》这样的母语原创文本，对某些中国当代写作者更具有潜在的影响力？"这问题很尖锐，却很严肃，一时很难梳理出能使自己和别人都首肯的答案来。

今夏的伦敦之行，令我兴奋，且欣喜——尽管我的演讲只是两滴雨水，但能使英国听众多少尝到点曹雪芹与《红楼梦》那浩瀚海洋的滋味，吾愿足矣！

2000 年刘心武在英国讲"红"的海报

〔八五〕
周汝昌致刘心武
（2000年10月4日）

心武学契：

今上午（4日）鄂君送到两份打印放大件，喜甚。先说剧本读后感，好极了，几乎都是我心里要说的、想在座谈上一讲的。我相信这是文契心契情契，与庸俗的"一致认为"风马牛。21集大活，我们无从往细里提些意见，只论大体与要害而已。王先生自是写剧能手，不患无戏，而患戏多——多得"淹没"了雪芹主角。写圣人杂事时有精彩，而写主角总是不行——好容易盼到可以"展开"的关节了，却又一闪就让"戏"给夺走了。"打"场何多，境界何少？——境界即你说的诗意，太稀薄了。对白里大量现代"洋八股译文华语"，令人十分败兴……保存我二人的这种简略讨论，亦可备日后文坛"资料"。

你若一定不想赴会，就罢了。有一点儿兴致，不妨去讲讲，很有关系——这不是一件小事可以漠然置之。如何？

但勿勉强。

问好！

周汝昌
九月初七午

人间最难得最值得珍重的是对《红》书的共识、共同语言。此乃中国文化一大问题。你说的大悲悯极为重要。雪芹具此情怀，而世人以男女之事隘化低化之。其实孔圣的"仁"，也还是"情"，只是他把情观念化、伦理化、社会道德化了，而雪芹却把情诗化、艺术化，貌异而质同也。大智若愚，大悲若喜，大勇若怯，大慈则为"情不情"。中国文化人识此者似已无多。可悲在此。

周汝昌再拜

〔八六〕
周汝昌致刘心武
（2001年2月5日）

心武学人良友：

　　十分高兴收到来札、文稿、佳茗，深谢至意，也谢鄂力君雪地奔走之劳！论稿字放大了，极便拙目，等我读了与你联系。

　　一个重要消息：《龙之帝国》发现了！目下等待详情。俟略明梗概再告知你。

春福！

盲周拜
辛巳正十三下午

附 周汝昌《跋〈"三春"何解〉》

心武作家研读红楼，出于性情，用心深细，时出新意，言人所未能言。近见其解析"三春"文，可谓善察能悟——我之评语，看来不虚。心武谓：如以"三春"为指贾府之姊妹四春中之任何某三人，皆不能通；故知以往此类说法，均难成立。此论良是，可破一般相沿的错觉。而他正式提出：雪芹笔下之"三春"应指三年的"好日子"佳景况。按之书文，若合符契。此为一个新贡献，启人心智。

心武举了很多处"三春"语例。其一为"软衬三春草"（题蘅芜院）。按，此处之"三春"，暗用孟郊名篇"……谁言寸草心，报得三春晖"而加以运化也。此"三春"，则实指每春分为孟、仲、季三段，故三春即"九十春光"——三个月九十天为一春也。此义在诗文中多见（京戏中且有"陶三春"之名）。依此而言，九十芳辰，三年好日，可以兼通复解，触类逢源，雪芹灵心慧性，每有此种妙谛。故觉不妨提及，乃更宏通贯串，或能深获芹心，未可知也。

拙见红楼前半写"三春"（好日子，佳景况），后半写"三秋"。故其时间布局是三度元夕，三度中秋。正如你说的：皆一年不如一年，愈来愈觉潇凉悲切。春以元宵节大场面为代表，秋以中秋节大情景为代表。"三五中秋夕，清游拟上元"，语意至明。（有一个中秋是"暗场"，在刘姥姥二进荣府之时。）

辛巳新正草草而记

周汝昌

〔八七〕
周汝昌致刘心武
（2001年5月14日）

心武学友：

《龙》书之事甚可异，大致说来是"三阶段"：（一）友某君发现者忽电话告知我："《龙》那书已找到了！"语气极为兴奋，并云将寄示放大复印之有关书页。我还替他担心，勿致"奇货可居"，答云"没问题，已说好了——只价待议定"。（二）以后他说"书还没拿到"，"书说是装订去了，还没拿回来……"如此不止一二次。（三）我再婉探，不再置答。（四）一次电话上，老伴忍不住了，冒问："……怎么不提了？"方答弄错了，不是那本书……（原话我未听到，此乃传达之大意。）此后及晤面，谈版本之事，亦不及洋书一字。我自然不便再问。

我多次"做工作"，是好事多磨，又因红界风气甚劣，抢资料先发文……怕别人有顾虑，方写小文在《今晚报》发表，为的是说明我们是为了证明自己的观点（也替黄龙先生辩诬）。

毕竟如何，不得而知。唯友人初时说过一句："书不是18××年版，是190×年版。"这倒表明可能是另一本书。但他是大学历史系毕业，不应连著者、出版家的洋文字也认不清。（清代的此类洋书，我见过若干种，弄混不无可能。）因事无下文，我也无法再报知你。

王家惠修改后的芹剧本,已见否?有一个问题很麻烦:许多口语皆今日之"翻译华文",乾隆时哪有这种话!
　　草草不尽。
问好!

盲周
辛四廿二

〔八八〕
周汝昌致刘心武
（2001 年 12 月 22 日）

心武贤友：

　　闻伤已愈，深慰。

　　邓遂夫自蜀传来一文斥某霸主，内中亦提到你（是同情好意）。我女儿伦苓是胡耀邦主席特为批准给我做助手廿余年，不给评职称，跑细了腿没人理，今年方赏一"副研"回到"红研所"，方得听到现任"所长"某某的奇论："作家都不是好人""连曹雪芹也在内"云云。请听这是"红"所这"长"的言论！此人也是霸主的代理和喽啰。呜呼。

　　你每晚看芹剧电视吗？我连看也艰难了（不必再说听），俟看完后务将观感、评议，简要示我。

　　（《夺目红》已四印，十分意外。）

　　今日冬至大节，古云"冬至大如年"。

吉祥！

盲友拜

〔八九〕
周汝昌致刘心武
（2002年6月10日）

心武学友：

　　近考"潢海铁网山"所产"樯木"即辽海铁岭山中的梓木。潢水是大辽河的主源，蒙语曰锡喇穆伦（或作楞）。河自古北口以北流至铁岭之正北，此处明代设"辽海卫"，铁网山即铁岭甚明，夹一"网"字，寓"打围"之义，盖清代在此有大猎场。梓木高而直，故似桅杆也。汉帝以梓作棺，名曰"梓宫"，义忠老亲王取此，隐寓"帝位"（康熙太子胤礽与其子弘皙），而可卿之殓竟用了"梓宫"之材，此中意味深长，是否与你的论点有关？偶思及此，故特简报。这发现重要，可写文宣传宣传否？

　　近来忙何胜业？时在念中。

　　专颂

端阳大吉！

周汝昌
壬午四月卅日

　　信未及发，恰闻你昨晚电话之事，也出意外。虽说这种事大权和识力是由主张者决定，旁人无从插嘴，但若有一点机会与可

能，还是希望以你的影响来说服他们。如仍拍程高伪续假全本，是民族文化的一个耻辱，因为刚刚还纪念延安《讲话》，学了几十年马克思主义文艺理论，革了"封建"的命……而竟然仍奉高鹗这个败类为"国宝"，岂不万分奇怪？！忘了还是看不见，他是最最道地的"封建"皇朝的忠臣孝子、恶毒阴险地篡改破坏原书？！悲夫！哀哉！——所以盼你在可能范围内发挥自己的作用。

　　敬礼！

书生之言

〔九〇〕
刘心武致周汝昌
（2002 年 7 月 3 日）

汝昌大师：

　　端午前大札早已收到，因我是足球迷，整个 6 月沉迷于看世界杯，大赛转播，且为一些报纸写"球评"（全是速朽文字，不过有所喜好，也就不觉得浪费脑力加时间了），因此直拖到球赛尘埃落定，才提笔给您回信，真板儿水平（《红楼梦》中有板儿用佛手换下巧姐的柚子当球踢的情节）。望您一笑后多多见谅！

　　您所赐大札所提供关于潢海铁网山资料极珍贵，但有的字我实在识不出，现烦请鄂力拿着复印件当面求教，盼您百忙中给予解疑，多谢了！关于此项资料所引出的对秦可卿原型的探佚，我将抽空写文发表。学界对胤礽及其后人弘晳等在雍正朝及乾隆初的命运，如您那样重视加以研究的人不多，其实他们与曹家或者反过来说曹家与他们才真是"一荣俱荣，一损俱损"的唇齿关系呢！

　　另，上海大导演谢晋要拍电视连续剧《红楼梦》，他是以自己的民间公司名义拍，利用的是社会上的游资，与中央电视台的政府（或准政府）行为不同，不一定非要"广泛征求各方面专家意见"，可以自由选取学术前提。他介绍了一位制片人叫程崧庆来见我，我向他们建议：

（1）不要根据通行的 120 本拍；

（2）看看《红楼梦的真故事》与《红楼三钗之谜》两本书；

（3）按前 80 回＋探佚成果的方式写剧本、拍摄。

（4）他们同我们签合同，买下上述两本书的内容（探佚成果）的使用权；买去后他们多用少用，根据他们的理解与需要，不受我们著作约束；但我们不零售，要买就整本书地买去；

（5）如他们愿落实上述（4）条，则建议他们聘您为学术顾问，聘我为文学顾问；为拍好此片，在已购买了我们著作使用权后，担任顾问是义务的；

（6）由于您年事已高，身体不如我，则有关事宜，您可委托我代理，我会随时与伦苓女士联络。

我已将上述分配给您信知会谢晋先生，等待程崧庆先生再同我联系。当然，人家是出钱的（或找到钱要用的）人，究竟打算怎么拍，我们焉能左右？但也正如您所说，力阻他们把程、高伪续再鲜艳十三彩地通过荧屏污人耳目，力争能在荧屏上出现一个普通版的《红楼梦》的真故事，是我们的社会义务，出于责任心，必须尽力而为。但愿这回能有些成果。

  时下北京居然进入"梅雨季节",历史上少有过。盼您在这种天气里要格外保重!

  即祝

安康!

晚辈刘心武
2002 年 7 月 3 日

〔九一〕
周汝昌致刘心武
（2002年7月6日）

心武贤友：

蒙送到长札，喜甚。方知你是足球迷。人若无所"迷"，必难懂文学艺术，此定律也。札内所叙与谢、程二君方面的接触各情，详悉无遗。这太好了！你已说透了，只看谢公的识力魄力如何了。这事当然不是咱们的"一厢情愿"；但谢公如不能认同你的建议，还要拍什么120回，那最多也无非是再来一次越剧电影红楼（不指剧种片种，指实质），也未必超胜于徐玉兰、王文娟，又有什么新意可观呢？如事不受阻、生变，可称红史上一件大事。幸若能谈得拢，我拜托你代劳一切。

潢海即"辽海"（明代设卫，在今铁岭辖境、端木蕻良之原籍昌图县）；铁网山即铁岭；"檣木"即山中大梓树（极直可作桅杆）。此义十分重要：薛家原籍"铁网山"，皇商内务府人；政治上是雍正之敌方（胤礽、弘皙，康熙太子一系，后谋推翻乾隆者）。故雪芹祖上是由关内迁铁岭的，与"薛"家同乡。薛蟠之父给"坏了事"的老千岁带来的棺木，因是"帝级"，故暗隐"梓宫"一义——而可卿却单单用上了帝级的梓宫（棺材）！所以我说此考于你之立论有利。

《小讲》中的论"窝藏"琪官的那一章,重要!要写"戏",再无更好的"主线"冲突了。

匆匆

祝好!

汝昌即夕

〔九二〕
刘心武致周汝昌
（2002年7月12日）

汝昌前辈：

得您端午大札，蒙您见告：近考"潢海铁网山"所产"樯木"即辽海铁岭山中的梓木，潢水是大辽河的主源，蒙语曰锡喇穆伦（或作楞），河自古北口以北流至铁岭之正北，此处明代设"辽海卫"，铁网山即铁岭甚明，夹一"网"字寓"打围"之义，盖清代在此有大猎场。梓木高而直，故似桅杆也，汉帝以梓作棺名曰"梓宫"，义忠老亲王即取此义，隐寓"帝位"（康熙太子胤礽与其子弘晳）。您说：可卿之殓竟用了"梓宫"之材，此中意味深长。极是。

端午大札早悉，迟至今日才回，是因为看了一个月的世界杯球赛，并应邀为报纸特刊写些侃球的文章，都是些速朽的文字，十足的板儿水平——《红楼梦》第四十一回有板儿将手中佛手换来巧姐手中圆柚当球踢着玩的情节——让您见笑了！

大札所示内容极为重要。《红楼梦》第十三回所出现的"义忠亲王老千岁"影射胤礽是很明显的。康熙十五年（1676）才十八个月的胤礽由乳母跪抱着完成了册封他为太子的庄严仪式，后来被精心培养长大成人，康熙外出征战时他代理政务，六次陪同康熙南巡，可是1708年却在随康熙北狩的御营中被废——这"潢海铁网山"可是"千岁爷""坏事"的场所啊！另外，斥废太子是当着全体在场的皇子及其他皇族权贵进行的，即是在"天潢贵胄"云集的情景下"坏事"的，"潢海"或许也还含有此层意思；而且被废后是以铁锁网状绑缚后押回京城的，当时随行的西洋传教士马国贤在其回忆录中有所描写，故"铁网山"我以为亦含双关——但随后不久康熙又后悔，1709年他将太子复位，到1712年康熙再次将太子废黜；这过程里康熙其他十多个儿子中约有一半卷入了争夺接班人地位的权力斗争，但胤礽始终只是遭到禁锢而并没有被公开或暗中杀害。如果曹雪芹完全虚构，他可以说那樯木的原主已经伏法或者自裁，但他行文却是"原系义忠老千岁要的，因他坏了事，就不曾拿去"，"坏了事"三个字里绵延着康、雍、乾三朝里波澜起伏、惊心动魄的故事。胤礽在康熙朝就"坏了事"但并未一坏到底，到了雍正朝一方面对他严加防范，另一方面因为他已经不是最大和最难对付的政治威胁，雍正也还封他为理亲王，他在雍正三年病死（起码表面上病死），雍正准许他的儿子弘晳嗣其爵位（为郡王），这在您的《新证》和《文采风流第一人》等著作中都有极详尽的考证。曹雪芹祖辈、父辈与胤礽过从最密，常被人举出的例子就是胤礽的乳母之夫（乳父）凌普可以随便到曹家取银子，一次就取走过二万两。曹家当然希望胤礽能接康熙的班，即使"坏了事"，因为康熙在最终如何处置他上多次摇摆,胤礽究竟是否彻底失去了继承皇位的可能,直到康熙咽气前一刻都还难说。曹家肯定不会中断与胤礽一族的联系,并且还要把宝持续地押在他和弘皙身上。在这种情况下,帮他藏匿财物甚至未及被宗人府登记的子女,一方面可以说是甘冒风险,另一方面也可以说是进行政治投资。您所提供的材料,进一步说明秦可卿这一艺术形象的原型,正是"义忠老千岁"的千金,她的睡进"梓宫",正是"落叶归根"。《红楼梦》故事的背景,已是乾隆初期,乾隆为了缓解其父当政时皇族及相关各派政治势力间的紧张关系,推行了一系列的怀柔政策,曹家是受益者之一,这时不仅曹雪芹父亲曹頫得以恢复官职,家境一度回光返照般地锦衣玉食起来,而且朝中有人——曹雪芹的表哥平郡王福彭是乾隆手下的权臣,所以那时大约十几岁的曹雪芹很经历了几年浸泡在温柔富贵乡里的绮梦般生活。这些史实虽经您一再申诉,但许多人直到今天仍懵懂地觉得:"曹雪芹不是在南京很小的时候他家就被抄了吗?他哪来写北京贵族生活的生活体验呢?"其实曹雪芹恰恰是有这"最后的晚餐"体验的。当然,好梦不长,到乾隆四年,就爆发了胤礽儿子弘皙勾结另外几位皇族阴谋夺权的事情,弘皙他们甚至已经搭好了政权班子乃至服务机构(如太医院),据说还使用了明矾水来写密信(表面上看不出,需特殊处理才显露真意)。《红楼梦》第十回,正文里说那张友士是来京城为儿子捐官的,却在回目里称他为张太医,而且开出那么个古怪的药方,这些细节我以为都有一定的生活依据,绝非向壁虚构。实际上弘皙欲成就

245

"老千岁"的"大业",摆出"影子政府"的姿态,在那时的贵族富豪家中已经不是什么绝密的事情。《红楼梦》第四十回在牙牌令里出现"双悬日月照乾坤""御园却被鸟衔出"的字样,实非偶然,都是当时那种政治情势的投影。但乾隆毕竟是了不起的政治家,他快刀斩乱麻地处理了这次严重的政治危机,斩草除根却并不大肆宣扬,甚至尽可能不留下什么档案,这就是为什么受到牵连弄得家亡人散各奔腾的曹家在那以后究竟是怎么个情况,竟总难找到具体翔实材料的根本原因。一些人总以为雍正五年曹家在南京被抄后就"落了片白茫茫大地真干净",其实不然,是在乾隆元年经历了一番回黄转绿,"三春过后"才终于"树倒猢狲散"的。《红楼梦》前八十回写的并非江宁织造时期的盛况,而是取材于乾隆初期曹家的末世光景,脂砚斋在批语里一再提醒读者"作者之意原只写末世"。所以说,弄明白了乾隆元年到乾隆四年曹家从死灰复燃又忽然灰飞烟灭这个写作背景上的大关节,才能真正读懂《红楼梦》啊!也只有弄明白了乾隆对"义忠亲王老千岁"那不知好歹的余党的深恶痛绝,镇压起来"接二连三,牵五挂四,将一条街烧得如火焰山一般"毫不手软,才能懂得脂砚斋为什么要求曹雪芹将有关秦可卿的故事加以删节,并且故意把她的真实身份隐去,偏说她是从"养生堂"里抱来的野种。

据王士禛《居易录》卷31,胤礽在十几岁的时候曾经写过一副对子,大受康熙夸赞:"楼中饮兴因明月,江上诗情为晚霞。"与胤礽过从甚密的曹寅、曹𫖯很可能常常引来激励子侄们向这位"千岁"学习。

在曹雪芹的《红楼梦》里，我们可以看到"嫩寒锁梦因春冷，芳气袭人是酒香"这样的联句（托言宋秦观句，但翻遍秦观文集也找不出来），还有"烟霞闲骨格，泉石野生涯"（托言唐颜鲁公句亦无根据），其中，是不是多多少少有些个胤礽少年联句的影响呢？很可能，曹雪芹对胤礽这个牵动着他家至少三代人命运的神秘"千岁"有着自己独特的理解，在《红楼梦》第二回里他通过贾雨村之口所说的那种秉正邪二气的异人里，也许就隐藏着一个胤礽。有些人总嫌"红学"的分支"曹学""喧宾夺主"，其实，岂止应该把曹家的事情弄清楚，把胤礽这位"坏了事"的"千岁"的事情弄清楚，都是准确把握《红楼梦》文本真情真意的大前提啊！我的关于秦可卿这一艺术形象的研究，算是"红学"的一个小分支吧，虽被讥为"秦学"，我却不想改弦易辙，还要继续探究下去。因为我相信，只有把曹雪芹的身世以及写作背景，以及他不得不修改秦可卿出身死因的种种具体缘由弄清楚，才能真正读懂《红楼梦》文本，也才能进入深刻的审美境界。

感谢您的一再指教，特别是多次提供资料线索，令我眼界、思路大开！

溽暑中望您格外保重！

晚辈刘心武拜书
2002 年 7 月 12 日

〔九三〕
周汝昌致刘心武
(2002年8月17日)

心武学友:

《今晚》《文汇》均收到(已不能读,倩人念听),喜甚。《居易录》一联重要,拟再写一文申论之,唯寻书不可得,只好烦你将它(此条全文)打印(放大)赐下,至感!这一线索是你的新贡献,昔年失于注意,亦久忘之矣!蒙提示乃大启发,故连日十分欣慰,特此拜烦。并颂

新秋纳福!

《居易录》望细读,如发现类似或相关之记载,请一并示我,谢谢!

汝昌谨白
壬午七夕后

〔九四〕
刘心武致周汝昌
（2002年9月16日）

汝昌前辈：

大札早悉，《铁网山·东安郡王·神武将军》大文也已拜读，因家中事冗，迟至今日方复，心甚不安，恳乞谅鉴！

王士禛《居易录》原书未访到。我所据为转引。转引自以下二书：

一、《康熙朝储位斗争记实》，（美国）吴秀良著，张震久、吴伯娅译。

该书1979年在美国出版，译本1988年9月中国社会科学出版社第一版，该译本34页有下列一段文字：……康熙还自豪地提及胤礽的少年有为，他说："其骑射言词文学，无不及人之处。"太子在十几岁时（约1684年）写过两行难得的对联，足以证明他无愧于父亲的称赞。然后引出对联："楼中饮兴因明月，江上诗情为晚霞。"对联后有注解号，脚注是：王士禛《居易录》卷31。

二、《清朝皇位继承制度》，杨珍著，2001年11月学苑出版社第一版。

该书193页有下列一段文字：康熙帝对于允礽与一般汉臣的交往，

也持鼓励态度，如一次南巡中，康熙帝赐给致仕内阁大学士徐嘉炎御书、对联及唐诗后，皇太子允礽"赐嘉炎睿书博雅堂大字，又一联云：'楼中饮兴因明月，江上诗情为晚霞。'并赐睿诗一首"。页下脚注是：王士禛《居易录》卷31，第1—2页。

"楼中……江上……"一联，确实与《红楼梦》中"座上……堂前……"一联太相仿了！何况当年胤礽确实以此给人题写过，估计不只是给徐嘉炎一处。

我有中华书局印的王士禛《池北偶谈》，另知上海古籍出版社印过他的《香祖笔记》，《居易录》和《居易续录》不知出过铅排本否？杨珍书后所附参考书目，《香祖笔记》标明铅排本，《居易录》却注明是康熙刻本。倘《居易录》没有影印本和铅排本，则访求不易。《居易录》《居易续录》应尽快访到，以便细阅，也许还会有意外收获。我当努力。

上述二书，美国吴博士的似水平一般。但杨珍女士的两本书（另一本是《康熙皇帝一家》）则相当有参考价值。她通满文，能直接阅读满文档案，见解不俗，书中引用资料较丰，附表中有清朝历朝皇子简表，及康熙帝诸女表，很有用。

先就对联一事汇报如上。

颂

秋祺！

晚辈刘心武拜
2002年9月16日

〔九五〕
周汝昌致刘心武
（2002年9月23日）

心武学友：

昨（22）接16日来书，喜知所示诸情况，此二书我毫无所闻，只因目不能读，故多年不看"新书广告"，也不买书（买了蜗室无处可放……）。其孤陋之状、可笑之境若被"名流"得知，一定大牙笑掉也！此二书既皆是专题专著，而且他们又有条件博搜史料，料想此联之外再也不见其他记载了（指胤礽之文字）。旧年我曾烦人到郑家庄去"考古"（胤礽所居），目今恐无遗迹矣。其师傅熊赐履文集应重读（昔时不能注意及此），可惜我已不能。而你也不易为此而跑图书馆，徒叹奈何（熊即为曹玺作挽诗的大学士，十分重要。康熙命曹寅看顾他的晚境……见《新证》粗引）。这段"公案"是破译《红楼》的钥匙，盼你能坚持深入不断研究。

又见《枉凝眉》文，本想也写写，又虑人家说我二人"对口相声"，是相约"编"好了的，故暂按笔不动，以俟良机。附及。

因老伴突然病逝，心情不好，此信草草，望谅。

秋日笔健！

盲者周汝昌拜上

壬午中秋后

荣禧堂匾赐贾源者也,而胤礽联自称"世教弟",是则与"贾源"同辈。按贾演、贾源兄弟二人,"演"隐"寅",指曹寅也;"源"隐"泉",指曹荃也(泉、荃谐音)。寅、荃乃康熙同辈(嬷嬷兄弟哥哥)。是则胤礽与颙、频同辈,可证胤礽联是写给曹频的。所以,芹文特将匾联隔开叙之。

心武评正。

汝昌记

壬午八月十七夜

手文心武亦痴人,绿叶红楼境自新。
每见佳篇吾意爽,共君尺素托游鳞。

临缄口占

解味草

壬午中秋后二日

附 关于"葳蕤"和"葳葳蕤蕤"的公开讨论

（一）刘心武《"葳蕤"与"葳葳蕤蕤"》（2002年10月8日）

"葳蕤"这个词冷僻吗？我们几乎都受到过蘅塘退士选编的那本《唐诗三百首》启蒙，翻开便可读到张九龄的《感遇》，头一句便是"兰叶春葳蕤"。这首诗在后来的多种《新编唐诗三百首》里都被保留。但这个词的意思轻易不敢解释，诗意更难把握。"葳"字还可以试着读"威"（算蒙对了），"蕤"呢？有位作家笔名方蕤，还有位翻译家叫赵萝蕤，"蕤"这个字在起名字的时候似乎还挺受欢迎。有人说起上面二位女士，称她们为"方瑞""赵萝瑞"，都没说准。"蕤"和"瑞"的拼音虽然都是rui，"蕤"却不能像"瑞""锐""睿"那样读作第四声，也不能读成"花蕊"的那个"蕊"（第三声），而必须读成第二声。你现在再试着发一发"葳蕤"的音，是不是有点怪？在日常说的普通话里，"蕤"这个音实在是极其稀罕的。

张九龄的诗句"兰叶春葳蕤,桂华秋皎洁"是褒扬春兰秋桂的。"葳蕤"是草木枝叶繁盛的意思，"皎洁"是明净放光的意思。春天的兰草烂漫生长，叶条披拂，欣欣向荣，看上去很美。按说，把"葳蕤"引申到人，应该是指神貌风韵充满生气。

《红楼梦》第三十三回"手足眈眈小动唇舌　不肖种种大承笞挞"里，出现了"葳葳蕤蕤"一词，是用来形容贾宝玉神貌的。一般的语言习惯，把两个字组成的词以AABB的形式叠用时，是在肯定并加重那两个字的词语所表达的意思，比如"勤勤恳恳""欢欢喜喜""漂漂亮亮""丰丰富富""精精神神"就是双倍或更多倍的"勤恳""欢喜""漂亮""丰富""精神"的意思，而绝不会构成相反的含义。曹雪芹笔下写到贾宝玉在王夫人处闻知金钏儿含羞赌气自尽，"心中早又五内摧伤"，被王夫人数落教训后，出得门来，"茫然不知何往，背着手，低头一面感叹，一面慢慢的走着，信步来至厅上，刚转过屏门，不想对面来了一人正往里走，可巧儿撞了个满怀，只听那人喝了一声：'站住！'宝玉唬了一跳，抬头一看，不是别人，却是他父亲，不觉的倒抽了一口气，只得一旁站了"。这时贾政便对他一顿训斥："好端端的，你垂头丧气嗐些什么？方才雨村来了要见你，叫你那半天你才出来，既出来了，全无一点慷慨挥洒谈吐，仍是葳葳蕤蕤，我看你脸上一团思欲愁闷气色，这会子又咳声叹气，你那些还不知足，还不自在？无故这样，却是为何？"在贾政的这番训斥里，"葳葳蕤蕤"绝非褒义"葳蕤"的加重，而完全是贬义的用法。曹雪芹的语言，是把南京俗语和北京俗语兼糅到文本里，"葳葳蕤蕤"不大像北京俗语，或许是当年南京的俗语。这个贬义词语，究竟是什么意思呢？中国艺术研究院红楼梦研究所校注本的脚注是"疲惫不堪，萎靡不振"。我以为这样注解很不恰切。"葳葳蕤蕤"尽管将"葳蕤"的词义从褒转化为了贬，毕竟与"葳蕤"所形容的状态有亲缘关系。抽去褒贬因素，按中性理解，"葳蕤"绝不是一种"疲惫萎靡"的生命状态，而仍应是茂盛繁复的意思。"葳葳蕤蕤"，转化为贬义，就是好比植物长疯了，枝叶纷乱披垂，人的神貌显露出思绪万端，"满脑门子官司"，咳声叹气，不是松弛蜷曲，而是高度紧张到几乎断弦的生命状态。接下去的情节里，宝玉与贾政之间的矛盾冲突由外在因素催化，达到白热程度，那绝非一个"疲惫萎靡"的生命与一个"精神焕发"的生命之间的冲突。揆其实质，是一个按当时礼法衡量属于"葳葳蕤蕤"地"长疯了"的叛逆生命，与一个捍卫当时礼法可谓"身自端方，体自坚硬"的"标准"生命之间的冲突，后者是一定要坚决彻底地把那"葳葳蕤蕤"的家伙修理得中规中矩的，修理不成，那就甚至于"不如趁今日一发勒死了，以绝将来之患"！

《红楼梦》的时代已经远去。那故事的空间里是现在的众多生命。"葳蕤"应该仍是一个茂盛蓬勃发育的生命神貌的褒义词。你今天葳蕤吗？最好能是一种葳蕤的生命状态。当然，"葳葳蕤蕤"应该仍是一个贬义词。我们反对贾政那样的卫道者，因为他卫的道是扼杀个性、阻碍社会进步的。但即使今天，个性的发展也还面临着一个如何与他人、群体、社会良性相处的生命课题。任由自己的心理状态繁杂紊乱，呈现出"长疯了"的神貌，显得"葳葳蕤蕤"的，对人对己，毕竟也不是什么好事，还是应该以当今人类对"道"的基本共识为标准，来适当地调整自己的心态。不过，那应该是一个自我提升的过程，而绝不允许新的"贾政"来拉大旗做虎皮，采取强制的手段来笞挞"修理"。让我们的生命选择葳蕤，而克服葳葳蕤蕤吧！

刊于 2002 年 10 月 8 日《今晚报》

（二）周汝昌《〈红楼梦〉中的"葳蕤"怎么讲？》
（2003 年 1 月 24 日）

我拜读了作家刘心武、语言学家张加勉二位先生讨论曹雪芹笔下的"葳蕤"一词毕竟应为何义之文。刘先生主花木生长繁盛荣茂之义；张先生以为即老北京俗语中一个词的近似谐音，是"心中不舒服又无可奈何地待在某个地方"，而不知本字应当如何书写，遂借用而难以严格按"本字"要求了（大意如此，见 2003 年 1 月 1 日《北京晚报》五色土版）。

拙见觉得刘、张两位各自强调了一面，而尚未深究。本人主编、晁继周副主编的《红楼梦词典》一书（广东人民出版社,1987 年 12 月版）

对此一词早有注解,全文云:

葳蕤(wēi ruí)①形容人萎靡不振,提不起精神来的样子。《史记·司马相如传》"纷纷葳蕤"。索隐云:"胡广曰:'葳蕤,委顿也。'"【例一】袭人道:"你出去了就好了。只管这么葳蕤,越发心里烦腻。"(第二十六回)【例二】方才雨村来了要见你,叫你那半天你才出来;既出来了,全无一点慷慨挥洒谈吐,仍是葳葳蕤蕤。(第三十三回)比较:例一"葳蕤",旧行本作"委琐";例二"葳葳蕤蕤"旧行本作"委委琐琐"。②花草繁茂的样子。【例】籍葳蕤而成坛兮,擎莲焰以烛银膏耶?(第七十八回)

可见"葳蕤"本义即有"委顿"一义,而雪芹博通汉赋(有他例可证,今不多及),并非错用,也不是以音同音近而错用(不知本字而姑且记音的办法)。

我们的词典也已指出:早年劣本子不懂雪芹的文笔词义,将此词妄改为"委琐",自以为比雪芹更高明了。类似这种妄改的例子还很多,所以《红楼梦》版本的复杂情况:清代一些自作聪明的文士往往提笔乱改曹雪芹的原文真笔。

刊于2003年1月24日《北京晚报》

〔九六〕
周汝昌致刘心武
（2002年10月8日）

心武学友：

蒙你电话慰问，深感厚意。遇此突然之事，自是心绪不佳，幸而频见津报屡刊佳作，令孩辈读听，增喜减忧，此近日之实情也。"双悬"句系李白原文，暗指唐玄宗逃离、肃宗擅立之史迹，可加一注，更令读者信服。这些文章，可为"探佚学"增添力量光彩——亦即可喜的发展。

环顾"全局"，有能力识力从事此一学科者，除你我与梁归智教授之外，几乎无人可以列举。当然，有些人又会指手画脚，说短道长，甚至讥诮嘲讽——此"类"人不读、不懂清史，更不能认识雪芹笔法的独特性——即艺术的个性，总想把《红楼》拉向"一般化"，即"庸常性"，而且以为只有这样才算"懂文学"……中国的事态如此，良可慨也。

真理常常是在"少数"这一方面。不必听"四面楚歌"（我已听了几十年！），可以多写写，编个小集子（包括刊文与通信等文字），要为红学探佚学留一点轨迹，启牖后来之才士。

我现在正思索："座上珠玑昭日月"的"日月"，也许就与"双悬"的"日月"有微妙的奥秘关系。

暂写至此。专候

重阳节吉！

盲友壬午九月解味拜

新出的《红楼梦的百慕大》，广州版，有兴趣不妨觅阅一番，示我看法。又及。

〔九七〕
周汝昌致刘心武
（2002年10月24日）

心武贤友：

　　昨见津报又刊出"北静王原型"一文，让孩子代读，得知梗概，见你"再接再厉"，锲而不舍，喜甚！于是我又想起不知写给你了没有（重复也无妨，可作为"强调"看也）。即：第54回的开年，一位老太妃薨逝，这才引发了以下这些回的故事（贾母、王夫人皆不在家，园中事故纷起）。这太妃即熙嫔，康熙的庶妃，陈氏女，胤禧的生母。她卒于乾隆二年开年。这是拙考自18回到54回乃叙"乾元"的说法，又一力证。天下哪有如此多的"巧合"？所以书中特写荣府与静府的人在送灵时是住同院，这一笔，重要极了！但我今又重提此点，却是为了重申：由此也就有力地证实，你的解"三春"是正确的。80回写到"乾三"即中断（后稿为乾隆爪牙所销毁，炮制假尾，用以讳避史实原委）。一百年的"新红学"到底做了什么？殊耐人思也。

　　秋嘉！

盲友汝昌夜书
壬九、十九

〔九八〕
刘心武致周汝昌
（2003年1月6日）

汝昌前辈：

您好！

因赴澳大利亚访问半月，前些天刚归京，故未能及时向您贺2003年元旦快乐，但仍来得及祝新癸未年春节快乐！

回来就看到您惠赐的《红楼家世》一书，非常感谢！非常高兴！我得仔细拜读。在您启发下我写出了《老太妃之谜》一文，回来看到《今晚报》已刊出。有些人总觉得《红》书与一般庸常书无别，不必了解作者家世及写作时所处的具体政治、社会、文化环境，更不必了解作者的写作心理及特殊手法，便可读通读懂，令人遗憾！不管有多么困难，在您引领下的关于《红》书写作大背景的研究，一定要坚持下去！

祝您安康快乐！

晚生刘心武拜

2003年元月六日

〔九九〕
刘心武致周汝昌
（2003年2月25日）

汝昌前辈：

您好！

我写成了一篇评《红楼家世》的文章，日前已投《今晚报》，现打印一份寄您过目，不当之处，恳盼指正！

即就

春祺！

晚辈刘心武拜

2003年2月25日

满弓射鹄志锐坚——读周汝昌先生《红楼家世》有感

研究曹雪芹的祖籍有没有意义？我以为，如果单只是就祖籍论祖籍，纵然写出大部头宏著，论定曹雪芹祖上就是某地籍贯，打个比方，也就好比是拉个满弓，显示超人的气力，属于杂技性的表演罢了。周汝昌先生对曹雪芹祖籍的研究，却好比是立了明确的鹄的，满弓拉起，飞箭出弦，直逼鹄心，这里面当然含有高超的技艺，但不仅仅是技艺的展现，更重要的，是体现出一种执着的文化探求精神。黑龙江教育出版社2003年1月推出的周先生的《红楼家世》一书，副题是"曹雪芹氏族文化史观"，这副题把其满弓所射的鹄的，清楚地告知了读者。周先生射出的诸箭，究竟有多少支射中了鹄心？一共中了多少环？我以为很有几箭射中了鹄心，总环数很不少，成绩斐然。当然，大家可以各自评定，抒发己见。关键是，周先生以入八十五岁的高龄，满弓射鹄志锐坚，令人感佩，引人注目。周先生的"红学"研究，涉及各个"红学"分支，而用力最多的，当属"曹学"。在这个分支的研究中，必得研史，甚至要"往事越千年"，又必得作考证，甚至要穷搜细辨，于是有人远远一望，便大不以为然，指斥为"离开了《红楼梦》文本"，"属于烦琐考证"。读《红楼梦》当然不能离开其文本，但《红楼梦》的文本是中华古典文化的巅峰结晶，并且极其独特，对其解读不能图省事，走捷径。西方的古典、现代、后现代文论固然可以引为借镜，如王国维借叔本华的理论来抒发自己读《红楼梦》的审美感受，颇能启人，但终究还是给人附会之感；中国以往的文论，当然更可以用来作为解读《红楼梦》的工具，脂砚斋批书，就使用频仍，但因为曹雪芹的笔力有超越他以前全部中国文化的性质，因此以这些工具来衡量，往往也力不从心；这就说明，要解读《红楼梦》，到头来还是必须彻底弄清曹雪芹写作这部伟著的时代背景，即康熙——雍正——乾隆三朝的政治风云、社会变迁、文化习尚，这也就必须攻史。举例来说，不通史，怎么能读懂"义忠亲王老千岁""坏了事"以及"双悬日月照乾坤"这些文本字句的深刻内涵？而流传下来的历史记载，往往是"胜利者写的"，比如雍正在与其十几个兄弟争夺皇位的斗争中终于胜出，那么，他就要改写甚至删削康熙时的大量记载。乾隆虽是和平顺利地继承了皇位，他本人甫上台也很注意实行皇族亲睦的怀柔政策，但没想到权力斗争是不以个人意志为转移的，他再怎么不愿出事，也还是发生了"弘晳逆案"。乾隆果断麻利地处理了这一政治危机，他胜利了，于是，他采取了销毁相关记载的"留白"史笔，今人要弄清那时的真情实况——这对研究《红楼梦》文本至关重要，曹雪芹家族的"落了片白茫茫大地真干净"正是这个时期，《红楼梦》中贾府的大悲剧展开的时代背景也正是此前此后——还历史真面目，"补白"，不搜集资料，作细致研究，那怎么能有成果？这样的"烦琐"，是面对鹄的，拉弓以射靶心的必要。

周先生的这部新著，不仅体现出他对历史特别是清史的熟稔，还有对中华古典文化的饱学与融通，更凸显出了他治"曹学"的完整体系，就是把曹雪芹写作《红楼梦》放在氏族文化的大框架内来加以研究，何谓"诗礼簪缨之族"，曹雪芹祖上的文化积累如何承传到了他的笔下，其明末清初的祖辈如何从南方迁播到北方，后来他祖上那一支又如何从丰润迁往铁岭腰堡并在那里被俘为奴，以至考出曹雪芹的生日是雍正二年的闰四月二十六日……这些"曹学"文章绝不是些拉弓无鹄的花架子，而是整合为一把解读《红楼梦》的钥匙。有人质疑这样的研究是否以"历史"取代了《红楼梦》的"本事"，甚至认为这样研究是不懂得小说属于虚构的产物。周先生早在其第一部"红学"著作《红楼梦新证》中就明白写出，"至于穿插拆借、点缀渲染，乃小说家之故常"，后来在其著作中又多次申解从生活素材到小说文本必经加工改造虚构渲染的讨论前提。英国人研究狄更斯的《大卫·科波菲尔》，认为那是一部自传性小说，并从狄更斯生平史料出发，解读小说中的人物与情节，如果我们不以为怪，为什么一到研究《红楼梦》时，指出其具有自传性质，利用史料与小说文本互证细考，就如此大惊小怪、不能容忍呢？周先生以氏族文化的框架为研究"曹学"的体系，在这本书里满弓射鹄，收获极丰，如全书最后一篇2002年新作《青史红楼一望中》，从史实上论证了"曹雪芹家为何成了雍正的眼中钉"，又以此为钥匙，精确地解读了《红楼梦》第三回里金匾"荣禧堂"和银联"座上珠玑昭日月，堂前黼黻焕烟霞"的生活依据与深刻内涵。像这样以鞭辟入里的探究所奉献出的钥匙，对热爱《红楼梦》的读者们来说，难道不是最好的学术礼物吗？

"红学"研究是一个公众共享的话语空间，谁也不能垄断。周先生在自序里说："错谬不当，诚望指正——摆事实，讲道理，举反证，揭破绽，有利于大家共同勉励求进。"周先生目前已经近乎目盲耳聋，又痛失老伴，仍以铮铮学术骨气，锲而不舍地奋力拉弓射鹄。他还特别能够提携后进，鼓励创新，平等切磋，亲切交流。拜读《红楼家世》，真有早春幽谷中忽见老梅盛开的感觉，这样的老梅堪称国宝，愿树长在，花常开！

2003 年 2 月 28 日

〔一〇〇〕
周汝昌致刘心武
（2003年3月4日）

心武贤友：

　　接到惠撰书评，欣喜无量，写得真好！这本来是个难题，不好落笔，故亦未敢轻萌此念，只因龙教社程君必欲拜求，方将联系方法告之，想已将佳评直寄一份与他了。他说由他负责发表具谢，恐无人关注《红楼》之事吧？日前梁归智兄写一文"声讨"要拍程高120回的电视剧，令人感叹。他是端谨学人，素不轻易发言，这回实在是忍无可忍了。我为之感动、感激。中国"文化人"赏识伪续奉以为"宝"，精神世界一至于此，岂吉兆乎？不止三叹而已。耑谢。新春笔健！

盲者周汝昌再拜

　　据悉今年要纪念芹逝240周年，定于八月开会……此乃官方的举动，至于我辈"私家"，可以自己纪念，以表心意，不知吾友作何设想？是否安排出一本文集，是最好的形式也。又启。

癸未中和节

〔一〇一〕
周汝昌致刘心武
（2003年4月10日）

我有知音名心武，满弓射鹄鸣春鼓。

喻谓早春之老梅，惭与感并还起舞。

秦学曾遭下士嗤，谁知善悟方觉曙。

穆莳楹联新破解，江上楼头香菱谱。

交流学术平生乐，同固抵掌异非忤。

君子相交岂如水，小人戚戚终何补。

愿君多贡新思议，悼红不羡男水浒。

又随手写七言句，报谢心武贤友。

周汝昌再拜

烦鄂力捎上画册谅已见。有评价否？他不知画四仙姑。"座上珠玑昭日月"竟有三重要抄本皆作"照日月"，岂偶然耶？近嘉！

癸未三月初九

〔一〇二〕
周汝昌致刘心武
（2003年7月12日）

    闻说新书又梓成，轩眉唤酒贺良朋。
    红楼本是曹家事，可笑疑猜怒目横。

小诗一首寄心武贤友：
  因今日下午鄂君电话告知此讯也，喜而纪之。前捎上杨绘太虚幻境一册，又因惠评《红楼家世》赋诗为谢，皆收见否？
  匆匆，候
佳胜！

              盲者周汝昌拜
              癸未六月十三

①如我的字有不能辨者，请电话伦苓。
②如方便，新书请赠2册。

〔一〇三〕
周汝昌致刘心武
（2003 年 7 月 18 日）

新书初入览，不与众家同。

探佚开荒径，寻秦建首功。

异军能突阵，健笔胜雕虫。

再酹为君贺，红楼喜更红。

右五律再贺

心武学友：按可卿之父书文称为"营缮郎"秦业。营缮郎者即内务府营造司之郎中或员外郎是也。此当是太子被废时将女"托"于为之修缮府邸的内务府人员"秦（林）"某代为抚养而诡称抱自育婴堂也（可参考宗室荣郡王永琪欲娶西林春〔鄂尔泰之孙女〕而格于宗人府规定不得行，乃假托于护卫顾某之女方得如愿，故西林春〔女词人，鄂家姓西林觉罗〕又名"顾太清"也。八旗有移姓托寄抱养之风气）。此解或可供研讨。"天香楼"亦隐寓是"天家"之女（唐诗"桂子月中落，天香云外飘"），另有小文论之。

夜草恐更难认，不多写。

汝拜

癸未六月十九夜

刘心武赠送周汝昌的《画梁春尽落香尘》

〔一〇四〕
周汝昌致刘心武
（2003年8月13日）

心武贤友：

听说你在电视中讲老北京，不禁万分感慨。姑自永乐而言，经过七八百年的缔造，始有老北京的风土人情的一切特色，乃中华文化之最大代表。而我们亲眼看见这个老北京从地面上消失了，"北京人"也变了……觉得可悲之至！又听说你还提到了恭王府，近觉它很可能原是太子胤礽府，而曹家人在此"当差"服役，故知之悉也。近又得知胤礽诗咏雪月有佳句云："蓬海三千皆种玉，绛楼十二不飞尘。"皆与《红楼》大有联系，深可注意研究。

写至此看到11日之《今晚报》刊我《龟大何首乌》，恰与尊著中一题全合。此是前些时见郑、蔡等专家校订新版《红楼》中皆标点如此，故写彼文，初不知你已论及也。听说网上亦颇有人反对重拍红楼电视采120回高本伪续而公然称之为"原著"云云。中华最大文化怪剧、悲剧莫过于此。我常用心：不少文学名家对高续的思想、感情、气味之恶劣，竟浑然不能区辨（与芹悬殊），而也能"成""称"为"文学家"，岂但"百思"不得其故，即"万思"也莫名其妙！人固有较敏感、较钝感之别，但不能解释成为连美丑、香臭、天壤、白黑……也视为"一致"无分也，恐这早已不再是"智商"的事情了吧？

　　拉杂，专颂

新秋纳福！

盲者周汝昌
癸未七月十六

挂寄新书一册已收，谨谢。

附 刘心武：龟大何首乌？

通过人物口述某些物品，以刻画人物性格，以至反映其内心活动，是《红楼梦》文本的一大特色。第二十六回，薛蟠指使焙茗，以"老爷叫你呢"诓骗宝玉出得大观园，令宝玉极为不快，但薛蟠告诉他："要不是我也不敢惊动，只因明儿五月初三日是我的生日，谁知古董行的程日兴，他不知那里寻了来的这么粗这么长两段粉脆的鲜藕，这么大的大西瓜，这么长的一尾新鲜活跳的鲟鱼，这么大的一个暹罗国进贡的灵柏香熏的暹猪，你说，他这四样礼可难得不难得？……我要自己吃，恐怕折福，左思右想，除我之外，惟有你还配吃，所以特请你来……"脂砚斋对这一段批曰："写粗豪无心人毕肖"，"如见如闻"，"此语令人哭不得笑不得，亦真心语也"；确实，一个粗俗颟顸而又炽热心肠的纨绔子弟形象，在那形容几种食品的口吻里活跳了出来。第二十八回，宝玉在又一次渡过了因黛玉误会而产生的情感危机之后，精神极为亢奋，在王夫人处，王夫人不过随口问了黛玉句："大姑娘，你吃那鲍太医的药可好些？"又因想不起一剂丸药的名字，宝玉竟忘形放肆起来，说母亲是让"金刚""菩萨"支使糊涂了；这还不算，他又胡诌要用三百六十两银子，替黛玉配一料丸药，声称"包管一料不完就好了"；他随口乱扯："当真的呢，我这个方子比别个不同，那个药名儿也古怪，一时也说不清……"下面有一串文字，因为当年传下的手抄本是没有断句的，现在我们看到的印刷本，如根据程伟元、高鹗弄出的本子流布开的通行一百二十回本，是这样处理的："只讲那头胎紫河车，人形带叶参，三百六十两不足。龟大何首乌，千年松根茯苓胆……"读起来显然很别扭，"三百六十两不足"，指的是人形带叶参的重量还是龟的

273

重量？有的流行本，干脆臆改为"三百六十两四足龟"，可是，现在我们掌握的任何一种手抄本上，都没有"四足"的写法，这样改动是侵犯曹雪芹著作权的。1981年中国艺术研究院红楼梦研究所校注本由人民文学出版社出版，这个本子在恢复前八十回原始真貌方面做了可贵的努力，但问题也还有，比如这个地方，它是这样断句的："只讲那头胎紫河车，人形带叶参，三百六十两不足，龟大何首乌，千年松根茯苓胆……"校注者把"三百六十两不足"派给了人形带叶参，把"龟"当作是对"大何首乌"的形容，这样，宝玉在上述所引出的话语里，就不是讲了五种东西，而是讲了四种东西。

我以为，固然宝玉在这里是顺口胡诌，但他既然煞有介事，也便一定要讲得既耸听而又不至于在逻辑上离谱。"龟大何首乌"在逻辑上是说不通的。"龟大"是多大？龟的种类很多，像棱皮龟、玳瑁、象龟的龟壳可以长达三尺多乃至于六七尺，作为蓼科草本植物的根茎何首乌如果那么样大，反倒会让人觉得成了怪物未必有其应有的药力了；而有的观赏龟，如金钱龟、绿毛龟，龟壳却又可能仅一寸来长，一两寸长的何首乌又无奈太寒酸，怎能加以夸耀？我以为，在上引段落里宝玉讲的还是五种东西，应该这样来断句："……头胎紫河车，人形带叶参，三百六十两不足龟，大何首乌，千年松根茯苓胆……"他对每一种东西都强调寻觅的不易，龟要大的，但也不是越重越好，必须接近三百六十两却又不能超过，旧秤是十六两为一斤，也就是那龟必须是二十二斤多却又不能是二十二斤半（折合现在十两制的算法，约十四斤六两许）。

我们都记得，第七回里，宝钗讲她那"冷香丸"的配方，"真真把人琐碎死，东西药料一概都有限，只难得'可巧'二字，要春天开的白牡丹花蕊十二两，夏天开的白荷花蕊十二两，秋天的白芙蓉蕊十二两,冬天的白梅花蕊十二两,将这四样花蕊,于次年春分这日晒干……又要雨水这日的雨水十二钱……"等等。这"冷香丸"曾引出黛玉对宝玉这样娇嗔:"便是得了奇香,也没有亲哥哥亲兄弟弄了花儿、朵儿、霜儿、雪儿替我炮制……""我有奇香,你有'暖香'没有?"这番话语沉淀在宝玉潜意识里,一个触机,发作出来,他是借此尽情宣泄自己甘愿为黛玉炮制"暖香丸",以与宝钗抗衡的情怀。脂砚斋对此评曰:"前'玉生香'回中,颦云他有金你有玉,他有冷香你直不该有暖香,是宝玉无药可配矣。今颦儿之剂若许材料皆系滋补热性之药,兼有许多奇物,而尚未拟名,何不竟以暖香名之,以代补宝玉之不足,直不三人一体矣。"

"龟大何首乌"越想越不通,"三百六十两不足龟",却与"雨水这日的雨水十二钱……那里有这样可巧的雨,便没雨也只好再等罢了"前后相映成趣,揭示出宝玉内心涌动着的隐秘情愫。即使是大情节之间的这种似乎随手拈来的"闲笔"里,曹雪芹也在丰富着人物的性格,真如脂砚斋所赞叹的:"作者有多少丘壑在胸中……"

〔一〇五〕
刘心武致周丽苓
（2003年8月22日）

周丽苓女士：

我20号才从成都回到北京。

周老诗注我冒昧改动了一点，加上邀请方称谓并将时间说得更准确些。请过目，看可否？

另，文末是否注明写作时间为好？

如文末加时间，或还有改动，请尽快再发送给我，好给《北京晚报》送去。

20日《文汇报》有一整版挺我的文章，而当日《笔会》恰有周老谈檵木之文，真开心！

问老前辈好！

刘心武

〔一〇六〕
周汝昌致刘心武
（2003年8月23日）

心武贤友：

　　日昨蒙你相告，方知我们得奖了，好比暑炎中一阵清风，醒人耳目、头脑。不知评委是何高人？寥寥数笔，不多费话而点睛全活了。那评词无一丝八股气，我所罕见，岂能不感慨系之！此非三言五语所能尽也。今思：上次拙札已指"桂子月中落，天香云外飘"，天香，十分重要，但"月"在红楼中尤为奇特——大约太子胤礽以"日"比其父皇，而以"月"自居，他咏月诗明示此义。所以"月中落"是个要害之寓词。（我现甚至连贾雨村"天上一轮才捧出，人间万姓仰头看"也绝非他所能承当。这也是隐喻太子——皇长孙弘晳吧？）又，"义理"是个古词语，故"义忠老千岁"者，是说他封为"理亲王"也。他又谥"密"，故又用"穆"字——穆变音协韵，正如"密"（《荀子》有例）。这样似可证实：可卿乃太子之幼女、弘晳之弱妹，乃"公主"身份也。

　　薛家为老千岁采购"楠木"，已表明薛家是"太子党"，而弘晳另立内务府七司人等，薛家必为"旧人"当选——其余贾、王、李三家既为"一荣皆荣，一损皆损"，显然是为"一案"同"党"之人了。"护官符"似是太子得令之时的遗语遗势。

　　因此又想：元春是谁的妃？是否本来选的是弘晳妃，而后为弘历取入宫中的？"二十年来辨是非"，一本作"……辨是谁"。太子诞辰是五月初三日，元春特命五月初一至初三打平安醮者，岂有隐义乎？（胤礽有咏榴诗，非常重要。）

又，湘云的牙牌令，再三用皇家典（日月、日边红杏、御园却被鸟衔出），莫非此皆与"太子系"相关乎？盖雪芹一家人等心目观念中，真皇上还是太子，而雍正乃坏人奸谋政变，根本"不承认"耳！

近些时积存了上述想法，不知有"合理成分"否？

汝昌处署

附 文汇报《"长江杯"笔会征文评选揭晓》

由《文汇报》笔会副刊部与长江经济联合发展集团股份有限公司联合举办的"长江杯"笔会征文,自去年七月始,至今年二月结束。由于评奖工作受非典影响,拖延至今。日前经评委会成员研究投票决定,在征文活动期间发表的300多篇文章中,甄选出六篇优秀作品。现按发表日期顺序予以公布,并对参与此次征文的笔会新老作者表示**诚挚的谢意!**

希望继续关注笔会——你们忠实的朋友!

优秀作品获奖篇目

周汝昌 刘心武

《关于"楠木"的通信》(2002/8/11)

获奖理由:两通关于《红楼梦》的信札。闪电般的灵感和严密的考证中,浮续着中华文化的一脉心香。雅人深致,引人入胜。

〔一〇七〕
周汝昌致刘心武
（2003年8月25日）

     寄心武贤友志贺（用闭口韵）
      奖座诚滋愧，评坛已脱凡。
      灵光乘电悟，理据律军严。
      天桂中秋落，宫榴五月含。
      与君同自勉，贺盏为芹醽。

  奖之本身是个标志性纪念品，真正意义在于这是文化新闻界的第一次公开评奖形式，给了我们（基本论点和治学路向）以肯定和高层次评价——大大超越了目下庸俗鄙陋的所谓"红学"的"界"域，这才是百年以来的红学研究史上值得大书特书的重要事项。那位评委不知是谁，我深感佩。（"界"内的那些人有此水平识见吗？）《文汇》影响不小，是很大的鼓励。

                汝

  希望你写（也许已然在写）一部小说——从太子胤礽的降生到雪芹的去世。不是为了"清代史"，也不是简单化的"图解"《红楼梦》，是为了解说人性、人生的大悲剧，即雪芹提出的"两

赋"的先天问题和历史条件加之于他的后天环境、遭遇、命运。这小说应胜过莎翁的《哈姆雷特》等等。然后拍一部好电影。希望你把一部分精力放在这个主题上，是值得的。

友周汝昌书
癸未七月廿八

我目已不能见字，你的新书连"大"标题字也看不清了，全部文章很想重读一过（包括已知、未见者），但已无办法，甚为叹气惆怅。真想请一"读听工"每日给我念一段，给点报酬，但哪有这种合宜之人。又及。

〔一〇八〕
刘心武致周汝昌
（2003年8月27日）

汝昌前辈：

　　"长江杯"笔会征文能给我们《关于"樯木"的通信》褒奖，确实是对我们"红学"研讨的极大鼓励。这又再次说明"红学"是一个公众共享的话语空间，嘤嘤求友，呢喃回鸣，任何一位"浮续中华文化的一脉心香"的发言者与聆听者，都能到这个空间里撷取灵感的花枝，获得审美的怡悦。

　　您的目力已坏到一眼全盲一眼视力仅0.01的严重程度，却仍频繁地执笔来信，虽然所写出的比蚕豆还大的字往往歪斜、重叠、分裂、缺笔，但我和助手仍把辨认您的每一个字当作极大的乐趣，因为那实际是一次次在中华文化的雨露中沐浴，特别是您无私地将自己掌握的资料、形成的思路以及尚未及面世的研究成果通通告知我，启我思路，任我利用，实在令我感激莫名！

　　曹家从曹寅、曹頫到雪芹，三代人与康熙两立而又两废的太子胤礽，以及胤礽的儿子弘皙之间的扯不断、理还乱的关系，影响着他们家族的命运,决定着家族中每一个人的沉浮,在他们的心理、感情上投下巨大的光影。现在看来,研究《红楼梦》,必须进入这一领域,否则很难把握这部大书的创作背景,更很难把握曹雪芹的创作心理,也就很难把这本书读懂、读通、读顺。这样做绝对不是"离开文本"去"多余枝蔓"或"烦琐考证",恰恰是尊重文本、探求真谛。

比如您这回来信中关于"密""穆"二字谐音相通的内容,有的人可能莫名其妙,哪来的"穆"字啊?原来他看的是根据程伟元、高鹗篡改过的本子印行的《红楼梦》,林黛玉进荣国府,先看到"赤金九龙青地大匾"写着斗大的三个字"荣禧堂",这分明是利用了康熙当年南巡时给曹家题了"萱瑞堂"的生活素材,这个不犯忌,程、高当然不改;但跟着写到林黛玉又看见一副比"金"低一级的錾"银"对联"座上珠玑昭日月,堂前黼黻焕烟霞",这对联是从当时气焰万丈、等候接班的皇太子胤礽的名对"楼中饮兴因明月,江上诗情为晚霞"演化来的,真本《红楼梦》里曹雪芹明明白白交代下面一行小字是"同乡世教弟勋袭东安郡王穆莳拜手书",这实际上是点明了太子身份,程、高立刻紧张起来,马上大笔一挥,改为了"衍圣公"云云。可见不研清史,不研曹家家史,又不研究中国传统文化中"穆""莳"等字可以喻示的含义,怎么读得懂《红楼梦》呢?究竟谁的读法是"脱离文本"呢?助手帮我录入您的来信时问"元春……后为弘历取入宫中"一句里,"取"是否为"娶"的笔误?我告诉他不是。弘晳和弘历是堂兄弟,康熙在世时,他们都是从少年往青年过渡的年龄了,那时候那样的年龄已经可以成婚，正配可以说"娶"，姬妾则说"纳"。弘晳原来选了元春的原型为"妃"，他本是"预备皇帝"的儿子，作为皇长孙，康熙很看好他，也就是说他本来早晚会当皇帝。谁承想他父亲"千岁"却"坏了事"，他当然也就连坐，原来内务府给他选定的"妃"，他无缘享受了，而弘历则可以"取用"，那时那样的女性就是那样地被视为可以"取用"的物品。了解了这种状况，当然有利于进一步理解《红楼梦》里对元春这个艺术形象的塑造。

您上次来信告我，胤礽咏雪月诗有句"蓬海三千皆种玉，绛楼十二不飞尘"，认为与《红楼梦》有明显的互映关系，确实值得注意。曹雪芹诞生不久胤礽就去世了，但弘晳那时正当壮年，因为雍正靠阴谋上台后觉得所面临的劲敌已不是废太子这一支，所以把弘晳放到北郊郑家庄软禁，但那软禁的住所是康熙时让修筑的，光大小房屋就有189间，足够在雍正暴死乾隆上台后成为一个另立内务府九司蓄谋政变的阴谋空间。曹家和弘晳很可能保持着千丝万缕的联系，长一辈把胤礽的故事及其诗作偷偷地灌输给晚辈；在雍正朝初期遭抄家败落而又在乾隆元年得到起复中兴的曹家，在那样的时空里，确实面临着"双悬日月照乾坤"的政治局面，"日"是乾隆，因为其父是阴谋上台，所以许多皇族心目中他仍是"伪日"，而"月"呢，意味着康熙亲定的接班人胤礽及其子弘晳。现在我们可以把《红楼梦》读得更懂，全书以中秋始，以七十五回的肃杀中秋为转折，估计结尾也在中秋，那该是凄楚的"月落"；第一回贾雨村口占的"天上一轮才捧出，人间万姓仰头看",深层的意思是把全书开篇的整个政治局面作了一个透露:弘晳就要上台了!

"月喻太子"("太子"的含义包括胤礽和弘晳),这是我们最新的研"红"感悟,应该以全新的角度来重读《红楼梦》中关于"月"的情节、诗句,探究曹雪芹写下这些文字时的显意识与潜意识,也就是他的创作心理与文理情脉。如凹晶馆黛、湘联诗,"乘槎待帝孙,虚盈轮莫定"两句,有的抄本没有,原来以为是抄手疏忽所漏,现在则觉得"帝孙"分明是指弘晳,面对这样的"碍语",难怪有的抄手将其删去。"三春去后诸芳尽,各自须寻各自门。"从乾隆元年到乾隆三年,是"月"即弘晳图谋颠覆而终被乾隆刈除被定为"弘晳逆案"的情势万分紧张的"三春","诸芳"的悲剧因此也就绝不是什么单纯的爱情悲剧,是脆弱的生命花朵在诡谲的大情势中无法遁逃的凋零悲歌。

您的建议非常好。实际上我已写了逾万字的《帐殿夜警》,把胤礽、弘晳的起落与曹家的盛衰交织在一起,去探究命运与人性,可以算是一个长篇小说的提纲。我将继续在这方面努力。

即颂

秋祺!

晚辈刘心武

2003 年 8 月 27 日

〔一〇九〕
刘心武致周汝昌
（2003 年 8 月 30 日）

汝昌前辈：

  接您处暑来信，非常高兴。正巧《文汇报》"笔会"编辑周玉明来电话，听说您有此信，对评奖有感言，表示愿意再发我们的通信，而且希望能快快给她，于是我就在 8 月 28 日用电子邮件给她发了过去。您的来信，我冒昧地略删了些话，另外还略加了几处括号注释，因为您给我的是私人信件，现在拿出来公开发表，为稳妥计不得不如此，恳请鉴谅！我整理好的给他们的通信形式的文章现另纸打印附上，请审阅。有何不妥处可让伦苓电话告我，还可修正。

  我觉得现在以新的眼光检阅《红楼梦》里涉及"月"的地方，确实会有新的感悟。比如凹晶馆联诗，"乘槎待帝孙，虚盈轮莫定"两句，"帝孙"不知有古典否？不管有无，这不是明指弘晳么？这两句庚辰本里都删了，看来绝非抄手疏忽或者懒惰，因为这实在是"碍语"，好在戚序本等还有，让我们现在读来颇有惊心动魄之感。现在我甚至觉得香菱学诗的三首咏"月",也非泛泛表现其从"不通"到"通"。真感谢您的点拨,我将进一步往深里琢磨。

秋凉了,但乍凉还热,天气状况起伏不定,望多多保重!

晚辈刘心武拜

2003 年 8 月 30 日

〔一一〇〕
周汝昌致刘心武
（2003年9月24日）

心武贤友：

　　昨夜偶从一册书中检出你特为打印的《四仙姑》一文，日期是99.12.14，展眼四年，人怎不老？四仙姑是一大发现。你今下午打电话来，我正看自己讲红电视。此系去年10月3日在现代文学馆的痕影，上星期三放映了前半，今为下半。那回讲得，今日"客观"重温，还算可以。可惜你不知（两次皆中午、下午放两回）。你如有兴致，俟有了录像带或"盘"可以看到。今又约10月1日去讲。这次讲后，即不拟再在电视屏上"露面"了。接电话后，即亦收到《文汇》奖牌了，还是上回的话，此奖可贵，标志红学史上一个关键点，非同小可。麻烦你代我向《文汇》致以谢意。奖牌制作美好。人家为此用了心，怎不感激？小遗憾是：牌上应该用文汇和笔会的原字！怎么都用了"机器简体"？难道若有无聊之辈造个假奖，不是就没顾虑了吗？（因他不敢窃用原字，那是法律之证呀！这点欠考虑了。）

　　你近日如何？要耐心，"伤筋动骨一百天"，虽不宜与宝玉那回"百日"并论，也是可纪之灾了。得奖在你文字生涯中不甚稀奇，但这回性质不同。我又发现太子的诗有一首专咏"檐灯"，让我注目。他为何不用"桅灯"（我家乡叫"天灯"）？他为何喜"樯"而雪芹也特用之？岂不耐人寻味！至于"潢海"，也再补几句：去年（前年？）发现潢水即西辽河时，即揣度本来只是"黄水"，后因恐与黄河相混，方加"水"旁。当时未及细考（小舍连史书也无，人家不信！），今得铁岭李先生据《唐书》等旧史查得，果然原写即作"黄水"。"铁网山"即铁岭无疑义了。近日又思：宝钗一家进京本为"待选"；薛家女"待"的"选"，不是入乾隆宫内，是暗指胤礽弘皙府也——这方是后文再也不提"选"事的真缘故吧？

因此，我又恍悟：第七十二回凤姐梦两个娘娘"夺锦"，也是微微逗露消息——到接近八十回后要害之时了！何等分明。读红楼到八旬上，才读懂了这么一点点，难乎不难？轻言研红，衮衮诸公，未必真得雪芹笔法如生龙活虎、不作一笔"死"文章也。（书内可证者尚多，以后再续。）

我有一小书将出，三月交稿的，因"非典"拖晚了几个月。等书到手，我即电鄂君烦他来取一下，因为是想给你养伤倚榻中破闷。书无太大意义，只是随笔一束耳。

夜已深，即住笔。

专颂

痊安！

盲者汝昌拜书
癸未八月

昨夜写时说有一小遗憾，今又悟，更有遗憾：为何不将评语刻印于奖牌之上？这确是"失计"了。你若《文汇》熟，不妨将此意于联系时顺带表一表，作为"谈资"，无不可也。

　　又，昨写凤姐梦"两娘娘夺锦"，亦不确，应是一娘娘，而与元春非一人。你作何解？

〔一一一〕
周汝昌致刘心武
（2003年10月9日）

心武贤友：

夜书数语为你养伤榻上解闷。养伤万不可急躁，要化不利为有利。你可以运用它，虽不为"修真养性"，也可以涵毓文思，不致光阴虚掷也。

闻你还喜欢《夺目红》，为慰。自去冬手草些小短文，到三月积至百余篇，还想写。伦苓说太厚了，出版社会有"顾虑"，遂暂停。"作者简介"末将"雅人深致"错成"深思"，恐是印者不知此乃《世说新语》谢安之言，误以为当作"深思"。印前发现电告，及印出竟不改，谅仍未弄懂耳。

"读听"你新书中文，觉文笔扎实稳健，词气和雅，而且能够左右逢源，小题而大生发，充实生辉，思路开拓而又细密，故甚赏之。希望不断精进。

《文汇报》处已依嘱分寄拙著各一册，未料三位中竟有二周也。贵阳《红楼》虽内部刊物，实际影响很广，可以及于域外，且又不影响再次正式发表，似不妨偶一为之。今日已于文学馆取得《老舍之死》。四川邓君之事不必介意，今后我注意，不以电话告人（我处亦有此苦，疑是网上泄露）。

有一琐末细节：望行文时避免用"该书"等字样，因那是帝王时代的衙门咨文或奏折的官用语（不再重写细致的各种名称，用"该衙门""该犯"……代之。文学中不可用，应即云"此书""那部书"……）。

拉杂再谈。

祝

康复！

盲友汝拜
癸未寒露节夜

如你新书中若只看"烟画"之题，会以为"闲文"无关，而读后方知大有生发意趣，余则喜之。又插以麝月、傅秋芳之图，极可珍赏——此方是会心不远也。我也有过烟画（津语叫"毛子片儿"，盖"烟卷儿"，原为洋货也）。又及。

〔一一二〕
刘心武致周汝昌
(2003年12月31日)

汝昌前辈：

冬至日惠书收到，甚喜。我脚伤已愈，可自由行走了，请释念。

我在人民网上与网友的对谈，可烦伦苓代我选几段念给您听，其中一段抨击了"学阀"，网友颇有共鸣。电视剧《曹雪芹》无论有何缺点，映证了自传说，是一大功劳。

《夺目》已印达四万，实非偶然，人心向真向善，是"学阀"们阻挡不了的！

多多保重！

再拜再拜！

（左上是我在郊野的水彩写生的照片，见笑！）

〔一一三〕
周汝昌致刘心武
（2004年2月3日）

心武贤友：

　　立春前夕传来与网友之对话，深感兴趣。那些提问都赋予含义，答起来也十分不易，而你答得那么好，让我高兴！所云雪芹曾住岫岩，对海城大孤山珍谱，甚奇。虽尚难遽判真假，也觉可喜。网上音讯，有时靠不住，但治学不宜掉以轻心，应多闻广思。如可能，望再拜询，请他进一步提供细节。伦苓云署名L.X.H.L，疑或应是L.x.h.g.，则可假设此人名"陆晓红"也（一笑）。

　　Good Evening!

周汝昌
甲申正月十三之晚夕

〔一一四〕
周汝昌致刘心武
（2004 年 5 月 21 日）

心武学友：

　　知已惠允为"红画"撰"说明词"，喜甚。且确很紧，但念撰说明不需太详太长，只要画龙点睛。我们不是重复"故事情节"，因为原件每幅附有"回目"，相当清爽（一回一幅的，用原回目；一回多幅的，还加撰新回目，很别致有趣）。略熟红楼者一望可知所画的景，不必我们重复。你我也可错综各选其注意点，也不叠床架屋。希望你多为画艺特点欣赏上讲讲，因毕竟是画为主题也。画师孙温似生于嘉庆末，1818，比我大 100 岁。画上最早痕迹则是光绪三年丁丑。他画到 80 回戛然而止；然后另人画了 20 回，从"101 回"孙温又画——画到"112 回"，然而中间 × 回无画，实只接了 7 回即止。看来他对后 40 回没多〔大〕兴趣。此现象使我深思，也会在题诗"后记"中说明，所以我对后 40 回的画不拟多赞——此为学术立足点，不能改移。不知兄意妥否？（若 9 月太紧，估量亦可推若干日期。）

　　匆匆。

汝昌

甲申四月初三

〔一一五〕
周汝昌致刘心武
（2004年10月22日）

心武贤友：

日久相念，想你一切顺遂。我事冗杂，难细述，精神还行，可勿挂虑。

红楼画册只出很少数样本。盛暑中还是为题了小诗，难言佳句，凑数而已。沪《新民》报出一短文，云有专家鉴定前80后40为一人（孙小州）所绘，云云。我让孩子细看，说不同意"一人"之说。此点你如何看法？可于电话中略示。据悉有记者采访"霸主"，他答：红楼是以文字为主，画册不足重……盖旅顺早让他看过，只因是"丰润"的画，所以便一力加贬了。可发一笑亦一叹。拙著《石头记会真》已侥幸即成，友好体谅皆自购，我就不分送了。

听说网上有售，价可低至600，但此书乃"工具书"，如无多大必要，亦不必购置（十大册很占地方）。

你近来有何新作发表？山西社的书何时可出？明年全国书市将在天津举办，愿你新书正好赶上。

听说"红会"刚上扬州开了会，会长改选了——当然还是"垂

帘听政",或做"太上皇"耳。

字益难认,无可如何。

祝

重九好!

汝昌

〔一一六〕
周汝昌致刘心武
（2005年1月3日）

心武贤友：

　　今日得来电云，新年假中尚能畅阅《会真》，令我感叹。不是个中人，不是懂学问，哪能看得下去，遑论能读出滋味来？是以欣慨交加。但如此工程，我一无目之人，岂能望其质量水平而不致讹谬多多乎？但此书乃"命运的书"，命该如此，我只能承担一切学术责任，不怨天，不尤人，亦无"牢骚"可云也。元日下午正收到新印的"简本"——即"白文本"上下二册，当敬赠一部，置之于手边较为方便耳。日前见《文艺报》刊出一文，谓"三脂本"是民国时伪造品……我看此报从来不登"红"文，而今竟刊出这样奇文，心甚异之。（忆拙著《文采风流第一人》出后，梁归智兄写一书评，伦苓电话问该报感兴趣否，答言"我们不登书评"！而当时当日的该报天天有书评！岂不令人费解？不是非人家刊登，是说为何那么"怕"雪芹传记著作？还是"怕"登关于不才的文章乎？因与今日刊出那文章对比，不免"有感"。博兄一笑！）

　　你为孙温绘"全本"红楼册写了文章吗？甚盼惠我一读。邓

遂夫的《草根红学》寄你了吗（还开了座谈会）？琐闻不时有之，容再叙。

新年纳福！

周汝昌

〇五、三日之夕

〔一一七〕
刘心武致周伦苓
（2005年1月17日）

周伦苓女士：

得周老3日一信，非常高兴。

现将我写的关于孙温所绘套图的文章传去，或可先读给周老听一下。此文我11月投给了《中华读书报》学术双周刊，他们也没有回复，不知是否会用。先请周老和您指正，现在还来得及改动。

颂

新祺！

刘心武

2005年1月17日

〔一一八〕
周汝昌致刘心武
（2005年1月23日）

听读心武兄书评新作十分精彩喜而赋诗

辨画题封议总超，善察能悟是英豪。
鸣钟何故定三点，便解其中识见高。

曹家绘素有斋坊，一册全空义未详。
狗尾安能冒貂美，丹青笔下有平章。

溲阳二字遭人忌，妄贬丹青语欠通。
若谓红楼是文字，缘何影视也称红。

2005年1月23日

〔一一九〕
周汝昌致刘心武
（2005年2月11日）

心武贤友：

　　年前年后均承电贺，感在心头。病耳困我不能"海阔天空"与你畅谈，实一恨事。你新著《红楼望月》何时出来？书名大佳！《法制报》漫画已见，趣甚趣甚！将你排在他后，却是一个真胜利。这就行了。昨闻人言霸主缔造的"研究所"已瘫痪（人都没了，每年坐食，拿不出"研究成果"……），已告撤销，只留《学刊》云。已是穷途末路，令人深思。近又方知去年他们炮制的扬州"红会"改选，由其代理人物×××当"会长"，他退居"顾问"，当然还是垂帘听"政"；但仍将我扯上，做什么"顾问"！我并不知，也无"通知"，本当写信质问澄清此名义，但我连给他们写信的"兴致"也无——太瞧得起他们了。

　　×××昔年"反×"骨干，而今是头号亲信——所以推荐升了"副院长"。此人手段高明，代他欺我：前年腊廿八，命伦苓急交照片，赶赴交去，问何用，不答，只言"办个证"。然后当月工资即扣发，问问，说"你已退了"。国法规定：退前正式通办手续、签字……一月后始照退者扣发。可他们如此横行，欺侮一个"无能力者"！我和孩子们多次向中央投诉，竟无任何

反响——统战部说他们的"报告"说是周汝昌的事已圆满解决，他本人很"满意"云云！！！你看看，堂堂人民共和国的文化部机构，其行为竟是如此，能相信吗？——没想到，贺年的拙札竟成"牢骚"话一大堆。供作日后之文资可也。

味
乙酉·正·初三

附 刘心武：薛宝钗的绣春囊？

在《许姬传七十年见闻录》（1985年5月中华书局第一版）里，有一段《徐仅叟谈红楼梦》引起我的注意。徐仅叟是许姬传的外祖父，在清朝曾官至翰林院侍读学士，因上疏向光绪皇帝举荐康有为、梁启超等人，在戊戌政变失败后，被判"绞监候"（相当于死缓），到庚子事变时才侥幸出狱，后隐居杭州。这是位饱学之士，琴棋书画样样精通，还会唱昆曲，更精于医道。他熟读《红楼梦》，而且见解独特。据许姬传的回忆，他少年时代，曾亲见耳闻外祖父徐仅叟与客人畅谈《红楼梦》，那些客人都是当时的著名文人方家，有陈散原、冒鹤亭、夏剑丞等人。

徐仅叟指："曹雪芹写书的方法，有些从正面写，也有从反面写，或者从夹缝里写。书里有些人描写得温慧贤良，端庄稳重，骨子里却做了不可告人的隐事……可以研究一下书里的谜。"接着便问："傻大姐拾的绣春囊是谁的？"夏剑丞说，书里写到在迎春那里，从大丫头司棋的箱子里，搜出了潘又安的情书，上面提到香袋，这绣春囊，分明就是司棋的嘛。徐仅叟却道："这是曹雪芹布的疑阵，如果信以为真，就被他瞒过了……"大约一盏茶时，众人都答不上来，徐仅叟便抛出他的谜底："绣春囊是薛宝钗的！"举座吃惊。

不管你是否认同徐仅叟的见解，有一点是必须肯定的——他阅读《红楼梦》很细。在抄检大观园一回里，写到从司棋箱子里抄出了一个小包袱，打开看时，里面是一个同心如意并一个字帖儿，那字帖是大红双喜笺帖，上面写道："上月你来家后，父母已觉察你我之意。但姑娘未出阁，尚不能完你我之心愿。若园内可以相见，你可托张妈给一信息。若得在园内相见，倒比来家得说话。千万千万。再所赐香袋二个今已查收外,特寄香珠一串,略表我心……"这个笺帖固然坐实了司棋不轨的"罪名",但所提到的同心如意、香珠都并非绣春囊,而且香袋是司棋送给园外的潘又安,被郑重查收了的。在古代,无论男女,都有在腰带上佩带种种小零碎物品的习俗,《红楼梦》第十七回,写到一群贾政的小厮为了和宝玉表示亲和,围上去,不容分说,将宝玉所佩之物,包括荷包、扇囊等,尽行解去。还写到林黛玉为此生气,把特为宝玉做的而尚未完工的一个香袋给剪破了。绣春囊虽然也是香袋之一种,可是它很特殊,被俗称为什锦春意香袋,不仅那上头会绣着"两个人赤条条的盘踞相抱"一类的色情图画,而且里面装的,也是媚香、春药之类的促性发情的东西,而非一般的香料、槟榔等物品;这样的香囊有时会被藏在怀中,轻易不会露出来。书中写到过司棋与潘又安在园里幽会,被鸳鸯撞见,后来司棋忧虑而病等等情节,但并未写到司棋为丢失绣春囊而惴惴不安,而且搜出她的"赃证"后,她倒并无畏惧惭愧之意。既然从文本上并不能找到那绣春囊肯定是司棋的有关交代,阅读者根据自己的理解加以猜测,则是无可厚非的了。

书中写到,王夫人见到邢夫人封交的绣春囊后,首先想到是贾琏从外头弄来,凤姐当作了"闺房私意",不慎遗失到了园子里。凤姐又急又愧,登时紫涨了面皮,依炕沿双膝跪下,含泪抗辩,除为自己和平儿洗清外,又把怀疑面引向了贾赦的侍妾嫣红、翠云,贾珍的侍妾佩凤,甚至"不算甚老"的尤氏……但值得注意的一点是,无论王夫人还是凤姐,她们的首选嫌疑者都是已婚的、有"房事之乐"者。而徐仅叟作为一个细心的阅读者,很有点立足于"接受美学"的味道,从文本引申出他的思路,最终把"谜底"投射到了薛宝钗身上。他的根据大体如下:书里写到,抄检大观园时,同是亲戚,林黛玉被抄了,而薛宝钗却抄不得;事后薛宝钗反倒立即托词迁出大观园"避嫌",还在尤氏挽留时,说出"你又不曾卖放了贼"那样的怪话；薛宝钗平时罕言寡语，人谓藏愚，安分随时，自云守拙，其实她工于心计，见多识广，她家开有当铺，她认得当票，她哥哥误把画春宫画的唐寅认作"庚黄"，自然那一类的东西很多，她在抓着林黛玉说酒令时引了两句《西厢记》《牡丹亭》的"小辫子"后，竟以势压人，要审黛玉，并称自己小时姊妹兄弟一处，也"怕看正经书"，见识过不"正经"的玩意儿；进京后她家人口简单，居处不大，哥哥的春宫画，想必也"欣赏"过；以滴翠亭她在小红、坠儿前毫不犹豫地嫁祸黛玉的行径，可以"举一反三"，推知她会拥有从哥哥那里得来的"市卖"的绣春囊，她就是那么一种让你"知人知面不知心"的、最出乎人意料的复杂人物。

我并不同意徐仅叟的推测。其实，他应把他的思路加以精密化，比如说，想到香菱曾进园与薛宝钗一处居住，且有斗草换裙等行为，作为薛蟠的侍妾，她有绣春囊的可能性，是大过薛宝钗的，但宝钗见过她的绣春囊，见怪不怪，是可能的；这样也更能解释清为什么在抄检后，薛宝钗要尽快离开那块是非之地。

徐仅叟一家之言的意义，并不在猜谜道底本身，而是从一个侧面印证出，曹雪芹在人物描写上、情节设置上，达到了多么高妙的地步。比《红楼梦》晚出很久的，西方文豪笔下的包法利夫人也好，安娜·卡列尼娜也好，都道是性格复杂、立体化，可是究竟还能说得清她们是怎样的人，而光是一个薛宝钗，她生动得那样复杂，立体得那样难以说清道明，以至仁者、智者对她的理解竟能分驰得那般厉害，并且一个关于绣春囊究竟系谁所遗失的情节，能给以阅读者那么丰富的揣想空间，对此，我们能不击案赞叹吗？

〔一二〇〕
周汝昌致刘心武
（2005年4月22日）

　　承示赐函，我也得以重新温习了这一关系雪芹生卒的大问题，十分感谢。至于其他几点，更难书写明白，请多原谅，希望还有机缘相互切磋。
　　顺颂
研祺！

盲者周汝昌
乙酉三月十四

〔一二一〕
周汝昌致刘心武
（2005年5月11日）

闻心武兄新书梓成喜切赋诗

红楼望月月华生，素彩乾坤一倍明。
三春事业东风弱，饯了群花落绛英。

乙酉四月初四夜独坐抚怀自遣
解味八十八灯下书

〔一二二〕

周汝昌致刘心武

（2005年5月29日）

心武贤友：

多谢佳茗与新书，前言笔力甚健，神完气足，未易多觏之作也。

前多日即定小诗，□□□□。（编者注：此为周老亲笔，字迹模糊无法辨认）

素彩乾坤一倍明，凭栏望得月华生。

人间万姓凝眸处，钩影弯环见可卿。

此诗题"望月"，尚可贴切，不知兄以为可诵否？昌平郑家庄发现铜井，颇觉有味，冀尚有更重要者埋藏未闻耳。旧年我曾烦小友去访察考探，□□尚有石碑（只记得兵官规制很特别……），我意兄所居别墅若距此地不是太远，若能亲赴考究，应有收获，不可忽也。

拙著《定是红楼梦里人》有暇请赐目，有何感想，不吝函示为幸（见错字也请惠一勘误表）。

谢谢！

周汝昌

乙酉四月廿二夕

附 周汝昌《诗赠心武兄赴美宣演红学》(2006年3月13日)

近悉作家刘心武先生将赴美宣讲《红楼》之"梦",喜而赋诗送行,并以小文记此一事,或有愿闻者,故披露于报端。方家大雅,当有解味知音,亦可存也。诗云——

前度英伦盛讲红,又从美土畅芹风。
太平洋上朱楼晓,纽约城中绛帐崇。
十四经书华夏重,三千世界性灵通。
芳园本是秦人舍,真事难瞒警梦中。

如今为了让年轻一代读者易于理解,于此文末附以简释,逐句而粗为解说——

首句是说,刘先生前年曾受邀专赴伦敦讲了一次"红学",深受欢迎,影响远播。故第二句即言,今番又受邀专赴纽约去讲雪芹之书、《红楼》之学。"前度"者,暗用唐贤刘禹锡"前度刘郎今又来"之句,巧为关合。"畅芹风",仿古人"大畅玄风"之语法("玄",指老庄哲理)。

第三句写飞渡大洋时,目睹云海朝霞,如红楼乍曙之气象。第四句之"绛帐"是借古代名师讲学时设绛帐,正可借为今之"讲座"语义。绛帐与朱楼对仗,自谓异常工巧。

以上为首联、颈联四句。以下腹联为第五、六两句了:上句何谓耶?——是说中华本有十三经是国粹,我则提出,应将《红楼梦》列为十三经之后一部重要经典,称之为"十四经"——有了这一经,华夏民族文化精髓又增添了重要的分量！下句则指明"红学"的宣演推广，将为世界各民族国家的交流融会带来新的美好前景。

尾联是点睛结穴之处：讲的是大观园"试才"时，清客相公题一匾曰"秦人旧舍"四字，宝玉听了，在他的评语中首次点破了全书中的一大秘密：此园此境，乃是"避秦人"的曾居之所——建园省亲而道出此等"逆语"，可骇可愕！而宝玉也忍不住说：这越发过露了，此是"避乱"之语，如何使得？！雪芹在此，用了书中唯一的一处特笔，揭破"过露"的背后深层，正是政治局势双方较量而招致的巨变和大祸！

末句总结之意：由此可悟，雪芹原著，开头即"自云"历过"梦幻"，故将"真事"隐去，假借灵石下凡而"敷衍"成一段"悲欢离合"的传奇故事——这隐去的"真事"，就是我们致力探佚的重要目标，亦即理解作者作品动机大旨、一切价值意义的唯一一把钥匙。

丙戌仲春之月

（2006年3月29日刊于《北京晚报》）

〔一二三〕
周汝昌致刘心武
（2006年3月23日）

心武贤友：

　　你到哥伦比亚大学，正好拜访小说权威夏志清大师；你们已有交，更好，若尚无，我写封介函给你。你行李书物若非太重，烦带两册拙著，可以吗？请电答我女儿即可。

　　匆匆问好！

周汝昌
春分后二日

〔一二四〕
周汝昌致刘心武
(2006年4月3日)

心武贤友：

书二册，信札一纸，拜烦吉便，其他不敢琐渎。书是给夏志清、唐德刚二公的。你不必多费事，交给那个学会的人，定能转到。在美高兴时，用手机联系联系，告我简况。不多写。

专祝

航程大吉！

周汝昌

丙戌清明前二日

〔一二五〕

周汝昌致刘心武

（2006年6月30日）

心武贤友：

如已动笔以"会真简本"作文本而加评点，望注意改错——

①"座上珠玑"联之署名下旧加按语（以为影射平郡王），乃最早之看法，出版时忘记改正。旧按应删。

②第20回贾政唤宝玉来，吩咐入园。宝玉一进来，迎、探、环三个站起来，应作探、惜、环三人站起。

③第63回开夜宴，春燕去请林、薛、史三位，忘将"云姑娘"三字删去，此乃舒本妄加，失校。

天热了，注意勿过劳。听说你将在中央台续讲，喜甚；已讲者重播，定于何时？如已有定规，望告知。

六月六，看谷秀。祝

笔健如谷之秀！

周汝昌
丙戌六月初五夜草

〔一二六〕

周汝昌致刘心武
（2006年7月10日）

荧屏上重见刘心武讲红又作小诗纪事

（其一）

前度刘郎今又来[注一]，几家瞩望几疑猜。
红家本属十台品，赢得新登第一台[注二]。

〔注一〕此是唐大诗家刘禹锡原句。

〔注二〕中央电视台《百家讲坛》非轻易可登者，如今春邀我讲时原约定是还要在第一台播出的。为此两次费却七小时之多，在场聆者云讲得不错，然至今未见能于第一台显像，可见其品位难攀矣。

（其二）

风采无殊妙语精，刘郎重见彩屏明。
女郎最爱刘心武，满座喧然喜笑生。

（其三）

红楼本是曹家事，偏写村庄姥姓刘。

善讲抽柴动听众,多情公子问根由。

（其四）
天香楼阁事宜删,言语荒唐泪最酸。
此系雪芹真意味,红楼非梦是人间。

（其五）
文旌四拂焕嘉声,又向香江冒暑行[注三]。
不畏蒸炎为何事,为红辛苦志光荣。

〔注三〕心武应香港之邀将于本月18日启程南下。

周汝昌

丙戌六月十五

心武兄：

　　诗五首,以纪一时情态。如欲代投京《晚报》,请婉示熟识编者勿作改动,如一二字句间有疑问,可联系商量再定；如以为有碍而不欲刊用,也就算了。

汝昌拜启

〔一二七〕
周汝昌致刘心武
（2006年11月27日）

心武贤友：

今又听读25日《今晚报》讲护官符一节，甚喜。益信我"善察能悟"之言并无虚许。读书用心之细，是真功夫，但细是求悟，而悟即灵性是也。某些"跳梁小丑"对此相距十万八千里，沾不上边儿，永世是望不到红楼大门的。文化层次、档次不在一个水平线上，辩又何益，真可笑也。

所举紧跟回目并有横标"题曰"或"诗曰"的五七言绝句，应称标题诗，是作者手笔，若系批者之诗，则应谓之为"回前诗"（与回前批一词同列）。如此，则不虑相混矣。

汝昌

丙戌十月初七

〔一二八〕
周汝昌致刘心武
（2006 年 12 月 18 日）

心武贤友：

我们的书年底准可出了，不禁"心血来潮"，忽然想起温总理对文艺界的这次讲话十分之重要，因而与你商量，可否将新书呈送于他？似可引起他的关注和引发他对这项文化重点工程的兴趣。我这冒昧之思，可行吗？

如以为不妨试试，似即由出版社领导以适当渠道、方式上达。如你不愿这么办，则是否可以赠送联合国教科文组织一套新书（附以简短说明），也可扩大影响（？）。

想到就说，勿哂也。

从"形势"看，媒体刚一提到你的"续 28 回"，攻击立即开锣——我们以新书为"实力"，与之"斗法"，岂不比空话好？

近嘉！

汝昌

丙戌十月廿八

〔一二九〕
周汝昌致刘心武
（2007 年 1 月 21 日）

心武贤友：

开年六日盛会，未能同座，深以为憾！至今缠缠绵绵，低烧游动起伏，以至打针、吃药、输液……困卧闷甚。听女儿读你的新书，紧扣咬文（close reading），忘疲的功力，深切的感受，智慧的领悟，精彩的表达——自愧寡陋，未见哪个"主流"能道得出半句。欣喜鼓舞，希望能读到你更多这样的有文化深层和审美境界的文章。

有若干蝉鸣鸦噪，只能自献其不学、无知、可怜、可悲。但愿他们能够自己反省、修持，代他们祝福吧。

近好！

汝拜
丙戌大寒次日

又，听读你的书，至你明确认同脂砚与畸笏为同一人，皆为湘云化名一节，尤为感幸。湘云在书中之象征有三禽：鹤、雁、鹜。"落霞与孤鹜齐飞"、"折足雁"、宝钗的风筝"七只大雁"，菊花诗内多处说雁，离散失群、孤处相思等，专指湘云。

而"畸笏"即孤鹜（笏，一音 wù）。至于"叟"，又即"嫂"之谐变换词，其实趣甚。

汝昌又启

〔一三〇〕
周汝昌致刘心武
(2007年2月10日)

心武贤友：

今日祭灶王，儿时乐趣一一现于心头。我仍输液，腊尾家务、酬应忙乱，但仍寻少量时间听读你的《古本》讲话。于此等话题中竟蒙为我辩护诸处，感切于心不能去怀，写几句致我谢忱。比如"迎王师"，也有人借此攻击，岂复有天理——日本天皇宣告投降后，我乡居静候七个月之久，莫说共军，连国军也无半个影子！最后是从大沽口飞机不断整日运到的美军前来津沽受降，那时叫"盟军"，人们欢慰之状夹路伫迎，美国大兵则竖一大拇指，口称"顶好"……我们自有爱国史页，谁为之撰写真实乎？！

是以，听你之文，我悲感不已。

送"汇本"上达一事，多蒙协助，已收到中纪委吴官正同志回信，十分热情，特报。

新春年禧！

汝昌

〔一三一〕

周汝昌致刘心武

（2007年2月18日）

心武贤友：

今日元旦佳节，向你祝贺新春大吉大利，更胜往年。

腊尾《人民政协》刊文，是"××"搜罗一伙人，开了会，庆祝"人文社""红研所"校本25周年，发行三百七十万册云云。此乃专门针对"周汇本"而布置的"阵势"。"××"因此升官发财，直到如今。

其实当时正是我向中央陈请务宜出版一本佳校本。而他钻空子、摘桃子，企图"扼杀"我与家兄的矢志与宏愿！（具体经过、种种细节，容以后有机会再详诉。）

今日得你之助，竟能出版"人民社"新汇本，不禁感慨万端。这是一个大胜利。他们有点儿惊慌、气急败坏吧？"隆重庆祝"那个"25周年"，似乎声势也难大"振"吧。

霍国玲、紫军新书，想已见了？也是支援你，批斥他们。四川"奇女"27岁胡楠新出《梦续红楼》，共28回，已见否？无论写得如何，总是值得关注、赞叹、扶植的。反对者泼冷水，说什么"不管谁续红楼，都是狗尾续貂"云云，这貌似公平，其实胡楠之续红楼，正是为了反对高续，而试图恢复雪芹原著。而泼冷水者却把两者混为一谈，实质上还是为高鹗辩护。

在"25周年会"上又批"学风不正"了！呜呼。

祝

生活大吉祥、事业大有为！

汝拜

附 刘心武、梁旧智《推荐〈红楼梦〉周汝昌汇校本》

人民出版社 2006 年 12 月第一版的周汝昌《红楼梦》汇校本,是一个非常珍贵的古典文学读本。

由于曹雪芹的《红楼梦》在流传的过程里,出现了多种不同的版本,十八至十九世纪有手抄本,有木活字摆印本,到二十世纪初有石印本,再后又有铅排本,为了便利读者阅读、研究,新中国成立以后,多次整理、出版《红楼梦》,有供一般读者阅读的"通行本"(即封面署曹雪芹、高鹗著的 120 回本),也有各种古本单本的排印本(有的加注释)或影印本,也出版过如俞平伯先生用几个古本互校的特色本,但一直缺少一部把现存诸多古本尽可能全部找齐,逐字逐句比较、研究、斟酌、取舍的汇校、精校的本子。人民出版社 2006 年 12 月第一版的这个经周汝昌先生在出版前再加精心厘定的汇校、精校本,补上了这个历史空缺,使全球的《红楼梦》阅读者和研究者,获得了一个弥足珍贵的《红楼梦》新版本。

周汝昌先生开拓这项工程,是在 1948 年,从胡适先生那里借到古本《脂砚斋重评石头记》(甲戌本)后,立即录副,与其兄周祜昌一起,迈出第一步的。其后历经半个世纪的岁月风云、人生沧桑,坎坷备至,摧毁重来,周祜昌先生去世后,周汝昌女儿周伦苓又参加进来,一家两代三人,私家修书,克尽困难,终于大功告成。因最后由周汝昌先生定稿,此书汇校者只署周汝昌一人之名。

这个汇校本,是把他们在工作期间所能搜集到的十一个古本,逐字逐句进行对比、研究,再经讨论、斟酌,选出认为是最符合或最接近曹雪芹原笔原意的一句,加以连缀,最后形成的一个善本。汇校中还加以必要的注释,向读者交代,为什么选这样的字、这样的词、这样的句子,以及为什么要保留某些篇章、段落。比如我们一般人所读到的"红学所"的校注本（人民文学出版社1982年第一版），这个本子不是把现存古本逐一对照汇校，而是以一种古本"庚辰本"为底本加以修订的一个本子，它有优点，却也存在明显的缺憾——比如曹雪芹在全书第一回之前写的《凡例》，它只把其中很少的一点取用在第一回正文前面，用低两格的格式作一特殊处理，这样，就使得读这个本子的广大读者，不能读到完整的《凡例》，而周汇本《红楼梦》却完整地呈现出了曹雪芹写在第一回前面的《凡例》。类似的优点，周汇本比比皆是，不胜枚举。

初读周汇本，因为对已往印行的通行本印象已深，往往会有惊奇甚至不解的反应:这回目、句子怎么"眼生"呀？这字怎么会是"别字""错字"呀？但细读细思，特别是看了周先生加的注释，就能理解，那"眼生"的回目或句子，更接近曹雪芹的原笔，而有些字那样地"不规范"，正说明曹雪芹当时创作这部白话小说时，往往不得不"借音用字""生造新字"，使我们懂得1919年以后的"白话文"，有一个逐步演化、规范的过程，通过读这个周汇本，也能使我们对母语文本的流变，有所憬悟，这也恰是这个周汇本的一个特色。

周汝昌先生的学术观点，是认为曹雪芹大体写完了《红楼梦》，全书不是120回，80回后还有28回，全书的规模是108回；认为高鹗的续书违背了曹雪芹的原笔原意，应在出版上与曹雪芹的《红楼梦》切割开。因此他汇校的《红楼梦》只收80回。但为了一般读者能了解曹雪芹《红楼梦》的全貌，他将自己对曹雪芹《红楼梦》80回后的内容，多年来进行探佚的成果，浓缩成文，附在书后，这样，就使得这个本子不仅具有最接近曹雪芹原笔原意的特色，也满足了一般读者希望了解到曹雪芹的《红楼梦》全貌的愿望。

人民出版社所出的这个周汇本《红楼梦》，编辑精心，印装雅致，为广大的《红楼梦》爱好者、研究者提供了一个难得的汇总精校本,我们推荐其参与政府奖(图书奖)的评定。

辽宁师范大学中文系古典文学专业教授
俄罗斯圣彼得堡大学客座教授　梁归智
中国作家协会《人民文学》杂志原主编、编审　刘心武
2007年8月6日

〔一三二〕
周汝昌致刘心武
（2007年5月20日）

闻心武兄再现荧屏赋小诗寄之

前度刘郎自在身，桃花流水净无尘。
名园本是群芳境，病树方惊万木春。

群情公论又如何，真理长存岂易磨。
李杜文章也蒙垢，人间不废在江河。

周汝昌
丁亥四月初四

〔一三三〕

周汝昌致刘心武
（2007年6月17日）

心武贤友：

　　自沪、杭、宁等地归来，想已安静解除旅行辛苦。古历四月二十六为雪芹生日，《中国日报》（China Daily）特为刊出整版专题文，内中有我提及兄处，我力赞兄之见地、学力，并表示在红学上支持兄之观点。因不知你已见此报否，故略述之。匆匆。

　　特颂

端午节！

周汝昌
初三夜

〔一三四〕
周汝昌致刘心武
（2007年7月9日）

心武贤友：

聆读兄文，殊以为佳。今之文家多不知"文笔"为何至矣，八股气永难解脱——非文之八股，人之八股也。

代我谢谢《乱弹集》，我也很高兴。附上小诗两首。

汝拜

丁亥五月廿五

听读心武文

刘严相会大行宫，艳说江城府署红。
主北主南各自异，何妨谈笑两心同。

笔健文舒意味长，有情有理各相当。
行云流水如闲叙，谁识朱弦富抑扬。

〔一三五〕
刘心武致周伦苓
（2007年10月8日）

周伦苓女士：

　　人民文学出版社拟出我一本《红楼心语》，内容与《揭秘》完全不重复。全书分三辑。

　　第一辑里收入我在《当代》杂志上发表的八篇文章，每篇都有万字出头。

　　第二辑收入的都是短文，每篇从《红楼梦》里一个人物的一句有特色的话出发，进行发挥。

　　第三辑收入《见识狱神庙》《邂逅大行宫》等文章。

　　我想请周老口述一篇短序，不知可否？

　　我每辑传去一篇文章，可否在周老精神好时念给他听听（长文可以选片段读读）。

当然，如果周老听起来吃力，就由您读了介绍一下也就行了。

此事不着急。10 月中旬能有短序就行。

代问周老好！

刘心武

2007 年 10 月 8 日

（丁亥八月廿八）

附 周汝昌《〈刘心武揭秘红楼梦〉（第四部）代序——善察能悟刘心武》

刘心武先生，大家对他很熟悉，蜚声国际的名作家，无待我来做什么"介绍"，何况，我对他所知十分有限，根本没有妄言"介绍"的资格。但我对他"很感兴趣"，想了解他，一也；心知他著作十分丰盈，然而并不自足自满，仍在孜孜不息，勤奋实干，对之怀有佩服之敬意，二也。如今他又有新书稿即将梓行，要我写几句话，结一墨缘。这自是无可婉谢、欣然命笔的事情。所憾者，因目坏无法快睹其书稿之全璧，唯恐行文不能"扣题"，却是心有未安。

刘先生近年忽以"秦学"名世，驰誉海内外。这首先让我想起"红学""曹学""脂学"……如今又增添了一个崭新的分支"秦学"。我又同时想到"莎学"这一外国专学名目，真是无独有偶，中西辉映。

因在20世纪40年代"负笈"燕园时，读的是西语系，所以也很迷莎学，下过功夫，知道莎学内容也是考作者、辨版本，二者是此一专学的根本与命脉。没听说世界学者有什么不然或异议。可是事情一到中国的"红学"，麻烦就大了。比如说，胡适创始了"新红学"，新红学只知"考证"，不知文学创作。批评者以此为"新红学"的最大缺陷。如今幸而来了一位名作家刘先生，心甘情愿弥补这一缺陷，对于红学界来说，增添了实力，注入了新的思想智慧，我们应该表示热烈欢迎。我们的先贤孟子还讲过读其书、诵其诗，必须知其人、论其事。人家外国倒没有洋孟子，怎么也正是要读其书、诵其诗，知其人、论其事呢。据说有一对夫妻学者为了"寻找莎氏"，查遍了英国国家档案馆的上千万件资料去"大海捞莎针"，每日工作多达18个小时，结果如何暂且不论，我只感叹难道"红学"是"中"学，就不能与"西"学同日而语吗？

因此又想，考作者、辨版本是世界诸大文学巨人不朽名作研究过程中绝无例外的，也是没有异议的。唯独到了中国的"红学"上，一涉及考作者、辨版本这种世界性的普遍研究工作就被视为是什么"不研究作品本身""不研究文学创作""光是考证祖宗八代"的过失，甚或是一种错误，这就令人费解了。

《红楼梦》是一部多维结构、多层面意蕴的巨书奇书——奇就奇在一个"多"字，既丰富又灵动，味之愈厚，索之益深，谙之不尽……除了反映历史、社会，感悟人世人生，赞颂真善美，悲悼真善美被践踏、被毁灭而外，作者雪芹也十分明确表示：全部书的大悲剧，是女儿的不幸命运，而其根本原因是"家亡人散各奔腾"，是"事败休云贵，家亡莫论亲"，是"树倒猢狲散"，是"食尽鸟投林"这条极关重要的命脉。而这一命脉却被作者雪芹有意（也是无奈地）不敢明言正写，只好把它"隐去"，又只好将隐去的"真事"变称为"梦幻"。既然如此，研究者就必须从那隐去的真事中去考明这个"家亡人散""事败休云贵"的历史本事。

由此看来，作家刘心武的"秦学"，正是要为解决这个问题而努力工作。他在这一方面有其前人所未道及的贡献。此贡献并不算小，也为红学长期闭塞的局面打开了一条新蹊径，值得重视与深入研讨。一个新的说法，初期难保十足完美，可以从容商量切磋，重要的不是立刻得出结论，而是给予启发。

考论《红楼梦》，揭示《石头记》中所"隐去"的"真事"，都不可能指望写"明"载"入"史料档案之中，若都那么"天真"，孟森先生这位真正的老辈史学专家也就不必费尽心力地去撰作什么清代"三大疑案"了。史学界也早就揭明：雍正为了不可告人的"内幕"，让张廷玉将康熙实录——六十年最丰富的史册——都删得只剩了有清一代皇帝实录中的最单薄的一部假"实"史，你要证据吗？没有的（删净了）就都不能入"史学"，这理论通吗？如果不甘愿受雍正、张廷玉、乾隆、和珅之辈的骗，而探索雪芹所不敢直书明言的史实，就必须有"档案证据"才算学术，我们如果以那样的学术"逻辑"来评议红学中的研究问题，就有利于文化学术大事业的发展繁荣吗？

从本书我见到了王渔洋《居易录》中只有康熙原版才得幸存的康熙南巡随处写匾、太子随侍写联的真实记录，这条珍贵的资料正可佐证荣禧堂匾联的来历问题。至于联文是否自撰，抑或借用唐诗，与我们的主旨并无多么重大的关系。康熙所说"此吾家老人也"——其实也就是专对太子说的原话纪实。

我曾把"善察能悟"当作一条考证经验赠予刘心武先生，承他不弃，以为这是有道理的。

行文至此，回顾一下，散漫草率，实不成篇，而且还有很多想说的话尚未说完，时间有限，已不容我再絮絮不休了。

诗曰：
作序原非漫赞扬，为芹解梦又何妨。
天经地义须前进，力破陈言意味长。

"秦人旧舍"字堪惊，"过露"谁能解得明。
坏事义忠老千岁，语音亲切内含情。

南巡宸翰墨生澜，太子扬才侍砚函。

金匾银联严典制，借唐写意总相干。

人人称道说刘郎，海内荧屏海外光。
"秦学"一门新事业，任凭辩短又争长。

周汝昌
时为丁亥八月廿八深夜

〔一三六〕
周汝昌致刘心武
（2007年10月27日）

心武兄：

  如还来得及，请将拙诗后两首照润色后的第二稿（如下）改正。谢谢！

      南巡宸翰墨生澜，太子扬才侍砚欢。
      金匾银联严典制，借唐写意总相干。

      荧屏万户话刘郎，海内传流海外光。
      "秦学"一门新事业，百家鸣处百花香。

            周汝昌

〔一三七〕

周汝昌致刘心武

（2007年12月10日）

心武贤友：

久未联络，不知近日佳况若何，忙于何事？新书何时可出？俱在念中。京中首场瑞雪，虽可喜，但恐未解长期之干旱耳。近闻中法两国文化交流将更胜于前，也许你会忙于此一方面吧。报载法译《红楼梦》耗去27年苦功，是一大胜业，而你也应得一部置之书斋中。我今冬似稍强于去年，惟心脏犯过速症，有时令人难防，因此不敢过劳。

今日《文汇报》拙文中"禛""祯"二字竟不能辨，致令读者瞠目，想已见之。

冬吉！

周汝昌
丁亥大雪节后三日之夜

〔一三八〕
刘心武致周汝昌
（2007年12月12日）

汝昌前辈：

由您赐序的书已经在上月印出，最后还是由东方出版社出版，也仍由共和联动图书出版有限公司操作，我已嘱他们给您送样书去。其总经理何蓓琳女士说她要亲自给您送去，觉得很久没有看望您了，应该亲去问候，但本周太忙，下周一定去。

我自己签名感谢的书过些时会让鄂力送过去。鄂力将在明年初喜结良缘，目前忙于布置新房、筹划喜宴，因此我尽量减少他为我的跑动。

我录制的关于贾宝玉的节目《百家讲坛》他们剪辑成5集，打算明年一月播出。关于史湘云的部分原来6集，他们删去论证史即先署脂砚斋后署畸笏叟的李氏表妹一集，说是"学术性太强"，剪辑好的5集说明年二月播出。但我新书中仍保留关于脂砚斋原型揭秘这一讲。

我的讲座实际上是将您的论红体系加以普及传播。尽管我也有不同于您的看法处。某些人因此恨得磨牙。没想到他们处心积虑打压的观点，竟忽然会以这样的规模与强度传播开来。其实各方观点本应并存、互相尊重，但某些人挟势欺善，一贯得手，这回恼羞成怒，却打压不成，真是大败兴。让他们一隅磨牙去吧，我们还是心平气和，不攻击别人，只呈现自己的心得，任由读者、听众去思考、分辨。

法译《红楼梦》，旧版本我早见到过。新译本可托法国朋友带一部来保存。据说译得很好。我与法国使馆前文化专员戴鹤白先生很熟，他翻译过我5部作品。今年法国出版了我小说《泼妇鸡丁》的译本，光这小说名称就很难翻译，但法国有些汉学家真是不惮烦难，耐心将其译出。这样的书在法国卖不出几本，所以我也很感谢那边的出版者。法国还出版过我的歌剧剧本《老舍之死》的法译本。

人民出版社版的《红楼梦》，有人告诉我有若干印错的地方。伦苓最好将发现的需勘误处打印一表或手列一纸，交给何蓓琳女士，尽快在软片上改正。此书仍有加印机会，再印时就没有那些毛病了。

我老伴需做大手术，风险很大。最近此事占据我生活的中心。别的事都暂且搁置。唯愿她能安渡难关，早日康复。

您要多多保重。祝您长寿安康。

晚辈学生刘心武拜
2007年12月12日

〔一三九〕
周汝昌致刘心武
（2008年1月7日）

心武贤友：

　　今日见你荧屏再开讲座，甚喜。你在央视讲一次即是"胜战"一次。央视支持，则那些闲言碎语又有何用？！你还要安排这次之后的打算才好。这种工作需要精力充沛、心情舒畅，还得有很大的"耐烦"心，方能做这种真正的"普及"工作，没这些条件的就难与你相比——更不必说读书见解与讲演口才了。

　　新书已送来。

　　祝你夫人健康好转，祝诸事顺利！

　　并贺

新年！

周汝昌
小寒次日

又，偶见报载王蒙把你派为"趣味红学"，并言你已涉入"索隐"，若从这两点看，王先生对红学、对你的治《红》本身性质及路向等等皆未能明了。这很出我意外。看来，不少人对"红学"真懂假懂，还是个根本性大问题。你的任重道远，诚望继续努力，勿为俗论所扰。

汝昌又启

〔一四〇〕
刘心武致周汝昌
（2008年1月14日）

汝昌前辈：

感谢鼓励。

我妻病情不轻，至少近几月需以医治妻病为生活重点，讲座之事，虽《百家讲坛》邀请继续，恐一时难以落实。

再，续往下讲，难度愈大，不仅维系一般听众兴趣不易，就是编导们也愈觉吃力。我史湘云第6讲是弘扬先生"史湘云是脂砚斋原型，脂砚斋、畸笏叟实为一人"等观点，编导觉得"学术性过强"而放弃，下月播出没有这一集，只剩5集。好在书里保留了，先生或可听伦苓等读一下，不妥处再印时还可修订。

下半年如家中事情平顺，自己身体也好，或可继续录制节目。"两岸猿声啼不住，轻舟已过万重山"，任由那一干人啼骂吧，总而言之，即使讲座就到此，也已播出44集，影响已经产生，其奈我何！

先生康健，时在念中。望多多保重！明日腊八，或可欣赏一番新熬腊八美粥！

　　再颂

新祺！

不肖弟子晚辈刘心武拜

〔一四一〕
周汝昌致刘心武
（2009年1月2日）

心武兄：

　　祝你新年新境，莫忘红业红楼。应为老老〔姥姥〕作传，反对丑化呼牛。

　　　　　　　　　　　　　　　　　　　　　周汝昌
　　　　　　　　　　　　　　　　　　　　　1月2日

〔一四二〕
周汝昌致刘心武
（2009年3月5日）

听儿子建临读心武兄报端文章心有所感律句寄怀

不见刘郎久，高居笔砚丰。

丹青窗烛彩，边角梦楼红。

观影知心律，闻音感境通。

新春快新雪，芳草遍城东。

己丑惊蛰

〔一四三〕

刘心武致周汝昌

（2009年3月8日）

周伦苓女士 转达 汝昌前辈：

　　鄂力将建临通过手机传去的信息抄写出来给我，是汝昌前辈看了我小文章后所赋的诗，惊喜莫名！前辈厚爱，温暖我心！

　　我虽写得很杂，但研红从未停步，仍在思考很多问题。去年曾有小文，探讨"玉带林中挂"等问题，现录在附件中，前辈精神好时，或烦请建临、伦苓等念一下，盼给予指教！

　　另我曾绘有大观园沁芳亭的水彩写生，也在附件中，供您们一笑。

　　祝周老康健开心！

晚辈刘心武敬拜

〔一四四〕
刘心武致周伦苓
（2009年3月12日）

伦苓女士：

前几天的邮件可收到？

又新写了一篇，《文汇报》说用。

传给你先请你指教。如方便或者给老前辈念一下，赐教。

问老前辈好！

祝健康快乐！

刘心武拜

〔一四五〕
周汝昌致刘心武
（2009年3月13日）

心武贤友：

　　传来三文皆已拜"听"，很觉高兴。走自己的路，坚持扣紧历史素材，坚持扣紧人物原型，不论闲言碎语说什么，也不偏离这条正路。谈宠物一篇细致可喜，应该补充袭人被戏比为"西洋花点子哈巴儿"，表明怡红院还养着洋狗，至少她们见过洋狗。至于把凤姐与胤禵的妻子从性格上连在一起，措辞要灵活一些，因为她们的情况并不一致，匆匆草复。

　　祝

仲春笔健！

周汝昌

〔一四六〕
周汝昌致刘心武
(2009年5月20日)

心武贤友：

今晚听读津报纸，上有兄《腋鞋》一文，惊悼不已！无语可慰，只劝自重，仍修胜业，逝者亦当欣然于天上。

周汝昌

己丑四月廿六日

附 刘心武《腋鞋》

我妻吕晓歌2009年4月22日晚仙去。

我不能承认这个事实。我不能适应没有晓歌的世界。

一些亲友在劝我节哀的时候，也嘱我写出悼念晓歌的文字。最近一个时期，我写了不少祭奠性文章，忆丁玲，悼雷加，怀念孙轶青，颂扬林斤澜……敲击电脑键盘，文字自动下泄，丝丝缕缕感触，很快结茧，而胸臆中的升华，也很容易地就破茧而出，仿佛飞蛾展翅……但是，提笔想写写晓歌，却无论如何无法理清心中乱麻，只觉得有无数往事纷至沓来、丛聚重叠，欲冲出心口，却形不成片言只语。

晓歌一生不曾有过任何功名。对于我和我的儿子儿媳，她是一个伟大的存在，但对于社会来说，她实在过于平凡。人们对悼念文字的兴趣，多半与被悼念者的公众性程度所牵引。晓歌的公众性几等于零。这也是她的福分。

王蒙从济南书市回到北京，从电子邮件中获得消息，立刻赶到我家，我扑到他肩上恸哭，他给予我兄长般的紧紧拥抱。维熙和紫兰伉俪来了，维熙兄递我一份手书慰问信，字字真切，句句浸心。燕祥兄来电话慈音暖魂。李黎从美国史坦福发来诗一般的电子邮件。再复兄从美国科罗拉多来电赐予形而上的哲思。湛秋从悉尼送来长叹。我五本著作的法译本译者，也是挚友的戴鹤白君，说他们全家会去巴黎教堂为晓歌祈祷……他们都是公众人物，他们都接触过平凡的晓歌，他们都告诉我对晓歌的印象是纯洁、善良、正直、文雅。老友小孔小为及其儿子明明更撰来挽联："荣辱不惊，风雨不悔，红尘修得三生幸；音容长在，世谊长存，青鸟衔来廿载情。"但是唯有我知道得太多太多，可我该如何诉说？

忘年交们，颐武、华栋、祝勇、小波和小何、李辉和应红……我让他们过些时再来，他们都以电子邮件表示会随叫随到。我知道我们大家都处在一个世态越见诡谲、歧见越发丛滋、人际难以始终的历史篇页中，但我坚信仍有某些最古朴最本真的因素把我们心灵中最柔软的部分黏合在一起。这个世界每天有多少人在死亡，但他们仍真诚地为一个平凡到极点的师母晓歌的仙去而吃惊，为夕阳西下的我的生理心理状态担忧，这该是我对这世界仍应感到不舍的牵系吧？

温榆斋那边的村友三儿从老远的村子赶到城里的绿叶居，一贯不善于以肢体语言交流的他，这次见到我就拉过我的双手，用他那粗大的手掌握了拍，拍了揉，揉了再握，憨憨地连连说："这是怎么说的？"

和三儿对坐下来以后，我跟他说："三儿，我想写写你婶，可就是没法下笔。"没想到他说："就别写呗。"三儿告诉我："我爹我妈特好。就跟你跟婶那么好。特好，就不用说什么话。"三儿爹妈相继去世十来年了。他说他还记得有一天的事情。那一年他大概十来岁。他妈给他爹刚做得一双新鞋。鞋底是用麻线在厚厚的布壳帛上纳成的，鞋面又黑又亮。那天晌午暴热，他爹光着膀子，穿条缅裆裤，系条青布腰带，穿着那双新鞋出门去了。忽然变了天，下起瓢泼大雨。他妈就叹气，那新鞋真没福气！过了一阵，他爹回家来了。浑身淋得落汤鸡一般。他爹光着脚，满脚趾溃着烂泥。新鞋呢？三儿妈和三儿都望着三儿爹。三儿爹身姿很奇怪。他两只胳膊紧紧压着胳肢窝，胳膊上的肌肉和胸脯子肉都鼓起老高绷得发硬。

他也没说什么，三儿看出名堂来了，就过去，从爹胳肢窝里先一边再一边，取出了紧紧夹在那里面没有打湿的新布鞋来。三儿妈从三儿手里接过那双鞋，往炕底下一放，就跑过去捶了三儿爹脊背一下，接着就找毛巾给他擦满身雨水……

是呀，三儿爹和三儿妈，包括三儿，在那个场面里，甚至并没有一句语言，但是，那是多么真切的家庭之爱！

　　我听到此，强忍许久的泪水忽然泉涌。晓歌仙去后，我多次背诵唐朝元稹悼亡妻的《遣悲怀》："昔日戏言身后意，今朝都到眼前来。""诚知此恨人人有，贫贱夫妻百事哀。""独坐悲君亦自悲，百年都是几多时！""唯将终夜长开眼，报答平生未展眉。"……越过千年，穿过三儿爹妈暴雨时的场景，直达我失去晓歌的心底深处，始信有些情愫确属永恒。

　　我要将关于我和晓歌共同生活岁月里的那些宝贵的东西，像三儿爹把三儿妈新鞋紧夹在腋下不使暴雨侵蚀一样珍藏。"就别写呗"，我心如矿。

2009年5月11日

〔一四七〕
刘心武致周汝昌
（2009年9月7日）

周伦苓女士 转 汝昌前辈：

久疏问候，想来周老及你们都好！

有几事相告：

我写的关于周老的新文章《唯痴迷者方解味》已在《上海文学》杂志9月号刊出。

此文《河北日报》近日会用一整版发表，他们从网上下载了若干周老的照片插入。

烦请再把你们的地址在回复电子邮件时详写一下，我会告知他们以便寄去杂志和报纸。但他们会寄得很慢。我先把我的文章作为附件传过去。或者先给周老念一遍。所写可能多有不当之处，盼指出，以后收入书中时可以改正。

另，我应中央电视台《百家讲坛》之邀，本月12日起再去录制关于《红楼梦》的节目，将再把周老关于曹雪芹的真本《红楼梦》为108回，文本结构为9×12共9个单元等学术成果向一般听众弘扬。

当然我也会讲到自己一些与周老不尽相同的观点思路。此事目前当然还是静悄悄地进行为好，不要马上让媒体知道加以宣扬，以免节外生枝。

祝周老寿比南山！

也祝你们全家健康快乐！

刘心武拜

〔一四八〕
周汝昌致刘心武
（2009年9月7日）

心武贤友：

近来可好，时在念中。

听说央视有意邀你讲座，确否？若属实，望你不必辞让：好汉当仁不让，英雄见义勇为，是所望也。

颂

秋祺！

周汝昌己丑七夕次日

刘心武先生：

此笺数日前所写，因电脑故障未能及时传出；今反先得惠函，更为欣喜。

汝昌己丑白露节

〔一四九〕
刘心武致周汝昌
（2009年12月7日）

周伦苓女士 转 汝昌前辈：

　　欣闻周老《曹雪芹传》英文版已在境外出版，可喜可贺！

　　我过几天再去中央电视台《百家讲坛》录制《八十回后真故事》的系列节目，争取这次把这系列录完，共16集。虽然我的某些看法与周老并不相同，但整个系列应该说是周派红学的一次大弘扬。希望这个系列节目明年能顺利播出。

　　祝周老康健快乐！

晚辈刘心武拜

〔一五〇〕
刘心武致周汝昌
（2010年2月8日）

周老及全家：

祝虎年大吉！

另告：我应中央电视台《百家讲坛》新录制的《〈红楼梦〉八十回后真故事》已制作完成共17集，预计在3月1日开播。尽管我对八十回后曹雪芹真本的内容的探佚心得与周老有诸多不同，但总体而言，这又是一次对周老红学基本成果的大弘扬。估计会引出更大的争论。

晚辈刘心武

〔一五一〕

周汝昌致刘心武

（2010年3月10日）

心武兄：

请代觅版面发表。

解味

喜闻名作家刘心武先生再登央视讲红台

（一）

新红鲜绿倩谁栽，一望荒原事可哀。

可喜春风吹又到，种桃培杏满园开。

（二）

为有源头活水生，顺流千里百花荣。

新枝独秀添新意，开辟鸿濛最有情。

（三）

不贵雷同贵不同，百川归海曰朝宗。

也曾一掌思遮日，无奈晴空有九重。

（四）

探佚缘何用力勤，草蛇灰线重千斤。

当仁不让真侠义，首尾全龙慰雪芹。

庚寅新正廿五日定稿

〔一五二〕
刘心武致周汝昌
（2010 年 9 月 22 日）

周伦苓女士 并转致 汝昌前辈：

　　昨日曾打电话拟贺中秋，您家电话一直占线。

　　非常想念老前辈。请向他转告我的衷心祝福！祝老人家福如东海、寿比南山！

　　也祝福你们全家健康、安全、快乐！

　　《红楼眼神》及《命中相遇》我会让新助手董杰尽快寄达。

晚辈刘心武谨拜

附 周汝昌《辛卯立春大节纪事二首》(2011年2月4日)

一

贺岁得芳讯，壮哉勇士风。
为芹收佚稿，何论异还同。

二

淡交慕君子，何事互寻求。
三节一通问，四时总顺流。
彩牛迎渌酒，金兔上红楼。
胜业为芹献，源同云梦头。

〔小记〕

我与心武作家结识已达二十余年之久，会面机会不过三次而已，每岁新年、端午、重阳三大节方通短讯相贺，语不及它；寒暑四季，顺时乘运，会心而已。

今日辛卯立春乃新正初二日也，中华古谚云：春打六九头。打者谓打春牛，牛为土制，饰以彩衣，故句中渌酒乃六九之谐音。金兔者，天干辛，属阴金，而卯则兔神也，故谓之金兔，与月中玉兔有别。

余料辛卯之岁应为红楼盛大之年，末联胜业指立春之日闻心武兄告知，他补写红楼佚稿之大业已然完成，不禁喜而赋诗；末句是说：古来云梦之泽产芹最美。今用云梦二字作结，既溯其源，又开其流，自谓甚惬愚衷也。

周汝昌口述
辛卯正月初二日

〔一五三〕
刘心武致周汝昌
（2011年2月8日）

伦苓女士 转致 周老：

新春得周老二诗是大鼓励，得大欢喜！

经周老提醒才省悟，我们二十多年来竟只见过三面！我却总觉得经常在一起似的！

我的探佚与续书，始终是在周老指引的大路数下进行的。

我目前正在调整、修饰续书，愈发感到曹雪芹的伟大，他竟在二百多年前，就将"草蛇灰线、伏延千里"的技巧发挥到那样惊人的程度，而且并非为炫技，却是表达了一种超越时代与地域的对社会人生的深度感悟。

感谢周老的鼎力支持！

祝愿周老健康长寿！

晚辈刘心武拜

附 刘心武《悔未陪师赏海棠——痛悼汝昌师》

前些天还在《今晚报》上看到周汝昌师的散文，今天下午忽然得他仙逝的消息。虽说早几月跟他女儿周伦苓通电话时就知道，他已经多时难以下床，时发低烧，心理上有所准备，但总又觉得他头脑还那么清楚，文思还那么蓬勃，不至于就怎么样吧。打电话给伦苓致悼，她说父亲确实大脑一直保持着最佳状态，前些天还跟她交代新书的章节构想，只是其他器官明显在衰竭，本来就属孱弱的书生，毕竟九十多个春秋了，"丝"未尽而"蚕"亡，也在规律之中。她说不打算在家中设灵堂，不开追悼会，让老人静静地离去。

我本来只是个《红楼梦》的热心读者，1992年才开始发表一些关于《红楼梦》的文字，那时《团结报》的副刊接纳了我，允许我开设《红楼边角》的专栏。连续发表若干篇后，忽然一天得到周汝昌先生来信，他表扬我"善察能悟"，能注意到《红楼梦》中的小角色，如卍儿、二丫头，甚至有一篇议及"大观园中的帐幔帘子"，鼓励我进一步对《红楼梦》细读深探。得他来信，我异常兴奋，马上给他回信，一致谢，二讨教，他也就陆续地给我来信，我们首先成为忘年"信友"。他开始写来的信，还大体清晰。但是，随着目力越来越衰竭，以至一只眼全盲，一只眼仅存0.01的视力，那时写文章，大体已是依靠伦苓，他口述，伦苓记录，再念给他听，包括标点符号，他再修订，最后抄录或打字，成为定稿，拿去发表。但他给我写信，却坚持亲笔，结果写出的字往往有核桃那么大，下面一字会覆盖住上面半个字，或忽左忽右，一页纸要写许久，一封信甚或会费时一整天，由伦苓写妥信封寄到我处。阅读他的信，我是既苦又甜，苦在要猜，甜在猜出誊抄后，竟是宝贵的指点、热情的鼓励、平等的讨论、典雅的文本。二十年来,汝昌师给我的信,约有几十封之多,我给他的信,应有相对的数目,其中一次通信,拿到《笔会》发表,还得了一个奖。过些时,会与伦苓女士联系,将我们的通信加以汇拢、编排,出成一本书,主要是展示汝昌师的学术襟怀与提携后辈的高尚风范。

我关于《红楼梦》的文字,始于"边角",延伸到人物论,又进一步发展到角色原型研究,最后聚焦到秦可卿,试图从秦可卿的原型探究入手,深入到曹雪芹的素材积累、创作心理、艺术手法、人生感悟、人性辨析、终极思考各个层面。对于我这样一个"红学"的门外汉,汝昌师不但能容纳我的"外行话",而且为了将我领进"红学之门",不仅是循循善诱,更无私地提供思路乃至独家材料。在对秦可卿研究的过程里,要涉及康熙朝两立两废的太子胤礽(后被雍正改名允礽)的资料,汝昌师为帮助我深入探讨,将他自己掌握而尚未及在文章中运用的某些独家资料与考据成果,在信中毫无保留地写出,并表示随我使用。在汝昌师还是个大学生时,胡适曾无私地将孤本手抄《石头记》即"甲戌本"借给他拿回家使用,如今有人问:"现在还有像胡适那般无私提携后辈的例子吗?"我以为,汝昌师对我的无私扶植,正与胡适当年的学术风范相类,我将永远铭记、感怀!

我所出版的关于《红楼梦》的书,在CCTV-10《百家讲坛》录制播出的节目,以及去年推出的续《红楼梦》二十八回,利用了许多汝昌师的研究成果,我告诉他将使用其学术成果时,他欣然同意。从某种程度上说,我如今被一些人认为是"红学家",其实是汝昌师拼力将我扛在肩膀上,才获得的成绩。当然,我们大方向一致,却也有若干大的小的分歧。大的,比如他近年发表著作认为《红楼梦》的第一女主角应是湘云而非黛玉,宝玉真爱的并非黛玉而是湘云,我就不认同;小的,如他认为宝玉有个专门负责帮他洗澡的丫头,通行本上叫碧痕,他认为应作碧浪,跟宝钗问拿没拿她扇子的那个丫头通行本作靛儿,他认为应作靓儿,我却觉得仍应叫碧痕与靛儿,等等;我们都认为《红楼梦》最后一定会有"情榜",但拟出的名单也有不少差异。

我可算得汝昌师的私淑弟子,但正如他所说,我们是"君子之交淡如水"。虽然通信不少,他还常为鼓励我吟诗相赠,隔段时间会通电话,多半是他家子女接了,把我的话大声重复给他听(他耳早聋),他作出回应,子女再转达给我,但有好几次,他觉得不过瘾,非要子女将话筒递他手中,亲自跟我对话,极其亲切,极其真率,写此文时,那声音仿佛还在我耳边回响。但我们相交二十年,见面却不过屈指数次。我第一次到他家,发现他家家具陈旧,不见一件时髦的东西,也未见到可观的藏书,颇觉诧异。后来又去几次,悟出他的乐趣,全在孜孜不倦的学术研究及文学创作中,当然"红学"是他最主要的乐趣,但他拒绝"红学家"的标签,他对《红楼梦》的理解是中华文化的百科全书,他研"红"也就是研究中华大文化。他还是杰出的散文家、书法家和书法理论家。

汝昌师学术造诣极高,却不善经营人际关系,尤拙于名位之争。看他在《百家讲坛》讲"四大古典名著",缺牙瘪嘴,满脸皱纹,但他一开讲,双手十指交叉,满脸孩童般的率真之笑,句句学问,深入浅出,大有听众缘,以至有的年轻粉丝赞他风度翩翩。他家里人,也都憨厚。我知几年前有一事,他们那个居民区,有些不养狗的人,对某些养狗的邻居,弄得吠声扰眠、狗屎当道深恶痛绝,便起草了一封信件,直递市政府,要求禁止养狗。到他家征求签名,汝昌师根本听不见,不知何事,子女接待,也未及细看信件文本,便代他签了名。哪知传媒报道了此事,可能是签名者中周先生名气最大,就以"周汝昌等吁禁止养狗"为标题。我看了那呼吁禁狗的信件引文,起草者大概是个恨狗者,把狗说得一无是处,结果引出网络上一片哗然,爱狗者群情激愤，将周先生骂个狗血喷头，有的还打听到他家电话，打去兴师问罪。我后来给周家打电话，回应是"此号码不存在"，想了若干办法，才接通周伦苓，她说不得已换了号码，且不忍跟父亲说明。其实汝昌师耳聋目眇，且极少下楼活动，哪里会因犬吠狗屎而觉困扰，更哪里会恨狗并恨及养狗为宠物者？代人受骂，直至仙去尚浑然不知。但就有学界某人知其事一旁嘲讽："养狗有何不好？我就养了好几条藏獒。"

记得几年前最后一次去拜望汝昌师，他说春天到了，海棠即将盛开，真想跟你一起去看海棠花！他说即使只看到模模糊糊的一派粉白，也是好的；又说海棠不是无香，而是自有一种特殊的气息，淡淡的，雅雅的。我当即表示待海棠开时，找辆车陪他一起去赏海棠。他说知道北土城栽种了大片海棠，我说原摄政王府花园现宋庆龄故居的海棠树大如巨伞，花期时灿烂如霞，也是一个选择。我深知汝昌师最钟情《红楼梦》中的史湘云，而海棠正是湘云的象征之一。但后来我竟未能践约，如今悔之晚矣！

2012 年 5 月 31 日急就

编后记

2005年上半年的一天，刘心武先生的秘书鄂力给我送来了一个大文件夹，里面夹满了父亲写给刘心武先生信函的复印件。鄂力说，刘先生希望我能把这些信札整理出来，因为周先生信件里的有些字不大好认。

我那时才学会使用电脑不长时间，对电脑的性能还在不断熟悉中，录入的文字也常常出现谬错。这些都可以在实践中不断地熟悉与改进，然而最可怕的是一旦电脑出现问题后的不知所措。

刘先生托付我的事，很快即入正轨。那时我的身体很好，精力旺盛，经常利用父亲午休的空当抓紧工作。刘先生交给我的任务正是在这个时间段里进行的。信件整理了大约三分之一的时候，有一天，电脑突然出了问题，急得我四处打探求助。那时漓江出版社的刘文莉女士因为出书的缘故和我们打交道很多，于是我就请她帮忙。她很热情，马上派了一位小伙子来家里修理，小伙子很快修好离去。但当我打开电脑时，却发现E盘不见了，虽然后来经过种种努力，但电脑里一部分文件，包括录入的信件却永远地丢失了。

恰值这时节父亲的著述颇多，我和二姐忙得不亦乐乎，整理书信的事也就停顿下来，没料到这一停就是十几年。

自父亲去世后，我一直在操心着他的全集大事。父亲致友朋的书信,数量十分惊人,应该是全集中很重要的内容。联想到刘先生托付与我的事一直搁浅,心里很觉歉疚。去年年初,翻找出鄂力复印来的信札,决定重新录入整理。然而此时的我却力不从心,腰椎、颈椎不容长时间坐立。我想到在美国的月苓姐姐,最近几年她都在帮我录入父亲的文字,助我编书。在征得姐姐同意后,我用手机全部拍照,然后发给姐姐,拜托她录出文字,然后传给我,再由我一一细核详校。

5月初,我与刘文莉女士取得联系,征询她是否有兴趣出书信集,也请她帮忙征询一下刘心武先生的意见。很快她就给了我肯定的答复,说刘先生听了也很高兴;而且告诉我,可以帮忙录入文字,有困难一切交给她来处理。这真的让我好感动。于是就陆续把新发现的信札发给她,由她去整理。

鄂力复印来的信札止于2005年初,后面2006—2011年的信件一部分由刘心武先生提供,一部分是父亲失明后口述的文字。刘心武先生的来札,大部分保存完好,部分已经捐给恭王府。经过大家一番努力,再由刘文莉女士初步编排后,竟然也成了厚厚的一部集子。

感谢刘文莉女士的热情支持与帮助,感谢美编设计人员的辛劳付出;还要感谢月苓姐姐;没有他们各方的鼎力支持,这册书信集还不知要等到何时。

周伦玲
壬寅十一月初八

图书在版编目（CIP）数据

解语何妨话片时：周汝昌刘心武通信集 / 周汝昌，刘心武著；周伦玲，焦金木整理．－－北京：北京联合出版公司，2023.7

ISBN 978-7-5596-6907-0

Ⅰ．①解… Ⅱ．①周… ②刘… ③周… ④焦… Ⅲ．①书信集－中国－当代 Ⅳ．① I267.5

中国国家版本馆 CIP 数据核字（2023）第 087187 号

解语何妨话片时：周汝昌刘心武通信集

作　　者：周汝昌　刘心武
整 理 者：周伦玲　焦金木
出 品 人：赵红仕
责任编辑：徐　樟
特约编辑：肖　瑶　华　丹　张兰坡
封面设计：鹏飞艺术
版式设计：王苗娟

北京联合出版公司出版
（北京市西城区德外大街83号楼9层　100088）
三河市中晟雅豪印务有限公司印刷　新华书店经销
字数304千字　640毫米×960毫米　1/16　24.5 印张
2023 年 7 月第 1 版　2023 年 7 月第 1 次印刷
ISBN 978-7-5596-6907-0
定价：59.80 元

版权所有，侵权必究
未经许可，不得以任何方式复制或抄袭本书部分或全部内容
本书若有质量问题，请与本公司图书销售中心联系调换。电话：010-85376701